Liebesroman

Knallharte Schale
zuckersüßer Kerl

Poppy J. Anderson

1. Auflage Dezember 2013

www.poppyjanderson.de

poppyj.anderson@googlemail.com

Besuchen Sie mich auf Facebook:

www.facebook.com/pages/Poppy-J-Anderson

Für Jacqueline und Natascha

Ich danke Euch beiden sehr für die wundervolle Unterstützung in der letzten Zeit. Es ist großartig, Euch mitten in der Nacht mit Fragen nerven zu können und immer wieder gesagt zu bekommen, dass Dupree ein Schatz sei.

Eure Poppy

Liebe Leserinnen,

die Geschichte über Dupree "Dozer" Williams kam eigentlich nur zustande, weil ich ständig gefragt wurde, wann ich ihn endlich seine Liebe finden lassen würde. Anscheinend hat sich dieser große, bullige Kerl ganz schnell in viele Herzen geschlichen, was mich besonders freut. Er ist nun einmal nicht der typische Liebesroman-Protagonist, sondern stellt einen Exoten in diesem Genre dar.
Sehr überrascht war ich von meiner Mutter, die mit einem untypisch ernsten Gesicht zu mir sagte:
„Dieser junge Mann verdient eine eigene Geschichte. Endlich möchte ich einmal lesen, dass auch ein nicht perfekt aussehender Adonis sein Liebesglück finden kann. Die Welt ist nicht voll von Models und Schauspielern.“
Also, Mama, dein Wunsch ist mir Befehl!

Prolog *Dupree*

Schwarze Jungen, die in Alabama aufwachsen, fünf jüngere Geschwister haben und sich kaum an den Vater erinnern können, der mit einer Flasche *Jack Daniels* und der siebzehnjährigen Nachbarstochter auf dem Beifahrersitz abhaut, während die hochschwangere Ehefrau den Küchenboden putzt, haben nur eine Möglichkeit, diesem Elend zu entkommen.

Football.

Dupree Helwys Williams sollte mit Mitte zwanzig gefeierter Footballstar, berühmte Werbeikone und blutjunger Multimillionär werden, aber als Kind war er doppelt gestraft. Er kam nicht nur aus einem der ärmsten Viertel von Mobile und sah dank seiner abgetragenen Kleidung danach aus, sondern musste sich ständig den Spott über seinen Namen anhören. Sein Vater war begeisterter Blues-Fan gewesen und hatte seinen erstgeborenen Sohn nach *Champion Jack Dupree*, einem Blues-Sänger und Pianisten, nennen wollen. Duprees Mama als strenggläubige Baptistin hatte das gar nicht gefallen und so hatte sie ihrem Sohn den Zweitnamen *Helwys* gegeben – nach Thomas Helwys, dem Mitbegründer der Baptisten. Vermutlich hatte sie den Pfarrer gnädig stimmen wollen, um in einer der ersten Reihen sitzen zu können, während dieser jeden Sonntag über Sünden predigte und seine Gemeinde damit in Schach hielt. Wenige Jahre später saß Duprees Mama freiwillig in der letzten Reihe, schließlich war ihr Mann mit einer Minderjährigen verschwunden und hatte sie mit sechs Kindern im Stich gelassen. Die Blicke der anderen Gemeindemitglieder hatte sie davon abgehalten, die vorderen Kirchenbänke mit ihrem enormen Hinterteil zu beglücken.

Dass ihr Mann das junge Mädchen ebenfalls mit zwei Kindern versorgt hatte, bevor er sich aus dem Staub machte, war da kein Trost, denn die junge Frau zog mit Duprees Halbgeschwistern wieder bei ihren Eltern ein und war allgegenwärtig. Erst als der Prediger durchdrehte und in die geschlossene Psychiatrie eingewiesen wurde, hatte die Gemeinde ein anderes Thema, über das sie tratschen konnte. Dupree war nicht anwesend gewesen, als der Pfarrer auf einer Beerdigung seine Kleidung von sich warf und sich für den Messias hielt, während die Witwe des Verstorbenen vor Schreck ohnmächtig wurde und auf den Sarg fiel, der dabei umkippte, was kein Wunder war, wenn man bedachte, dass die Witwe genau wie Duprees Mama ein halbes Pfund Butter in den Kartoffelstampf gab.

Die Geschichte dieser spektakulären Beerdigung hatte in ganz Mobile für hohe Wellen gesorgt. Dupree hatte das nicht verstehen können, weil er schon seit Monaten den Verdacht gehegt hatte, dass der Prediger mindestens eine Schraube locker hatte, schließlich hatte dieser begonnen, einen Co-Moderator in seine Predigten einzubauen. Dieser Co-Moderator war eine zwanzig Zentimeter große Handpuppe mit dem Namen *Zioni*, mit der der Pfarrer während des gesamten Gottesdienstes sprach. Zwar wurden die Bauchrednerqualitäten des Kirchenmannes immer besser, jedoch mutete es merkwürdig an, als nicht der

Pfarrer, sondern die Handpuppe *Zioni* begann, Kinder zu taufen oder Eheschließungen vorzunehmen.

Während sich Duprees Mama darüber das Maul zerriss, ignorierte Dupree dies meistens, da er damit beschäftigt war, sich um seine Geschwister zu kümmern, das Haushaltsgeld durch diverse Jobs aufzubessern und Football zu spielen. Außerdem war er nicht der geschwätzige Typ, sondern zeichnete sich eher durch seine Schweigsamkeit aus.

Schon als Kleinkind hatte Dupree gemerkt, dass er einfacher durchs Leben kam, wenn er die Klappe und sich eher im Hintergrund hielt. Durch seine Statur, die bereits als Kindergartenkind einem Rammbock ähnelte, fiel er schon genug auf, daher hatte er es sich zur Gewohnheit gemacht, sich ansonsten aus allem herauszuhalten. Die anderen Kinder bekamen schnell spitz, dass er harmlos war, und hänselten ihn gnadenlos, lachten über sein bulliges Aussehen und gaben ihm abscheuliche Spitznamen. Sie hatten schließlich nichts von ihm zu befürchten. Wenn Dupree abends im Bett lag und darüber weinte, dass niemand im Schulbus neben ihm sitzen wollte, dass er zur Geburtstagsfeier eines Klassenkameraden nicht eingeladen wurde oder dass andere Schüler Witze über ihn rissen, erzählte seine Mama ihm eine Geschichte aus der Bibel und gab ihm zum Trost einen Erdnussbutterkeks. Das wiederum führte dazu, dass Dupree zusätzlich gehänselt wurde, weil er immer dicker wurde. Da er keine Freunde hatte, verbrachte er die meiste Zeit allein, fraß seinen Kummer in sich hinein und wünschte sich nichts mehr als einen besten Freund, der ihn verstand.

Irgendwann während Duprees Zeit auf der Junior High entdeckte ihn ein Sportlehrer in der Mittagspause, als Dupree allein auf dem Schulhof saß und in einem Buch blätterte. Da seine Mom kein Geld für Pay-TV hatte und den Fernsehsendern die Schuld an der Sittenlosigkeit und dem Verfall der Gesellschaft gab, verbrachte Dupree seine Zeit damit, in die Bibliothek zu gehen und jedes Buch zu lesen, das er in die Finger bekam. Während er *Moby Dick* las und hoffte, dass niemand das Buch bei ihm entdeckte, da dies ganz bestimmt Vergleiche zwischen ihm und dem Wal nach sich gezogen hätte, fiel plötzlich ein Schatten auf ihn.

„Mein Junge, wie heißt du?"

Duprees Herz hatte wie wild geschlagen, weil er befürchtete, für irgendein Vergehen belangt zu werden. Mit zittriger Stimme hatte er seinen Namen genannt und Coach Madison kennengelernt, der nicht glauben konnte, dass Dupree erst 12 Jahre alt war. Für sein Alter war er nicht nur extrem kräftig, sondern überragte die anderen Kinder um zwei Köpfe. Coach Madison ließ ihn noch am gleichen Tag an einem Probetraining seines Footballteams teilnehmen und ruhte nicht eher, bis er Duprees Mama davon überzeugen konnte, ihren Sohn spielen zu lassen.

Von da an wurde Dupree zwar nicht der beliebteste Schüler der Schule und er hatte auch nicht viele Freunde, aber wenigstens respektierte man ihn nun. Komischerweise hörten auch die offenen Hänseleien auf, dennoch bemerkte Dupree, dass er immer noch nicht dazugehörte. Im Team fühlte er sich wohl, doch sobald er und seine Teamkameraden das Spielfeld verließen, beachteten sie ihn nicht mehr, sondern verbrachten ihre Freizeit mit ihren richtigen Freunden.

Auf der Highschool setzte sich dies fort, was dazu führte, dass Dupree noch schweigsamer wurde. Auf dem Spielfeld tat er das, was von ihm verlangt wurde. Er rammte seine Gegner in den Boden und half dabei mit, Spiele für sein Team zu gewinnen. Dupree war ein Teamspieler und musste doch erkennen, dass sich die Verbundenheit der Teamkollegen nur auf das Spielfeld erstreckte, da er ansonsten geschnitten wurde. Niemanden konnte er seinen Freund nennen, weil er immer noch als ein Sonderling betrachtet wurde. Dabei wünschte sich Dupree nichts mehr, als dass jemand endlich hinter seinen bulligen Körper und seine riesenhafte Erscheinung sah, um ihn – einfach nur ihn selbst – zu erkennen.

Prolog *Sarah*

Sarah Marianne Matthews war der Meinung gewesen, einen netten und höflichen Mann vor sich zu haben, als sie Dupree Williams das erste Mal begegnete. Vielleicht mochte er aufgrund seiner Kleidung, der unorthodoxen Frisur und den blinkenden Zahnverblendungen einen anderen Eindruck auf die meisten Menschen ausüben, aber Sarah, die schon immer sehr unvoreingenommen gewesen war, bemerkte eine gewisse Unsicherheit in seinen Augen, die ihn irgendwie liebenswert erscheinen ließ. Selbst das Shirt mit der Aufschrift *Keep calm and kill zombies* und abgedruckten Totenköpfen konnte nicht darüber hinwegtäuschen, dass der groß geratene Footballspieler mit den protzigen Goldkettchen um den Hals eigentlich ein liebenswerter Bursche war.

Das kurze Gespräch, das auf seine schüchterne Begrüßung folgte, ließ sie zu der Schlussfolgerung kommen, dass man trotz der Warnungen aus ihrer kleinen Heimatstadt in Florida nette Leute in New York treffen konnte, die weder Serienmörder noch Kannibalen oder Drogendealer waren. Seine Unbeholfenheit und das Erröten unter seiner dunklen Haut waren geradezu niedlich gewesen, so dass Sarah ihm aufmerksam zugehört hatte, als er davon sprach, dass er aus Alabama kam. Der Draht, den sie von Anfang an zu ihm gehabt hatte, war sogar schon ein wenig überraschend gewesen, weil Sarah immer etwas Zeit brauchte, um sich mit Männern unbefangen unterhalten zu können.

Aufgrund ihrer Vorgeschichte fiel es ihr nun einmal schwer, locker und leicht mit Männern ein Gespräch zu führen. Doch bei Dupree war es völlig anders gewesen.

Jedenfalls so lange, bis er sich mit einem Mal in einen überheblichen Aufreißer verwandelte, der von seinem Reichtum und seiner Berühmtheit schwärmte, während er ihr seinen Superbowlring unter die Nase hielt. Als er dann auch noch stotternd erklärte, dass er normalerweise auf größere Brüste stand, aber bei ihr gerne eine Ausnahme machte, war es um ihre Fassung geschehen. Dass er ausgerechnet ihren wunden Punkt gefunden und ihn dermaßen offen aufs Tablett gebracht hatte, war für Sarah der Tropfen gewesen, der das Fass zum Überlaufen gebracht hatte.

Ohne nachzudenken hatte sie ihm das Knie in die Weichteile gerammt und war davon ausgegangen, ihn nie wieder zu sehen.

Doch das stellte sich als ein Trugschluss heraus.

1. Kapitel

Immer wenn Dupree seiner Chefin begegnete, musste er daran denken, dass er sie nackt in der Wohnung seines Kumpels erwischt hatte.

Das war zwar bereits zwei Jahre her, dennoch hatte sich der Anblick einer nackten Teddy MacLachlan-Palmer, die damals jedoch nur MacLachlan mit Nachnamen geheißen hatte, in sein Gedächtnis eingebrannt. Vermutlich war es nicht nur der Schock gewesen, seine nackte Chefin im hellen Tageslicht zu sehen, sondern dass sein Freund und Quarterback hinter dem Rücken des Teams in eine Affäre mit der blutjungen Teddy, die Brian stets abfällig als Hippiebraut bezeichnet hatte, verwickelt war. Dupree hatte die Affäre der beiden geheim halten müssen und war der einzige Mensch neben Teddy und Brian gewesen, der davon gewusst hatte. Natürlich hatte er den Rand gehalten, aber ihm war die Situation nicht geheuer gewesen, da er nicht gut darin war, vor anderen etwas zu verbergen. Meistens durchschaute man ihn schnell. Jahrelang hatte ihm seine Mutter eingebläut, dass zu lügen eine Sünde sei, also bekam er schon ein schlechtes Gewissen, wenn er flunkerte – wie beispielsweise bei Liv, der er immer erzählte, dass ihr Essen schmeckte, was leider nicht der Fall war. Damals hatte das ganze Team herumgerätselt, weshalb der Kapitän schlecht gelaunt war, und Dupree, der genau gewusst hatte, dass Brian verletzt darauf reagiert hatte, als Teddy mit ihm Schluss machte, hatte geschwiegen und ständig gefürchtet, dass man ihm die Wahrheit ansah.

Auch jetzt hoffte Dupree, dass keiner seiner Kumpels spitz bekam, dass er an eine nackte Teddy dachte, als diese ihre Wohnung betrat und vier Footballspieler entdeckte, die mit einem Haufen chinesischen Essen ein Basketballspiel im Fernsehen verfolgten.

„Hi, Schatz", schmatzte Brian mit vollem Mund und starrte weiterhin hypnotisiert auf den Bildschirm des riesigen Fernsehgeräts. „Willst du auch was haben?"

Dupree warf einen raschen Blick zur kurzhaarigen Blondine, die sich aus einer Lederjacke schälte und darunter einen langen Pulli und schwarze Leggings trug. Sie verzog kurz das Gesicht und schnitt eine Grimasse.

„Nein, danke. Ich habe im Büro gegessen."

„Mhh", antwortete Brian abgelenkt und verfügte über ein eklatantes Aufmerksamkeitsdefizit seiner Frau gegenüber. Jedenfalls zeigte er für Duprees Geschmack viel zu viel Interesse an einem Basketballspiel, wenn man bedachte, dass er von Beruf Footballspieler war.

„Mein Tag war absolut chaotisch. Danke der Nachfrage", ächzte Teddy ironisch und ging in die offene Küche des Lofts, um sich eine Flasche Bananensaft aus dem Kühlschrank zu nehmen.

Da Dupree wenig Interesse an Basketball zeigte, aber zu gerne etwas über Teddys Tag gehört hätte, musste er sich zwingen, sich nicht zu ihr zu gesellen und mit ihr zu plaudern. Teddy war ein wunderbarer Gesprächspartner und hatte ihm schon oft Geschichten über ihre faszinierenden Reisen erzählt. Dupree war zwar bereits in fast allen Bundesstaaten der USA gewesen, jedoch hatte er nicht viel von ihnen zu sehen bekommen, da er zusammen mit dem Team vom Flughafen zum Hotel und von dort zum jeweiligen Stadion gekarrt worden war. Früher hatte er von Reisen nur träumen können, schließlich hatte sich seine Familie nicht einmal ein Busticket nach New Orleans leisten können, als Dupree dorthin eingeladen worden war, um eine Ehrung als talentiertester Highschool-Tackle entgegenzunehmen. Als einziger Spieler hatte er damals keinen Angehörigen dabei gehabt. Heute hatte er entweder zu wenig Zeit, um die Welt zu bereisen, oder er fand niemanden, der ihn begleiten wollte. Blake beispielsweise käme nie auf die Idee, mit ihm nach Afrika zu fahren und dort auf Safari zu gehen oder den Kilimandscharo zu besteigen. Für Blake bestand ein toller Urlaub aus möglichst viel Alkohol und möglichst vielen Affären. Beide unterschieden sich in ihren Interessen wie Tag und Nacht. Zwar mochten sie von ihrer Statur und ihrem Äußeren den typischen Vorstellungen von Footballspielern gerecht werden, jedoch war lediglich Blake versessen auf Stripclubs, Partys, Alkohol und leichtlebige Frauen. Dupree dagegen zog ein gutes Buch jedem Stripclub vor, er mochte keine Partys, auf denen man sein eigenes Wort nicht verstehen konnte, er vertrug keinen Alkohol und verstand nicht, dass Frauen Geld dafür ausgaben, sich Silikon in den Körper zu spritzen. Da er sowieso ständig von Blake damit aufgezogen wurde, dass er für einen Footballspieler völlig untypische Hobbys hatte, blieb er auf der Couch sitzen und verfolgte gequält das Spiel.

„Mhh ... schön für dich, mein Schatz", antwortete Brian abgelenkt.

Seine Frau schnaubte und öffnete die Flasche. „Ja, wirklich schön, dass mein Tag einem Horrortrip gleichkam."

Weder Brian noch seine Teamkollegen Blake und Eddie nahmen Teddys ironischen Unterton wahr, doch Dupree sah fragend zu ihr hinüber. Sie bemerkte seinen alarmierten Blick und antwortete ihm mit einem dankbaren Lächeln.

Dies war einer der Momente, in denen Dupree für seine dunkle Hautfarbe dankbar war, da er spürte, wie er errötete. Er konnte einfach nichts dagegen tun – wenn ihn eine Frau anlächelte, errötete er wie ein Schuljunge und wurde nervös. Es war nicht so, dass er in Teddy verliebt war, denn sie war nicht nur seine Chefin, sondern auch die Frau seines Kumpels. Aber allein die Tatsache, dass sie ihn anlächelte, ließ ihn daran denken, dass er sie nackt gesehen hatte, woraufhin seine Wangen brannten, als hätte er den ganzen Tag in der Sonne gebrutzelt.

Er mochte Teddy gerne und verspürte ihr gegenüber einen enormen Beschützerdrang, den er ansonsten nur von seinen Schwestern Mirjam und Tabitha kannte. Für ihn gehörte Teddy mit zum Team, mit zu seiner Familie, und Dupree beschützte seine Angehörigen. Doch im Gegensatz zu seinen anderen Teammitgliedern konnte sie weder einen ausgewachsenen Bullen stemmen noch eine volle Bierdose mit einer Hand zerquetschen, daher passte er auf sie auf, wenn er der Meinung war, dass sie seine Hilfe benötigte. Waren es nun aufdringliche Paparazzi oder beleidigende Fragen bei Pressekonferenzen,

Dupree setzte stets seinen mörderischsten Blick auf und fixierte den Urheber, bis dieser sich vor Angst in die Hosen machte. Darin war er verdammt gut.

„Baby? Steht da irgendwo die Soja-Sauce?"

Interessiert verfolgte Dupree, wie sein Kapitän weiterhin den Fernseher anstarrte, während er seine Frau nach der Soja-Sauce fragte. Teddy verschränkte lediglich die Arme vor der Brust und presste ihre Lippen aufeinander.

„Ja, das tut sie, *Baby*."

Anscheinend ging Brian davon aus, dass seine Frau ihm die Sauce bringen würde, doch das tat sie nicht, sondern blieb dort stehen, wo sie war, und beobachtete ihn.

Als die Lakers einen Korb von der Mittellinie schafften, stöhnte Eddie frustriert auf, während Blake und Brian sich über den Schiedsrichter beschwerten und wild mit ihren Armen gestikulierten. Erst als sie sich wieder beruhigt hatten, bemerkte Brian, dass er immer noch ohne Soja-Sauce war, und drehte den Kopf, um Teddy anzuschauen, die ihn böse ansah.

„Wo ist denn nun die Soja ... aua!"

Dupree boxte ihn unsanft in die Seite.

„Danke, Dupree", schnaubte Teddy, schnappte sich die Flasche und brachte sie ins Wohnzimmer, um sie dort auf den Tisch zu stellen.

Brian funkelte ihn an, bevor er an seine Frau entschuldigend murmelte: „Tut mir leid, Liebling, aber ..."

„Ich weiß ... die Lakers spielen gegen die Knicks", sie ließ sich auf die Couchlehne fallen und schnappte sich eine kleine Frühlingsrolle von Eddies

Teller. „Schaut ihr euch ruhig das Spiel an. Wo ist eigentlich Julian? Wollte er nicht auch kommen?“

Dupree beobachtete, wie Brian seiner Frau eine Hand auf die Hüfte legte und sie liebevoll streichelte, bevor er den Kopf in die Höhe reckte und sie kurz auf den Mund küsste.

„Julian hat abgesagt“, erklärte Blake. „Er war mit Liv beim Arzt.“

„Geht es ihr nicht gut?“ Besorgt setzte sie sich aufrecht hin und starrte Brian fragend ins Gesicht. „Stimmt etwas mit dem Baby nicht?“

„Doch“, beruhigte Brian sie sofort und biss sich zögernd auf die Unterlippe. „Die beiden waren beim Ultraschall und haben erfahren, dass es ein Junge wird.“

„Oh“, auch Teddy holte zögernd Luft und fragte mit einem unbehaglichen Ton in der Stimme. „Wie geht es ihr damit?“

„Julian sagte, sie würden sich freuen ... es ist nur, dass Liv das erst einmal verdauen musste.“

Dupree wandte den Blick ab und starrte auf seine Portion chinesischer Nudeln, während die Geräuschkulisse des Basketballspiels seltsam neben der bedrückten Stimmung im Raum wirkte. Der Geruch scharfer Gewürze, deren Herkunft vermutlich nicht einmal ein Lebensmittellabor herausgefunden hätte, stieg ihm in die Nase und kitzelte seine Geruchsnerven. Er rümpfte seine Nase und sah wieder beiseite, um nicht in Verlegenheit zu kommen, durch feuchte Augen aufzufallen, die die Jungs ganz sicher für Sentimentalität gehalten hätten.

„Ein Junge“, Teddy holte tief Luft. „Das ist sehr schön ... wirklich ... aber ich kann Liv verstehen.“

„Julian hat gesagt, dass sie in Tränen ausgebrochen ist“, murmelte Brian und wirkte selbst etwas bedrückt. „Dabei beteuerte sie, dass sie sich freute ...“

„Armer Julian“, mit einem zaghaften Lächeln legte Teddy den Kopf schief und legte ihre rechte Hand auf den Oberschenkel ihres Mannes.

Dupree fing einen kurzen Blick von Eddie auf, der seine breite Stirn in Falten gelegt hatte und ebenso unschlüssig wirkte, was er zu dieser Neuigkeit denken sollte. Er war nicht der Einzige. Auch Dupree hatte keine Ahnung, was er sagen sollte.

Seit drei Jahren spielte er für die Titans. In dieser Zeit war sehr viel passiert. Die Collegezeit war nicht leicht für ihn gewesen, daher hatte er voller Sorgen in die Zukunft geblickt und Angst davor gehabt, in ein neues Team zu kommen – in ein NFL-Team. Bis dahin hatte er immer große Schwierigkeiten gehabt, seinen Platz im Team zu finden, und musste im Endeffekt bemerken, dass sich die Kameradschaft nicht auf ihn erstrecken wollte. Am liebsten hätte er das Footballspielen sein gelassen und sich einen Job gesucht, aber zwei Gründe hatten ihn davon abgehalten. Erstens verließen sich fünf jüngere Geschwister und seine Mutter auf ihn, die mit seinem ersten Vertrag für die Titans endlich aus der baufälligen Baracke ausziehen und sich ein anständiges Haus mit einem hübschen Vorgarten sowie einer funktionierenden Heizung suchen konnten. Und zweitens liebte er es, Footballspieler zu sein, denn endlich hatte er etwas gefunden, in dem er wirklich gut war. Also hatte er trotz seiner Panik die Taschen gepackt und war nach New York gegangen.

Damals war er zweiundzwanzig Jahre alt gewesen und hatte eine große Klappe gehabt, um seine Angst vor einem Job in der NFL zu verbergen.

Merkwürdigerweise hatte er sich im Team sofort wohl gefühlt. Er war der jüngste Spieler, der Rookie, und wurde unter die Fittiche seiner älteren Teammitglieder genommen, was für ihn eine völlig neue Erfahrung gewesen war. In diesem ersten Jahr hatten die Titans einen neuen Wide Receiver bekommen, Julian Scott aus Florida, der über viel Erfahrung in der NFL verfügte. Für Dupree war Julian zu einem älteren Bruder geworden, da er ihn oft beiseite genommen hatte, um ihn in die Mysterien des Spiels einzuführen. Noch heute war Dupree dem älteren Spieler dankbar. Zu der Zeit hatte sich Julian mit seiner Ex-Frau versöhnt und kurz darauf die Babyplanung ins Auge gefasst. Seine Frau Liv war momentan mit dem zweiten Baby schwanger, nachdem vor zwei Jahren Brianna zur Welt gekommen war. Das Team wusste, dass Liv und Julian vor vielen Jahren einen Sohn verloren hatten, daher war es kein Wunder, dass die fünf nun bedröppelt auf den gebratenen Reis und die Krabbenchips starrten.

„Ihr wollt es vielleicht nicht hören, Leute, aber es wurde Zeit, dass jemand für männlichen Nachwuchs sorgt."

„Blake, kannst du nicht einmal die Klappe halten?", seufzte Teddy und sah den Runningback Blake O'Neill tadelnd an.

Dieser kratzte sich verwirrt am schwarzen Haar. „Der Coach hat eine Tochter, Julian hat eine Tochter,

Tom hat eine Tochter ... da wurde es Zeit, dass mal ein Junge kommt."

Dupree konnte den Gedankengang seines Kumpels nicht wirklich nachvollziehen. Erst vor wenigen Monaten hatte das ganze Team zusammen Urlaub auf Hawaii gemacht, bei dem auch die Familien dabei gewesen waren. Die Tochter des Coachs, Jilian, sowie Brianna und Zoey, die Kleine seines Mitspielers Tom Peacock, waren absolut süße Mädchen, die die ganze Gesellschaft mit ihren piepsigen Stimmen und fröhlichen Lachen amüsiert hatten. Erst gestern hatte er auf Zoey aufgepasst, weil Tom mit seiner Freundin Erin ins Kino gegangen war. Sie hatten miteinander gespielt, ein Bild für seinen Spind gemalt und anschließend Hotdogs gegessen, wobei Dupree darauf hatte achten müssen, Zoey nicht zu verraten, dass der Hotdog einmal ein Schwein gewesen war. Die Kleine reagierte ziemlich heftig darauf.

„Darum geht es doch überhaupt nicht", mischte sich nun auch Brian ein. „Liv und Julian sind überglücklich über das Baby, aber es ist für sie eine schwierige Situation. Das musst selbst du verstehen, Blake."

„Was soll das denn heißen?"

„Es soll heißen, dass du nicht gerade ein Ausbund an Sensibilität bist", warf Teddy ihm vor und verdrehte gekonnt die Augen.

Blake lief vor lauter Empörung rot an und runzelte finster die Stirn, um sie böse anzublicken. Teddy zuckte jedoch nicht zurück, sondern starrte ihn provozierend an und kaute dabei auf einer zweiten Frühlingsrolle herum, die sie vom Teller des fresssüchtigen Strong Safetys geklaut hatte, der so aussah, als wolle er sein Essen vor ihr in Sicherheit bringen.

„Ich bin sensibel“, beklagte sich nun Blake.

„Du bist so sensibel wie ein Ku-Klux-Klan-Mitglied auf Michael Jacksons Beerdigung“, grollte Eddie, während er argwöhnisch Teddy ansah, die seine Frühlingsrollen fixierte.

„Und ob ich sensibel bin!“

Die einzige Frau in der Runde schnaubte auf. „Versprich mir einfach, vor Liv die Klappe zu halten, Blake.“

„Oder was?“

Feixend lehnte sich Teddy zurück. „Oder ich werde dich zur Rückenhaarentfernung mit Heißwachs schicken, mein Lieber.“

Dupree unterdrückte ein Kichern, als Blake sprachlos seine Chefin anstarrte und anscheinend nicht wusste, was er antworten sollte. Um sich keine Blöße zu geben, blökte er Brian an: „Deine Frau hat eine viel zu große Klappe, Rabbit!“

„Das mag ich an ihr“, grinste Brian und zog sie halb auf seinen Schoß.

Als Teddy nach einer weiteren Frühlingsrolle greifen wollte, schob Eddie schnell seinen Teller beiseite. „Ich dachte, du hättest bereits gegessen!“

„Eure Anwesenheit macht mich hungrig.“

Dupree schob ihr seinen Teller über den Tisch zu. „Bitte.“

„Dupree ist der einzige Gentleman unter euch“, sie warf ihm einen imaginären Kuss zu und hob den Teller zu sich, um sich eine volle Gabel chinesischer Nudeln in den Mund zu schieben.

„Dupree ist auch noch nicht trocken hinter den Ohren ...“

„Jungs ...“, nuschelte Teddy mit vollem Mund.

Mit einem flammenden Blick sah Dupree über den Wohnzimmertisch zu Blake, der sich lässig nach hinten lehnte und ihn anstarrte. Im Gegensatz zu ihm selbst war Blake hinter jedem Rock her und ging dabei wenig subtil vor. Oft konnte man beobachten, wie er sich in Bars eine Ohrfeige nach der anderen abholte, doch häufig kam es vor, dass er mit seinen Macho-Sprüchen und dummen Auftritten Erfolg hatte. Dupree mochte Blake zwar, schließlich war er sein Kumpel, aber dessen unbedarftes Verhältnis zum anderen Geschlecht rang ihm sowohl Skepsis als auch Bewunderung ab. Skepsis, weil ihm sein Leben lang gepredigt worden war, Frauen mit Respekt zu behandeln, und Bewunderung, weil Blake anders als er selbst keine Probleme damit hatte, Frauen anzusprechen. Dupree wünschte, dass es ihm so einfach fallen könnte wie seinem Kumpel, mit jemandem zu flirten.

„Sag’ mal, Dupree“, Teddy hatte ihren Kopf schief gelegt und musterte ihn nun fragend. „Die PR-Abteilung nervt mich seit Tagen wegen eines Termins für deinen Werbeauftritt. Wann triffst du dich das nächste Mal mit Sarah Matthews?“

Bei diesem Namen legte sich seine Stirn in Falten und eine Faust schien seinen Magen zu umklammern. Sarah Matthews war ein Grund, weshalb Dupree sehr schlecht auf Blake zu sprechen war. Ein sehr großer Grund.

Der Schwachkopf Blake fing natürlich zu lachen an, sobald er diesen Namen hörte, und verschluckte sich dabei an einem Glückskeks.

Röchelnd klammerte sich Blake an die Couchlehne und griff sich an den Hals, der zugegebenermaßen wie der Hals eines Stieres wirkte, während er wenig charmante Töne von sich gab und kraftvoll hustete.

„Trink was!“, bellte Brian und reichte ihm eine Dose Bier hinüber.

Sein Teamkollege verweigerte das Bier und deutete wie verrückt auf seinen Hals, während ihm die Augen aus den Höhlen quollen.

„Blake, erstick jetzt bloß nicht!“ Teddy war abrupt aufgesprungen und hämmerte mit ihren Fäustchen auf seinem Rücken herum. „Nicht jetzt, da du einen neuen vier-Jahres-Vertrag unterschrieben hast!“

Blake schien nicht auf sie hören zu wollen, da er immer noch abartige Geräusche von sich gab und seinen Hals umklammerte.

„Lass’ mich mal“, Brian schob seine Frau beiseite und klopfte seinem Kumpel kraftvoll auf den Rücken. Dieser zuckte unter den Schlägen zusammen, röchelte jedoch immer noch, als würde ein übergewichtiger Mops nach einem Marathonlauf eine Sauerstoffmaske benötigen.

Auch Dupree sprang nun auf und starrte alarmiert auf den rot angelaufenen Blake, dem das Lachen vergangen war. Es wäre Ironie des Schicksals, wenn er an einem Keks, der eigentlich Glück bringen sollte, erstickte.

„Kennst du den Heimlich-Griff?“

„Sehe ich so aus?", bellte Brian zurück.

Eddie dagegen war die Ruhe in Person, hatte seine Frühlingsrollen fest im Griff und verfolgte beglückt das Spiel, da die Knicks nun in Führung lagen. Dupree wusste, dass Eddie ein paar Scheinchen auf die Heim-Mannschaft gesetzt hatte.

„Verdammt, Blake", schimpfte Brian und schlug seinem Mitspieler heftig auf den Rücken. „Wehe, wenn du hier krepierst!"

Dupree konnte beinahe die Rippen des Erstickenden brechen hören, als Brian ihn mit Schlägen malträtierte. „Schlag etwas tiefer", schlug er vor und warf einen erschrockenen Blick auf den Runningback.

„Tu doch was, Brian!"

„Was denn?", fragte Brian seine Frau halb panisch, und halb verärgert.

Von der Couch kam ein desinteressiertes Seufzen Eddies. „Luftröhrenschnitt?"

Blake quiekte erschrocken auf und grunzte dabei. Gerade in diesem Moment verpasste ihm Brian einen harschen Schlag aufs Schulterblatt und konnte genauso wie Dupree und Teddy mitansehen, wie ein Stück Glückskeks aus seinem Rachen sprang, durch die Luft segelte und am Bildschirm des Breitbildfernsehers landete, auf dem er kleben blieb. Wie in Zeitlupe löste sich das angesabberte Keksstück und rutschte den Bildschirm hinunter, wobei es eine unschöne Spur hinterließ, bei deren Anblick Dupree am liebsten gewürgt hätte, da es ihn an die Spur einer Schnecke erinnerte. Wenn man mit fünf Jahren von den Nachbarskindern gezwungen wurde, eine lebendige Schnecke zu essen, bekam man zwangsläufig einen Würgereflex, sobald man an Schnecken dachte. Bis heute konnte Dupree nicht einmal in einer Bäckerei Mohnschnecken bestellen, ohne sich übergeben zu wollen.

„Na, toll“, beschwerte sich Eddie, der verpasst hatte, wie einem Knicksspieler ein phänomenaler Wurf gelungen war. „Vielen Dank, O’Neill.“

„Hey“, krächzte Blake und keuchte dabei auf.

„Blake, das hat mich gerade fünf Jahre meines Lebens gekostet“, beklagte sich Teddy und ließ sich aufgebracht auf die Couch sinken. „Weißt du eigentlich, wie viel dein neuer Vertrag gekostet ...?“

„Wer ist denn jetzt unsensibel?“, ächzte Blake und schnappte wie ein Fisch auf dem Trockenen nach Luft, während er seinen Hals abtastete und sich nach vorne gebeugt hatte.

„Beruhigt euch“, Brian hielt ihm eine Flasche Wasser entgegen. „Vielleicht war dir das eine Lehre, nicht immer wie ein Schwein zu essen.“

Bevor das Thema zurück auf Sarah Matthews kommen konnte, verabschiedete sich Dupree von der Truppe und wurde von Teddy zur Tür gebracht. Sie küsste ihn auf die Wange und verschwand wieder im Loft, doch er hatte gesehen, dass sie eine Grimasse geschnitten hatte. Er konnte es ihr nicht versehen, schließlich hatte sie einen langen Arbeitstag hinter sich und musste nun den Chaoten Blake sowie Eddie beherbergen, anstatt sich ins Bett zu legen. Er dagegen machte sich auf den Heimweg und verließ Brooklyn, um nach East Harlem zu fahren.

In seiner Wohnung zog er sich bequeme Kleidung an und schlüpfte in eine Jogginghose sowie in ein weiches Sweatshirt, das ihm seine Schwester zu

Weihnachten geschenkt hatte, bevor er sich eine warme Milch machte. Da er in den nächsten Tagen kaum zu Hause sein würde, öffnete er nicht einen neuen Milchkarton, sondern gab etwas Wasser hinzu, um die bereits angebrochene Milch zu verdünnen. Auch wenn er mittlerweile genug Geld verdiente, um eine eigene Molkerei zu kaufen, ließen sich zweiundzwanzig Jahre hartes Sparen nicht so einfach abstellen. Als Kind hatte er davon geträumt, ein eigenes Bett zu haben und endlich ein Glas Vollmilch zu trinken, die vorher nicht verdünnt wurde, damit jeder seiner Geschwister etwas davon hatte.

Er leistete sich kaum eine Verschwendung, fuhr keinen teuren Sportwagen, sondern hatte sich einen verlässlichen Kombi gekauft, er gab kein Geld für Luxusgüter oder Designerkleidung aus, sondern lebte im Vergleich zu anderen reichen Sportlern relativ bescheiden. Den einzigen Luxus, den er sich geleistet hatte, waren Zahnverblendungen aus Brillanten, die er sich nach seiner Vertragsunterzeichnung bei den Titans gegönnt hatte. Bereits vor Jahren hatte er Rapper im Fernsehen betrachtet – jedenfalls dann, wenn seine Mama nicht aufpasste, da sie grundsätzlich keine Musiksender erlaubte – und hatte sich geschworen, es den bewundernswerten Musikern nachzumachen, die es geschafft hatten, berühmt zu werden, obwohl sie Afroamerikaner waren und aus ärmlichen Verhältnissen stammten. Für Dupree waren die verblendeten Zahnreihen ein Zeichen gewesen, dass er es geschafft hatte. Zwar verdünnte er seine Milch noch, um keinen neuen Karton aufzumachen, den er hätte wegschmeißen müssen, aber durch die verzierten Zähne zeigte er, dass er nicht mehr der arme Junge aus Alabama war, der sich mit zwei Brüdern ein Bett teilen musste.

Gähnend ging er ins Wohnzimmer und sah, dass sein Anrufbeantworter blinkte. Ein Blick auf die Nummer sagte ihm, dass seine Mutter angerufen hatte, was ihn nicht wunderte. Sie rief täglich an. Lächelnd drückte er auf die erste Kurzwahltaste, um sie zurückzurufen. Da ihr Sohn in New York wohnte, mehrere Flugstunden von ihr entfernt, hatte sie es sich zur Aufgabe gemacht, täglich nachzuforschen, ob es ihm auch gut ging. Dupree vermisste seine Familie, auch wenn es mittlerweile nicht mehr so schlimm war wie in seiner Anfangszeit. Während des Colleges hatte er nicht oft anrufen können, da es einfach zu teuer gewesen war, daher genoss er es nun, sich stundenlang die Probleme seiner Geschwister anhören zu können, ohne an die Telefonrechnung zu denken. Sein Leben lang war er der große Bruder gewesen und konnte sich nur schwer damit abfinden, nicht mehr immer zur Stelle zu sein, wenn seine Geschwister ihn brauchten.

Heute ging nicht sofort seine Mutter an den Hörer, sondern die Stimme seines Bruders Gideon war zu hören, der gerade im letzten Highschooljahr war und ständig die Schule schmeißen wollte, um zu Dupree nach New York zu ziehen. Auch jetzt lamentierte er ewig herum, bis ihm seine Mutter den Hörer wegnahm und vernehmlich seufzte.

„Der Junge bringt mich noch um den Verstand."

„Er ist jung, Mama ..."

„Ich weiß, aber du warst nicht so in dem Alter."

Dupree schwieg und setzte sich in seinen Sessel. In Gideons Alter hatte Dupree zwei Nebenjobs gehabt und für den Abschluss gelernt, um die Stipendiumsbedingungen für das College zu erfüllen. Gideon musste das glücklicherweise nicht.

„Wirst du denn in diesem Jahr zu Thanksgiving nach Hause kommen?"

„Ich weiß es noch nicht, Mama. Vermutlich werden wir kurz darauf ein Spiel haben. Dann werde ich nicht kommen können."

Wieder ertönte ein Seufzen. „Es ist nicht dasselbe, wenn du nicht dabei bist."

„Ich weiß, Mama." Lächelnd lehnte er sich zurück. „Geht es euch allen denn gut?"

„Sehr gut. Wenn du zu Thanksgiving nicht herkommen kannst, solltest du vielleicht die Nichte von Reverend Sanderson einladen. Sie studiert in New York und wird sich sicher freuen, bei dir eingeladen zu werden. Wie ich höre, besucht sie eine bezaubernde Gemeinde in Queens."

Dupree presste die Lippen aufeinander, fiel seiner Mutter jedoch nicht ins Wort. Sie fand, dass er mit sechsundzwanzig Jahren endlich eine Frau finden sollte, um diese zu heiraten und sesshaft zu werden. In der Welt, in der er lebte, war man mit sechsundzwanzig unglaublich jung, um zu heiraten. In der Gemeinde seiner Mutter feierten Sechsundzwanzigjährige nicht selten ihren achten Hochzeitstag. Stets blendete er dieses Thema aus, wenn seine Mutter ihm ins Gewissen redete, weil er ihr nicht erklären konnte, wie schwer es ihm fiel, eine Frau kennenzulernen. Schon immer hatte er Probleme gehabt, ein Mädchen anzusprechen, geschweige denn, sie um eine Verabredung zu bitten. Als bekannter

Footballspieler war es noch sehr viel komplizierter, jemanden kennenzulernen.

Während seine Mutter über den Kirchenbasar sprach, blätterte Dupree in dem Buch herum, das neben ihm lag. *Der Fänger im Roggen* war eines seiner Lieblingsbücher, das mittlerweile total zerfleddert war, weil er es so oft gelesen hatte. Gerade anfangs, als er nach New York gezogen war und nicht gewusst hatte, was er mit sich in dieser riesigen Stadt ohne Freunde anstellen sollte, hatte er das Buch verschlungen und viele Gemeinsamkeiten zwischen sich und dem Protagonisten Holden entdeckt. Mittlerweile fühlte er sich nicht mehr so einsam wie am Anfang, schließlich hatte er Freunde gewonnen und war Mitglied des Teams. Nichtsdestotrotz hatte der Anblick des Buches stets etwas Tröstliches an sich.

Nachdem er aufgelegt hatte, die Finger über den Buchrücken wandern ließ und seine langen Beine von sich streckte, dachte er unwillkürlich über Teddys Frage nach und erinnerte sich daran, wie er vor einigen Monaten Sarah Matthews begegnet war.

Er war mit einem total betrunkenen Blake in einem Club gewesen und hatte den Superbowlsieg gefeiert. Heute könnte er sich selbst ohrfeigen, wenn er daran dachte, dass er tatsächlich auf Blake gehört hatte, als dieser ihm Flirttipps gab. Damals waren ihm Blakes Fehler gar nicht aufgefallen und er hatte ihm blind vertraut, da Blake ein ziemlicher Aufreißer war und Erfahrung darin hatte, Frauen anzusprechen. Vielleicht hatte es auch daran gelegen, dass er Blakes Tipps nicht hinterfragt hatte, weil er sich sehr einsam gefühlt und ein Blick in das Gesicht der jungen

Blondine ihn geradezu umgeworfen hatte. Neben ihm war die Blondine wie ein Winzling erschienen, aber sie hatte ein tolles Lächeln und war nicht sofort weggelaufen, als er sich dazu durchgerungen hatte, sie anzusprechen. Im Gegenteil, denn Sarah hatte mit ihm geplaudert, gelacht und war erst dann merkwürdig geworden, als er Blakes Tipps anwendete, ihr voller Stolz seinen Superbowlring zeigte und von dem vielen Geld sprach, das er verdiente.

Er war sich selbst wie ferngesteuert vorgekommen, als würde ihn irgendjemand dazu zwingen, diesen Schwachsinn von sich zu geben, obwohl er eigentlich die Klappe halten wollte. Noch heute brannte sein Gesicht, wenn er darüber nachdachte, dass er ihr tatsächlich gesagt hatte, dass er normalerweise auf größere Brüste stand, aber bei ihr gerne eine Ausnahme machte. Ausgerechnet er, der sich unbehaglich fühlte, wenn ihn seine Kumpels in eine Striptease-Bar schleppten, hatte vor einem netten Mädchen über deren Brüste gefaselt!

Die Situation war eskaliert, als sie ihm ihr Knie in die Weichteile gerammt hatte und abgehauen war. Wenigstens hatte Dupree sich damit trösten können, dass er sie nicht wiedersehen musste. Falsch gedacht, denn Sarah war einige Wochen später wieder aufgetaucht, um sich als Mitarbeiterin der Brustkrebshilfe herauszustellen, für die Dupree ehrenamtlich Werbung machte. Sie war sogar seine Ansprechpartnerin und arbeitete mit ihm zusammen an der Öffentlichkeitsarbeit. Das Leben konnte so ungerecht sein!

2. Kapitel

Das Leben konnte so scheiße sein!

Sarah Matthews war extrem froh, dass sie in keinem Großraumbüro arbeitete, als sie die Bürotür verschloss, sich dagegen lehnte und ihren Tränen freien Lauf ließ.

Von Anfang an hatte sie gewusst, dass es hart wäre, gerade diese Stelle anzunehmen und sich tagtäglich mit Brustkrebspatientinnen und deren Angehörigen zu beschäftigen, aber sie hatte sich gesagt, dass sie Gutes tun konnte und sich selbst einfach zurücknehmen musste. Ihr Job erfüllte sie, machte sie stolz und gab ihr das Gefühl, etwas bewirken zu können. An manchen Tagen jedoch wäre sie am liebsten verzweifelt und beklagte die Grausamkeit des Schicksals. Ihre Vorgesetzte Miranda behauptete zwar, dass es mit der Zeit besser würde, und Sarah wollte ihr da nicht widersprechen, dennoch hatte sie allein in den vergangenen vier Monaten so viele schlimme Schicksalsschläge miterlebt, dass sie das nicht glauben konnte.

Mit zittrigen Händen wischte sie sich die Tränen beiseite und starrte unglücklich auf die wunderschöne Geburtsanzeige eines kleinen Mädchens. Sarah hatte die rosafarbene Karte erst vor fünf Wochen an ihre Pinnwand geklebt und ständig lächeln müssen, wenn ihr Blick darauf gefallen war. Das Mädchen mit dem zerknautschten Gesicht und dem winzigen Mützchen auf dem Kopf trug den Namen Sophie und war zusammen mit ihrer Mutter Mary Sarahs erste Initiative in diesem Job gewesen. Zu dieser Zeit war

Sophie nicht einmal geboren und doch der Grund gewesen, weshalb Sarah einen langen Bericht über sie und ihre dreiunddreißigjährige Mutter veröffentlichte. Mary hatte am Anfang ihrer Schwangerschaft die Diagnose Brustkrebs erhalten und sich gegen eine Chemotherapie entschieden, um den Fötus zu schützen. Sie hatte gewusst, dass die aggressive Therapie, die bei ihr nötig gewesen wäre, das Baby höchstwahrscheinlich geschädigt hätte. Im Gegensatz zu ihr, die sich keine Illusionen über ihre Krebserkrankung gemacht hatte, war ihr Mann sehr hoffnungsvoll gewesen, dass Mary gleich nach der Geburt den Krebs besiegen könnte, wenn sie sofort mit der Therapie begann. Fünf Wochen später war Mary nun tot.

Sarah stieß sich von der Tür ab und ging um ihren Schreibtisch herum, bevor sie nach ihrem Handy griff. Sie fühlte sich hilflos und rief den einzigen Menschen an, der sie jetzt aufmuntern könnte.

„Hallo, Mom ... ich bin's."

„Liebling", erklang die tröstliche Stimme ihrer Mutter. „Geht es dir nicht gut? Du klingst schrecklich."

Mit wackligen Beinen setzte sich Sarah in ihren Sessel und schluckte. „Ich habe dir doch von Mary erzählt – der schwangeren Frau mit dem inflammatorischen Karzinom."

Ihre Mutter schwieg einen Moment, bevor sie leise erklärte: „Ja, das hast du. Sie hat ein kleines Mädchen bekommen, richtig?"

„Ja“, mit einem Kloß im Hals flüsterte sie. „Mary ist gestern gestorben. Gerade eben hat ihr Mann angerufen.“

„Das tut mir sehr leid.“

„Mir auch.“

Eine kurze Zeit herrschte Stille am anderen Ende, bevor ihre Mom mit sanfter Stimme erklärte: „In der nächsten Woche kann ich mir freinehmen, Schatz. Möchtest du, dass ich dich besuchen komme? Du weißt, dass ich dich vermisse und mir sehr gerne deine neue Wohnung anschauen würde.“

„Ich vermisse euch auch, aber du musst nicht extra von Florida nach New York fliegen und meine Wohnung vorschieben, um mich zu trösten, auch wenn ich das sehr lieb finde und dich sehr gerne sehen würde.“

Ein tiefer Seufzer war die Antwort. „Ach, Sarah ...“

„Nein, wirklich. Weißt du, ich bin mittlerweile erwachsen“, erklärte sie amüsiert.

Dieses Mal antwortete ihre Mom mit einem Schnauben. „Auch wenn du erwachsen bist, bleibst du mein Baby.“

Lächelnd lehnte Sarah den Kopf zurück. „Du hast gar nicht die Zeit, um mich zu besuchen, Mom. Wie soll Jamie denn seine Collegebewerbung fertigbekommen ...?“

„Dein Bruder wird sicherlich ohne mich diese Bewerbung schreiben können. Außerdem ist dein Vater auch noch da und kann ihm helfen.“

Mit einem kleinen Lachen stellte sich Sarah vor, wie ihr Dad und ihr Bruder zusammen über der Bewerbung fürs College hingen und sich vermutlich nach wenigen Minuten vor den Fernseher setzten, um Sportnachrichten zu schauen und sich eine Pizza zu bestellen. Sobald ihre Mom das Haus verließ, herrschte daheim in Pensacola Anarchie. Sarahs zwei Brüder, die beide um ein paar Jahre jünger waren, tanzten ihren Eltern auf der Nase herum.

„Danke, Mom. Du musst wirklich nicht kommen."

„Wenn du meinst ..."

„In der nächsten Woche habe ich außerdem einige Termine, die ich nicht verschieben kann."

„Mit dem Footballspieler?"

Sarahs Gesicht verschloss sich für einen Moment, als sie an das gestrige Telefonat mit dem wortkargen Dupree Williams dachte. In der nächsten Woche würde sie ihn treffen und sah dieser Begegnung mit Magenschmerzen entgegen.

„Frag' ihn doch bitte nach zwei Autogrammen für deine Brüder. Die beiden sind große Fans und bekommen sich vor lauter Aufregung, dass du ihn kennst, gar nicht mehr ein."

„Ich kenne ihn nicht wirklich ..."

„Du erstellst seine Werbekampagne, Schatz." Mit einem amüsierten Laut kicherte ihre Mom in den Hörer. „Das ist doch schon etwas."

„Natürlich frage ich ihn nach den Autogrammen", entgegnete Sarah, da sie keine Lust hatte, ihrer Mom erklären zu müssen, weshalb sie auf den Star-Tackle der New York Titans nicht gut zu sprechen war. Nachdem sie versprochen hatte, sich in den kommenden Tagen wieder zu melden, legte sie auf und griff nach einem Stift, um sich ein paar Notizen zu ihren kommenden Terminen zu machen, doch schon bald schweiften ihre Gedanken ab. Beinahe nervös kaute sie auf dem Stift herum und fixierte den Computermonitor, bevor sie sich unwirsch durch ihren blonden Pony fuhr.

Dupree Williams hätte ihr gestohlen bleiben können, wenn nicht er ausgerechnet das Aushängeschild der New Yorker Brustkrebshilfe gewesen wäre. Vor zwei Jahren war er als einziger Spieler mit einem T-Shirt, auf dem die rosafarbene Schleife der Brustkrebshilfe abgedruckt gewesen war, zum jährlichen Spendenlauf erschienen und hatte die Herzen der New Yorker Frauen im Sturm erobert. Jedenfalls wurde es sich genauso erzählt. Seitdem war er der Pate ihrer Organisation und machte ehrenamtlich Werbung, was zwar lobenswert war, Sarah jedoch nicht beeindruckte, da sie ihn auch anders kannte.

Vor vier Monaten war sie gerade erst nach New York gekommen und hatte ihre Stelle angetreten, als eine Arbeitskollegin sich mit ihr in einem Club verabredet hatte. Sarah, die von dem Großstadtflair beeindruckt gewesen war, hatte im besagten Club auf ihre Kollegin warten wollen und sich an die Bar gesetzt, während sie sich eingeschüchtert umgesehen hatte. Dabei war ihr Blick auf einen Mann gefallen, der sie ein wenig zurückhaltend gemustert hatte. Sie hatte das ausgesprochen sympathisch gefunden und hatte ihm zugelächelt, als er zögernd nähergekommen war. Trotz seiner riesigen Erscheinung und wahren Muskelbergen, die beinahe das Shirt mit dem Totenkopf gesprengt hätten, das er an jenem Abend getragen hatte, hatte er ein unverfängliches und nettes Gespräch mit ihr begonnen, bei dem sie bemerkt hatten, dass sie sogar aus der benachbarten Gegend stammten, da Mobile und Pensacola zwar in zwei verschiedenen Bundesstaaten lagen, jedoch nicht weit voneinander entfernt waren.

Sarah hatte Dupree und seinen Irokesenhaarschnitt sogar richtig niedlich gefunden und hing gebannt an seinen Lippen, bevor er den Macho markierte und sich in einen widerlichen Idioten verwandelte, der sie lediglich ins Bett bekommen wollte. Als er dann auch noch erzählte, dass er Footballspieler sei, war ihr alles klar. Footballspieler waren sowieso völlig hirnlose Typen, die andere hirnlose Typen in den Boden rammten und mit einem Ball über ein Feld rannten, wofür sie Unsummen an Geld kassierten.

Dupree hatte augenscheinlich gedacht, dass er ihr lediglich seinen Superbowlring zeigen müsste, um sie aufreißen zu können. Sarah war maßlos enttäuscht gewesen, da sie ihn anfangs für einen wirklich netten Kerl gehalten hatte, der putzigerweise sogar schüchtern erschienen war.

Leider hatte sie sich getäuscht. Wenige Tage später war sie von der Nachricht, dass sie für die Öffentlichkeitsarbeit um den erfolgreichen Footballspieler und Werbepartner Dupree Williams zuständig war, überrollt worden und hatte ihn erst vor ein paar Wochen beim Spendenlauf wiedergesehen. Sein erschrockener und ungläubiger Blick hätte sie beinahe versöhnt, wenn sie nicht die dummen Sprüche einiger seiner Mitspieler gehört hätte. Sarah konnte Menschen, die lediglich auf die äußere Erscheinung achteten und furchtbar oberflächlich waren, einfach nicht leiden, was vermutlich auch mit ihrem Job zusammenhing. Man lernte sehr schnell, worauf es tatsächlich im Leben ankam und dass Schönheit vergänglich war, wenn man tagtäglich mit todkranken Menschen zu tun hatte. Wer das nicht verstehen konnte, war ihrer Meinung nach nicht nur furchtbar gefühlskalt, sondern schlicht und ergreifend dumm.

Sie fand Dupree Williams Engagement zwar löblich, aber hielt es für nichts anderes als für einen Marketingtrick. Eigentlich hätte ihr das egal sein sollen, solange es ihrer Organisation nützte, aber sie war immer noch aufgebracht, dass sie sich kurze Zeit von einem Mann hatte täuschen lassen, der nicht anders als all die anderen Typen war, die sich nie für das Innere einer Frau interessierten, sondern allein das Äußere betrachteten.

Nachdem Sarah einige Telefonate erledigt hatte, verließ sie das Büro und kaufte sich in einem kleinen Bistro einen Salat, um im Park Mittagspause zu machen und den Skateboardern zuzusehen, die sich spektakuläre Tricks einfallen ließen. Sie hatte sich an New York noch nicht gewöhnen können, freundete sich jedoch immer mehr mit dieser Stadt an. Früher hatte sie es nie für möglich gehalten, nicht in Florida zu wohnen und jederzeit zum Strand zu fahren, doch dann hatte sie in Boston studiert und die Ostküste zu schätzen gelernt. Im Gegensatz zu Boston war New York wiederum völlig anders.

Erst vorgestern hatte sie nach der Arbeit in der U-Bahn gesessen und entsetzt einen älteren Obdachlosen bemerkt, der in aller Ruhe masturbierte, während Teenager direkt vor ihm standen. Viel schockierender als der sich selbst befriedigende Mann waren die Reaktionen der anderen U-Bahnfahrer gewesen, die sich nämlich nicht gerührt hatten. Anstatt empört auf die Szenerie zu reagieren, hatten sie sich mit ihrer Zeitung oder ihrem Smartphone beschäftigt. Sarah war vor lauter Entsetzen beinahe der Kaugummi herausgefallen und sie hatte bemerkt, dass sie tatsächlich ein Dorfkind war, wenn sie sich als einzige an einem masturbierenden Obdachlosen störte, während pubertierende Teenager das Ganze hinnahmen und lässig Fotos davon machten, was den älteren Mann wiederum nicht zu stören schien.

Sarah stocherte in ihrem Salat herum und pickte die Karotten heraus, da sie die nicht mochte. Sie hoffte inständig, dass ihr heutiger Nachhauseweg ohne Komplikationen verlief und sie sich bei einem heißen Schaumbad entspannen könnte. Wenn sie ganz viel Glück hatte, waren vielleicht sogar ihre Nachbarn, ein heißblütiges Paar aus Albanien, das bereits zum Frühstück geschmorte Lammkeule mit Knoblauchsauce zu verzehren schien, für einen Abend ruhig und verschonten sie mit ihrem Lärm. Heute wollte sie nicht mehr an den Termin mit Dupree Williams nachdenken, der ihr in der nächsten Woche bevorstand, sondern ein wenig abschalten.

Morgen könnte sie sich Gedanken darum machen, was sie diesem arroganten und selbstherrlichen Footballspieler für eine Werbemaßnahme vorschlagen könnte, aber heute hatte sie ihm schon genügend Gedanken gewidmet.

3. Kapitel

Liv Scott seufzte in den Telefonhörer, den sie sich zwischen Schulter und Ohr geklemmt hatte, warf einen kurzen Blick in den Garten und hackte gleichzeitig die Zwiebeln, während sie ihrer Freundin Claire zuhörte, die lauthals jammerte: „Wieso bin ich nicht einfach lesbisch geworden, Liv? Mein Leben wäre um einiges leichter, wenn ich mit dieser ganzen *Mann-Frau-Sache* abgeschlossen hätte.“

„Das wäre auch keine Lösung ...“

„Und ob! Männer sind wirklich das Letzte!“

Liv verdrehte kurz die Augen, die wegen des scharfen Zwiebeldampfes langsam zu tränen begannen, und legte das Messer weg. Wenn sie weiterhin in dieser verkrampften Haltung telefonierte und dabei auch noch das Mittagessen zubereiten wollte, hätte sie bald eine Haltung, die der des Glöckners von Notre Dame sehr ähnlich wäre. Zwei Schritte brachten sie an das Küchenfenster, durch das sie nach draußen blicken konnte. Das amüsierte Grinsen zauberte sich von ganz allein auf ihr Gesicht, als sie Dupree beobachtete, der mit Brianna im Sandkasten saß und mit einer Engelsgeduld kleine Sandkuchen buk. Der große Footballspieler mit dem beinahe bübchenhaften Gesicht konnte sie schon lange nicht mehr täuschen. Hinter der großspurigen Art, die er anfangs an den Tag gelegt hatte, und hinter der riesenhaften Erscheinung steckte ein warmherziger Kerl, der ein Herz aus Gold hatte. Natürlich hätte Liv ihm dies nie ins Gesicht gesagt, schließlich hatte Dupree seinen Stolz und wollte nicht wie ein kleiner Junge behandelt werden, aber dennoch wusste sie, dass er ein absolut weichherziger Mann war.

„Wieso gerate immer ich an diese Freaks?“

Erschrocken verdrängte Liv ihre Gedanken an Dupree und konzentrierte sich auf Claires Baustelle, die ziemlich heftig sein musste, wenn man bedachte, dass Claire aus dem Büro anrief und Liv schon seit geschlagenen zwanzig Minuten ihr Leid klagte.

„Ich fand Pete sehr nett ...“

„Pete war auch nett“, Claires Stimme bekam einen weinerlichen Ton, was gar nicht zu ihr passte. „Aber Pete kam nicht mit meinem Job klar. Er war der Meinung, dass eine Frau nicht mehr Geld als ihr Freund verdienen sollte.“

Liv schnaubte in den Hörer. „Dann sei bitte froh, dass du ihn los bist.“

„Ach, Mist, Liv! Ich bin dreiunddreißig Jahre alt, mein Arsch beginnt langsam die Erdanziehung zu spüren, sehr bald werde ich die ersten grauen Haare entdecken und jedes Mal, wenn mir warm wird, bekomme ich Panik, weil ich denke, dass dies die ersten Symptome der Wechseljahre sind!“

„Claire ...“

„Vor zwei Jahren war ich auf dem richtigen Weg, hörte schon die Hochzeitsglocken läuten und kaufte mir ein Buch über Kindererziehung, doch dann entschied mein Freund urplötzlich, dass er keine Gefühle mehr in unsere Beziehung investieren wollte, weil er fand, dass ich ihn mehr lieben würde als er mich!“

Mit einem ärgerlichen Stöhnen griff sich Liv an den Pferdeschwanz. „Du weißt ganz genau, dass

Caleb ein Arschloch war und eine billige Ausrede gesucht hat, um sich von dir zu trennen."

„Ausgerechnet eine Woche, bevor wir beide in eine gemeinsame Wohnung ziehen wollten, macht er Schluss. Perfektes Timing! Seitdem lerne ich nur absolute Vollidioten kennen." Ein gequälter Seufzer kam aus ihrem Mund. „Genug gejammert. Also ... ich habe mir gedacht, dass ich heute Abend vorbeikomme ..."

Liv schnitt eine Grimasse und unterbrach ihre beste Freundin. „Wann hat Julian dich angerufen?"

„Was?" Gespielt verwirrt flötete Claire in den Hörer. „Wie kommst du denn darauf, dass Julian mich angerufen haben soll?"

„Spiel' kein Theater", gluckste Liv. „Darauf verstehst du dich nicht."

„Ach, Liv!"

„Du kannst mir glauben, dass du nicht die erste Person am heutigen Tag bist, die mich entweder anruft, vorbeikommt oder mir eine Nachricht schickt. Gerade eben sitzt ein über zweihundert Pfund schwerer Footballspieler mit Brianna im Sandkasten und weigert sich, mich allein zu lassen."

„Eddie?", rätselte Claire.

„Nein, Dupree." Seufzend lehnte sich Liv auf ihrem Stuhl zurück und streichelte abwesend ihren Bauch. „Ihr seid sehr lieb, aber mir geht es gut."

„Darf ich mich denn freuen, dass ihr einen Jungen bekommt?"

„Natürlich darfst du das!" Liv nickte entsetzt mit dem Kopf. „Ich verlange es sogar. Was hat Julian dir bloß erzählt?"

„Er hat mir erzählt, dass du nach dem Ultraschalltermin ein wenig ... durch den Wind warst und vielleicht etwas moralische Unterstützung sowie Ablenkung gebrauchen könntest.“

Ärgerlich knabberte sie auf ihrer Unterlippe herum. „Julian übertreibt ein wenig.“

„Er macht sich Sorgen um dich.“

„Aber das braucht er nicht.“ Liv schluckte und ließ ihre Hand auf dem deutlich schwangeren Bauch liegen. „Ich freue mich auf das Baby und bin sehr glücklich, dass es ein Junge wird, aber ... aber im ersten Moment musste ich an Sammy denken.“

Ihre Freundin schwieg einen Augenblick, bevor sie vorsichtig fragte: „Möchtest du wirklich nicht, dass ich heute Abend vorbeischaue?“

„Nein, nicht nötig, aber vielen Dank für das Angebot.“ Liv musste lächeln und schaute auf die Tischplatte, auf der sich bereits getrocknete Spuren von Briannas Frühstück befanden, die sie noch nicht entfernt hatte. „Ich schätze, dass Dupree so lange bleibt, bis Julian wieder zurück von seinem Termin ist. Ehrlich gesagt wäre ich für eine kurze Zeit gerne allein, damit ich in Ruhe mit Brianna einen Mittagsschlaf halten und mir mal wieder meine Fußnägel lackieren könnte.“

„Ich bin sicher, dass Dupree dir gerne die Nägel lackiert, wenn du ihn darum bittest.“

„Hey!“ Prustend vor Lachen protestierte Liv. „Sag bloß nichts Gemeines über ihn!“

„Das würde ich nie wagen“, ergänzte Claire mit einem tiefen Seufzer. „Wenn er nicht so verdammt jung wäre, würde ich ihn mir sofort schnappen. Gut, ich würde ihm diese Frisur, die verblendeten

Zahnreihen und seinen furchtbaren Kleidungsstil ausreden, aber ansonsten ist er wirklich süß."

Liv warf einen Blick in den Garten und bemerkte, dass Brianna mittlerweile auf Duprees Schoß saß und mit den drei schweren Ketten spielte, die um den Hals des Footballspielers hingen. „Süß ist vermutlich nicht das Wort, das ein Mann im Zusammenhang mit sich gerne hört, Claire. Ich habe bemerkt, dass Dupree in letzter Zeit ziemlich allergisch darauf reagiert, wenn ihn einer der Jungs wie einen kleinen Jungen behandelt."

„Vielleicht wird er bald richtig erwachsen. Wie lief es eigentlich mit dem Plan der Jungs, Dupree eine Frau zu besorgen?"

Mit einem abfälligen Grunzlaut erhob sich Liv und ging zum Kühlschrank, den sie öffnete und zwei Flaschen Apfelsaft herausholte. „Das war nicht der Plan der Jungs, sondern allein Blakes Vorschlag. Er hat vor ein paar Monaten Stripperinnen für Duprees Vertragsverlängerungsparty engagiert. Brian hat mir erzählt, dass die anderen überhaupt nichts davon wussten, bis Blake diese Stripperinnen in Toms Wohnung hineinließ. Die ganze Aktion ist natürlich in die Hose gegangen, was jede Person mit einer Spur von gesundem Menschenverstand sofort begriffen hätte."

„Leider gehört Blake nicht dazu."

„Richtig", seufzte Liv. „Dupree war das Ganze schrecklich peinlich, Blake war furchtbar betrunken und wollte ihn immer animieren, die *Weiber* endlich zu betatschen. Das Ganze eskalierte, die Mädels hauten ab und Dupree verschwand wutschnaubend."

„Oh je“, Claire lachte in den Hörer hinein. „Das hätte ich zu gerne miterlebt.“

Als Liv beobachtete, wie ihre Tochter vor Vergnügen in Duprees Ohr kreischte, seufzte sie schwer und verabschiedete sich von Claire, bevor sie die Apfelsaftflaschen nahm und nach draußen in den Garten trat.

„Hey, ihr beiden.“ Lächelnd winkte sie und überreichte Dupree eine Flasche. „Wie es scheint, habt ihr viel Spaß.“

Dupree setzte eine lachende Brianna zurück in den Sandkasten, erhob sich und nahm die ihm angebotene Flasche entgegen. „Danke.“

„Gerne“, Liv trank selbst einen Schluck und bemerkte mit relativer Belustigung, dass Dupree auf seine Uhr schielte. „Willst du zum Mittagessen bleiben?“

„Oh ... ich denke nicht.“

„Mhh, kann es etwas damit zu tun haben, dass Julian gleich wieder da ist?“

Tatsächlich errötete Dupree unter seiner dunklen Haut und wich ihrem Blick aus, bevor er murmelte. „Unsinn.“

„Dupree, du bist ein Schatz, aber du musst nicht den halben Mittag mit Brianna im Sandkasten spielen, weil Julian dich damit beauftragt hat.“

Der ansonsten schweigsame Dupree sah sie mit seinen dunklen Augen an und erklärte sehr ruhig. „Julian hat mich zu nichts beauftragt, Liv. Ich habe ihn angerufen und gefragt, ob es okay wäre, wenn ich vorbeikäme.“

„Oh“, leicht überrumpelt legte Liv den Kopf schief und musterte ihn. „Das ... das ist nett, aber ...“

„Ich habe mir Sorgen gemacht und wollte schauen, wie es dir geht“, antwortete er auf ihre stumme Frage und verschränkte seine Arme unschlüssig vor der breiten Brust.

Als Brianna einen halben Tobsuchtsanfall bekam, weil sie allein im Sandkasten saß und ihr keinerlei Aufmerksamkeit geschenkt wurde, lachte Dupree auf und nahm die Kleine schwungvoll auf den Arm. Liv folgte ihm noch immer nachdenklich ins Haus, wo Dupree wie selbstverständlich Brianna in den Hochsitz packte und eine Banane für sie kleinschnitt. Nur kurze Zeit später kam Julian von seinem Termin wieder, küsste seine Tochter auf das mit Bananenmus verschmierte Haar, tätschelte Livs Hintern und klopfte Dupree auf die Schulter, bevor er mit ihm ein Gespräch über das erste Testspiel gegen ein Collegeteam begann.

Liv kochte derweil ihre Pastasauce und fixierte zwischenzeitlich die beiden breiten Schultern der Männer, die mit den Rücken zu ihr standen, mit einem finsteren Gesicht.

Sie liebte ihren Mann, aber manchmal nahm seine Fürsorge überdimensionale Ausmaße an. Anstatt einen ruhigen Vormittag zu erleben und die Zeit mit ihrer Tochter zu genießen, hatte ständig ihr Telefon geklingelt, ihr Handy gepiept, weil sie eine neue Nachricht erhalten hatte, oder es hatte an der Tür geläutet, weil Dupree auf einen spontanen Besuch vorbeigekommen war. Es war sehr lieb von Julians Teamkollegen, dass sie sich Sorgen um sie machten, aber Liv ging es gut. Die Nachricht, dass das Baby ein Junge war, hatte sie nicht unglücklich gemacht. Ganz im Gegenteil! Sie freute sich auf das Baby. Nur machte sie der Gedanke, dass eines ihrer Kinder nicht mehr bei ihr war und seine Geschwister kennenlernen konnte, unsagbar traurig. Momente wie der gestrige fielen ihr natürlich nicht leicht.

Als hätte sie es richtig geahnt, kochte sie ein Kilogramm Spaghetti, da Dupree zum Mittagessen blieb und die Portion eines ausgewachsenen Gorillas in sich hineinschob. Zu seiner Ehrenrettung musste Liv zugeben, dass ihr Mann ihm in nichts nachstand. Beide aßen zu Briannas Freude riesige Mengen Spaghetti mit Fleischklößchen, während Liv ihre liebe Not hatte, ihre Tochter zu drei kleinen Bissen zu überreden. Die Kleine fand es sehr viel spannender, ihrem Vater und ihrem liebsten Spielkameraden abwechselnd dabei zuzusehen, wie sie sich vollstopften. Footballspieler vertilgten generell mehr Nahrung als Bergbauarbeiter mit einem Bandwurm und waren kaum satt zu bekommen.

Mit einem zynischen Augenverdrehen nahm Liv Duprees Kompliment zu ihrer Sauce entgegen und verabschiedete ihn, als er kurz darauf das Weite suchte. Lächelnd beobachtete sie ihn, wie er die Straße entlang marschierte, bevor sie die Haustür hinter sich schloss und die Küche anstrebte. Dort entdeckte sie ihren Mann, der den Abwasch erledigte und sich mit Brianna unterhielt, die fröhlich Bananenreste aus ihrem Haar pulte und dabei vor sich hin plapperte.

Einen Moment blieb Liv im Türrahmen stehen und betrachtete ihren Mann, der seiner unbeeindruckten Tochter erklärte, dass Daddy als Superbowlsieger einen neuen Werbevertrag an Land gezogen hatte. Grinsend ließ sie ihren Blick über seinen blonden Schopf, seinen breiten Rücken und die langen Beine, die in einem Paar Jeans steckten, wandern, bevor sie seinen Hintern fixierte, der durch das anschmiegsame Material besonders gut zur Geltung kam. Peinlich, aber wahr ... wäre Brianna nicht dabei gewesen, hätte sie sich sofort auf ihn gestürzt. So blieb ihr jedoch nichts übrig, als auf das eigentliche Thema zu sprechen zu kommen.

„Julian? Darf ich mich kurz aufs Ohr hauen oder muss ich damit rechnen, dass Brian bald vor der Tür steht?"

Fragend sah er sie über die Schulter an und erschien dermaßen unschuldig mit dem ahnungslosen Blick aus seinen braunen Augen, dass sie ihm das Getue beinahe abgekauft hätte. Beinahe.

„Ich weiß nicht, was du meinst."

„Ich meine, dass mir von den vielen Telefonaten schon das Ohr weh tut!"

„Was für Telefonate?"

Seufzend lehnte sie sich mit der Hüfte gegen Briannas Hochsitz und streichelte ihr unbewusst durch das Haar, wobei sie ebenfalls Bananenreste entdeckte und diese vorsichtig entfernte. „Du musst nicht all unsere Freunde in Panik versetzen und dazu bringen, mich mit lieb gemeinten Anrufen in den Wahnsinn zu treiben."

„Liebling ..."

„Ich meine es ernst, Julian. Mir geht es gut und so lieb es auch war, dass Dupree auf der Matte stand, musst du nicht gleich Alarm schlagen, wenn ich beim Arzt mal ein paar Tränen vergieße."

Als er sich die Hände mit einem Handtuch trocknete und auf sie zukam, seufzte sie auf und ließ sich von ihm umarmen.

„Wirklich, Julian ..."

„Ich weiß", entgegnete er und küsste sie erst auf die Nasenspitze und anschließend auf den Mund. „Aber ich kann dich nicht weinen sehen, Liv."

Da sie ihm nie lange böse sein konnte, zumal er sich nun einmal Sorgen um sie gemacht hatte, schlang sie ihm die Arme um den Hals und erwiderte seinen Kuss. Kurz darauf lehnte sie den Kopf ein wenig zurück und starrte ihm fragend in die Augen. „Was hast du sonst noch geplant? Taucht Blake auf und bringt eine Partygesellschaft mit? Oder die Chippendales?"

„Wofür hältst du mich?", schnaubte er und schüttelte kurz den Kopf. „Eigentlich hatte ich eine Suite in einem romantischen Spa-Hotel fürs Wochenende reserviert und Brian als Babysitter für Brianna engagiert, aber wenn du meine kleinen Ablenkungsmanöver nicht magst, werde ich das gerne wieder rückgängig machen."

Liv fixierte seinen Blick und ignorierte sein selbstgefälliges Grinsen. „Spa?"

„Ich hatte gehofft, du würdest auf das Wort *romantisch* eingehen", enttäuscht rümpfte er seine Nase.

„Ich kann auch hier mit dir schlafen. Eine Hot-Stone-Massage, Gesichtsmasken und eine Pediküre dagegen klingen sehr viel exotischer als Sex."

Beide mussten grinsen, als Brianna fröhlich sang: „Ses, Ses, Ses, Ses!"

„Glücklicherweise lispelt sie“, Julian warf seiner Tochter einen amüsierten Blick zu und streichelte gleichzeitig über den unteren Rücken seiner Frau. „Jetzt versteht man noch Bahnhof.“

„Ach, wir schieben es einfach Brian oder Blake in die Schuhe, wenn Brianna unanständige Worte benutzt.“ Amüsiert vergrub sie ihr Gesicht an seinem Hals und streichelte gleichzeitig sein Nackenhaar.

„Liv?“

„Mhh?“

Er stockte und legte ihr eine Hand auf den Bauch. „Das Baby ...“

Auch Liv schwieg einen Moment und fragte möglichst unbefangen. „Was ist mit dem Baby?“

Sie konnte spüren, wie er tief einatmete. „Was hältst du davon, dass das Baby ein Junge ist?“

Nach einer kurzen Weile flüsterte sie. „Ich bin glücklich, Julian. Nur ...“

„Nur?“

Ihre Stimme klang etwas wackelig, als sie ihm antwortete. „Nur muss ich manchmal daran denken, wie traurig es ist, dass weder Brianna noch das Baby ihren älteren Bruder kennenlernen.“

Julian senkte den Kopf und küsste sie auf die Stirn, bevor er leise murmelte. „Das Gefühl kenne ich, mein Schatz.“

Liv stockte kurz, schluckte die aufsteigenden Tränen hinunter und krächzte leise. „Sammy wäre ... er wäre ein toller großer Bruder geworden.“

„Das wäre er“, antwortete Julian mit einer ebenfalls wackeligen Stimme.

Liv hörte das fröhliche Quietschen ihrer kleinen Tochter, lehnte den Kopf ein wenig zurück und schaute in das ernste Gesicht ihres Mannes. Sie war nicht überrascht, als er den Kopf senkte, da eine Träne über seine Wange lief. Mit ebenfalls feuchten Augen nahm sie sein Gesicht in beide Hände, lächelte traurig und streichelte über seine rauen Wangen. Sie wusste, dass ihm die Nachricht der Frauenärztin, dass das Baby ein Junge war, ebenfalls mitgenommen hatte, aber bislang hatte er sich nichts anmerken lassen. Jetzt schmiegte er sein Gesicht in ihre Hände, zog sie eng an sich und weinte, was Liv merkwürdigerweise mit Erleichterung zur Kenntnis nahm. Sanft küsste sie ihn auf den Mund und flüsterte ihm zu, wie sehr sie ihn liebte. Wenige Augenblicke später wischte er sich die letzten Tränen beiseite und nahm Brianna, die von der traurigen Stimmung ihrer Eltern nichts mitbekommen hatte, auf den Arm, um sein Gesicht in ihrem seidenweichen Haar zu vergraben. Liv drängte sich in eine Gruppenumarmung hinein und störte sich genauso wenig wie Julian an den hartnäckigen Bananenresten im Haar ihrer Tochter.

4. Kapitel

„Blake, beweg' endlich deinen Arsch! Was hast du in den letzten Monaten bloß getrieben?"

Blake keuchte wie verrückt und war so verschwitzt wie ein Käse in der prallen Sonne, dennoch schaffte er es, seinen Coach mit einem großspurigen Lächeln zu bedenken, während er genauso wie die anderen Spieler der Titans Liegestütze ausführte.

„Ich trage einen Superbowlring, Coach, der die Weiber ganz scharf macht. Getrieben habe ich es also ziemlich oft ..."

Ein kollektives Stöhnen ging durch den Trainingsraum.

„Deiner Kondition hat es nichts genützt, also würde ich mal sagen, dass du irgendetwas falsch machst", ätzte der Coach John Brennan und erntete prustendes Gelächter der anderen Spieler.

„Hey", beschwerte sich Blake und hätte sich erhoben, wenn ihm der Trainer nicht den Fuß auf den Rücken gestellt und ihn auf diese Weise nach unten gedrückt hätte.

„Wenn du so weiter machst, hauen die Frauen sofort ab, sobald du dich ausgezogen hast", grollte der Trainer, womit er nach Duprees Einschätzung genau ins Schwarze traf.

„Wegen seines haarigen Rückens?"

„Nein, Eddie! Der gute Blake bekommt eine richtige Wampe und wird der holden Damenwelt zwischen den Laken nicht mehr viel bieten können, wenn er noch fetter wird."

Blake schnappte empört nach Luft, doch sein Trainer war unerbittlich.

„Für dich erstelle ich einen eigenen Trainingsplan, damit du mich nicht blamierst, O'Neill! Und jetzt will ich fünfzig Extra-Liegestütze sehen!“

Dupree beobachtete eine ganze Weile, wie sich sein Kumpel schwitzend und fluchend abmühte, dennoch hatte er kein Mitleid mit ihm. Blake hatte seit dem Superbowlsieg im Februar weder auf sein Gewicht noch auf seine Fitness geachtet, sondern sich permanent in Clubs, Bars oder Stripteaseläden herumgetrieben, um zu feiern und einen draufzumachen. Besorgt hatte sich Dupree mehr als einmal gefragt, was sowohl Blakes Leber als auch sein bestes Stück zu den exzessiven Ausschweifungen der letzten Monate sagten. Beide bekamen momentan viel zu viel Aufmerksamkeit ihres Besitzers und mussten ziemlich abgekämpft sein. Duprees und Blakes Teamkollege Eddie hatte dies vor ein paar Tagen sehr richtig formuliert, als er Blake gefragt hatte, ob sein *Schwanz wegen übermäßigen Gebrauchs schon abgefallen sei.*

Nach den letzten Monaten war Dupree richtig froh, dass die Saison bald wieder beginnen würde. Auch wenn die letzte Saison extrem anstrengend und nervenaufreibend gewesen war, hielt er nicht viel von langen Pausen, in denen er kaum etwas zu tun hatte, freute sich immer darauf, dass er wieder regelmäßig zum Training fahren konnte und beinahe täglich mit dem Team zusammen war. Zwar hatte er in den Ferien seine Familie in Alabama besucht und war mit dem ganzen Team nach Hawaii geflogen, um dort eine Woche zu entspannen, aber für ihn gab es nichts Schöneres, als sich auf Spiele vorzubereiten und mit seinen Teamkollegen zusammen zu sein. Sobald ihn das Fieber, auf dem Spielfeld zu stehen und gegnerische Angriffe abzuwehren, gepackt hatte, war er voll in seinem Element, daher tat er alles, um sich auch in der Pause fit zu halten. Blake dagegen hielt von diesem Motto anscheinend nicht sehr viel. Während sie ihre Runden auf dem Übungsgelände drehten, sah Blake von Minute zu Minute abgekämpfter aus. Als dann auch noch der persönliche Yogatrainer der Titans, ein sehr schwuler ehemaliger Broadwaytänzer namens Abby auftauchte, um mit ihnen den Trainingsplan für die kommende Woche durchzugehen, schien Blake am Ende seiner Kräfte zu sein.

Entgegen seiner Art saß der Runningback schweigend auf der Bank in der Umkleidekabine und brachte es kaum über sich, sich die verschwitzten Klamotten auszuziehen.

Dupree beobachtete ihn zwischenzeitlich und schüttelte innerlich den Kopf, während er aus seinem T-Shirt schlüpfte. Er hatte wenig Verständnis für Blake, da Dupree der Meinung war, dass ein Profisportler, der ein Gehalt kassierte, von dem andere Menschen nur träumen konnten, sich dermaßen gehen ließ. Mit einem ärgerlichen Seufzer sank nun auch Dupree auf die Bank und beugte sich nach vorne, um seine Sportschuhe aufzuschnüren und die Socken auszuziehen.

Natürlich hatte auch er das Training als ziemlich hart empfunden und freute sich nun auf eine heiße Dusche, doch glücklicherweise ging es ihm nicht annähernd so dreckig wie Blake, der aussah, als müsste er vor lauter Erschöpfung gleich kotzen.

Nur mit seinen Sporthosen bekleidet saß Dupree auf der Bank und fuhr sich gähnend durch die Frisur. Er müsste wirklich mal wieder dringend zum Frisör, entschied er, während er gedankenverloren seinen Irokesenschnitt berührte und sich mit den Fingerspitzen durch die krausen Haare kämmte. Normalerweise war sein Haar an den Seiten ratzekahl abrasiert, aber er war in den letzten Wochen einfach nicht dazu gekommen, sich die Haare schneiden zu lassen, daher war der Irokese kaum mehr existent, sondern wirkte wie das Werk eines Lehrlings mit eingeschränkter Sehkraft.

„Beinahe hätte ich über die letzten Monate vergessen, dass es Abby gibt", seufzte der Cornerback Tom Peacock und ließ wortwörtlich die Hosen runter.

„Hoffentlich bringt er in diesem Jahr nicht diese schrecklichen Musical-Soundtracks mit, mit denen er uns in der letzten Saison gequält hat", jammerte Eddie und schlüpfte aus seinen Schuhen.

Tom, der so nackt, wie Gott ihn erschaffen hatte, neben Dupree stand und die Arme vor der Brust verschränkte, schüttelte den Kopf. „Die Musik kann ich ertragen, aber was mir schlaflose Nächte bereitet, ist ein Mann in hautengen Leggins, der mir zeigen will, wie ich mit dem Arsch zu wackeln habe, und gleichzeitig darüber nachdenkt, wie wohl mein Schwanz aussieht."

Brian gluckste fröhlich auf und schlug seinem Kumpel auf den nackten Rücken. „Denkst du echt, dass er nur darüber nachdenkt, wie dein Schwanz aussieht? Abby wird in diesem Zusammenhang noch ganz andere Gedanken haben!“

„Rabbit, Kopfkinoalarm!“ Tom schüttelte sich vor Abscheu und wurde tatsächlich etwas blass.

Da sich Dupree aus solchen Diskussionen meistens heraushielt, spielte er den schweigsamen Zuhörer, während seine Kumpels darüber rätselten, ob Abby eher der aktive oder passive Teil einer schwulen Partnerschaft war.

„Mal abgesehen davon, dass diese Diskussion total krank ist, halte ich Abby eher für den femininen Part“, der Kapitän der Titans kratzte sich am dunklen Haarschopf. „Er heißt anscheinend nicht umsonst Abby.“

„Wenn ihr damit nicht aufhört, muss ich wirklich kotzen“, stöhne Blake gequält.

„Hey, Brian! Kannst du Teddy nicht bitten, unsere Yoga-Lehrerin zu werden?“ Julian grinste seinen besten Freund an.

„Ja, Rabbit“, schob Blake hinterher und befreite sich unter lautem Stöhnen von seiner Kleidung. „Ihr würde ich liebend gern zusehen, wie sie uns in hautengen Klamotten irgendwelche Stellungen zeigt.“

„Da ich ein körperliches Wrack wie dich nicht verprügeln will, habe ich die letzte Bemerkung überhört“, schnaubte Brian und starrte Blake warnend an.

Nun waren alle Spieler mehr oder minder nackt, da Eddie zwar weder Hosen noch Shirt trug, aber seine Socken anbehalten hatte, während Dupree noch in seiner Trainingshose auf der Bank saß. Vielleicht mutete es komisch an, dass ein Haufen nackter Kerle, die keine Skrupel besaßen, voreinander die Hüllen fallen zu lassen, gleichzeitig Schiss davor hatten, dass ihr schwuler Yoga- und Aerobictrainer eventuell unsittliche Gedanken ihnen gegenüber hegte, aber die meisten Footballspieler, die Dupree kannte, waren, was das Thema Homosexualität betraf, ziemlich empfindlich. Er selbst hatte zwar keine Scheu, nackt durch die Umkleide zu laufen, aber fühlte sich einfach wohler, wenn er sich dabei ein Handtuch um die Hüften schlang.

Glücklicherweise nahmen seine Teamkollegen darauf Rücksicht und brachten das Gespräch nie auf seine Angewohnheit, im Gegensatz zu allen anderen stets untenherum bekleidet zu sein. Außer anfänglichen Frotzeleien war Dupree bisher verschont geblieben, was ihn besonders am Anfang erleichtert hatte, da sein College-Team ganz andere Geschütze gegen ihn aufgefahren hatte.

„Teddy steht doch auf diesen Meditationskram“, Tom kratzte sich an der Brust und überlegte laut. „Und die durchgeknallten *vertrauensbildenden Maßnahmen* hat sie auch schon mit uns gemacht. Julians Idee klingt gar nicht schlecht.“

„Ihre vertrauensbildenden Maßnahmen sind voll in die Hose gegangen“, erinnerte ihn Brian mit einem Schnauben.

Nun fühlte sich Dupree bemüßigt, ebenfalls seinen Senf dazuzugeben. „Nur, weil du ihr das Leben schwer gemacht hast, Brian.“

„Ich?“

Julian grinste. „Du warst ein richtiger Arsch, mein Freund. Ein Wunder, dass sie dich überhaupt rangelassen hat.“

Daraufhin boxte ihn Brian gegen den Oberarm. „Meine Frau wird *nicht* unsere neue Yogalehrerin!“

„Scheiße, bist du eifersüchtig“, Blake schüttelte seinen Kopf.

„Das hat nichts mit Eifersucht zu tun“, konterte der Quarterback gequält.

„Sondern?“

„Mit Teddys Räucherstäbchen.“ Brian machte ein Gesicht wie sieben Tage Regenwetter.

„Ach!“

„Du musst gar nicht so süffisant grinsen“, warf er Julian vor. „Ich muss schon zu Hause diese widerlichen Räucherstäbchen ertragen und dabei so tun, als fände ich sie toll, da habe ich einfach keine Lust, sie auch noch während der Yogastunde riechen zu müssen.“

Dupree verdrehte die Augen. „Teddy weiß ganz genau, dass du sie nicht leiden kannst. Sie zündet sie nur an, wenn du irgendetwas ausgefressen hast, das ihr nicht in den Kram passt.“

Das verwirrte Gesicht des Quarterbacks brachte die anderen zu einem regelrechten Heiterkeitsausbruch.

„Scheiße, Rabbit, wenn sogar Dupree mehr über Frauen weiß als du, hast du ein echtes Problem“, gackerte Blake und erhob sich langsam.

Duprees Nacken brannte, da er sich von der Aussage seines Kumpels beleidigt fühlte. Er warf ihm einen finsteren Blick zu, zog seine Hosen aus und band sich ein Handtuch um die Hüften, bevor er in Richtung Dusche lief.

Er konnte es einfach nicht leiden, dass Blake ihn ständig wie einen minderbemittelten Jungen darstellte, der davon ausging, dass der Storch die Babys brachte. Er war weder der Rainman noch ein Teletubby! Nur weil er lieber die Klappe hielt, was Frauen oder deren körperliche Vorzüge anging, und nicht wie Blake gleich mit jeder Frau ins Bett gehen wollte, hieß das noch lange nicht, dass er ein Idiot war. Warum wurden Männer, die keine hirnlosen Aufreißer waren und sich erst auf jemanden einlassen wollten, wenn sie die Frau wirklich mochten und kannten, als Weicheier, Warmduscher und verkappte Schwule abgestempelt? Unglücklicherweise ging die ganze Welt davon aus, dass Sportler – vor allem Footballspieler – nichts anderes im Kopf hatten als Sex. Vorzugsweise Sex mit Models oder Groupies, die sich nicht einmal ihre Unterwäschegröße merken konnten und daher lieber ohne gingen.

Sein ganzes Leben war Dupree entweder als dummer Riese betrachtet worden, der nicht einmal in der Lage war, sich die Schuhe allein zuzubinden, oder er war der aggressive Footballspieler, der seinen Spaß daran hatte, anderen Menschen Schmerzen zuzufügen. Niemand schien zu verstehen, dass auch er Gefühle hatte und sich verletzt fühlte, wenn er als Idiot dargestellt wurde.

Unter der Dusche schmierte er sich schnaubend und wütend mit seinem Duschgel ein, ignorierte seine Kumpels, die sich ebenfalls den Schweiß von den Körpern wuschen, und wünschte sich, dass er entgegen seiner Art einfach mal ausrasten und Blake einen Kopf kürzer machen könnte. Auch wenn er selbst der Jüngste der Truppe war, hatte er es ziemlich satt, als der unerfahrene Junge vom Land behandelt zu werden.

Sobald er das Duschgel vom Körper gewaschen hatte, drehte er das Wasser ab und verschwand aufgebracht aus der Kabine, um zur Umkleide zu marschieren. Dort trocknete er sich ein wenig zu rabiat ab, schlüpfte in ein Paar schwarzer Jeans und zog einen Kapuzenpulli an, als Julian um die Ecke trat und sich zu ihm gesellte.

„Ich hoffe, du hast Blake ignoriert."

Er antwortete nicht, sondern verstaute seine verschwitzten Klamotten in seiner Sporttasche.

„Hör mal, Dupree, du weißt doch, dass Blake ein Vollidiot sein kann, aber ..."

„Es geht nicht nur um Blake", brummte er und warf dem tropfnassen Wide Receiver einen ernsten Blick zu. „Ihr behandelt mich alle, als wäre ich geistig zurückgeblieben."

Julians Augenbrauen zuckten nach oben, während er sich irritiert das Haar mit einem Handtuch trockenrieb. „Im Ernst?"

„Ja", Dupree biss die Zähne zusammen und schnaubte nach einer Weile: „Ich bin nicht dumm ..."

„Dafür habe ich dich nie gehalten", sofort schüttelte Julian den Kopf, den er anschließend bedauernd zur Seite neigte. „Und den Jungs geht es genauso."

„Dann muss ich mir die Frage stellen, weshalb ihr mich dennoch so behandelt."

Mit einem schwachen Lächeln stieg Julian in seine Boxershorts. „Vielleicht liegt es an dem Welpenschutz, Dupree. Du bist der Jüngste ..."

„Ich bin sechsundzwanzig Jahre alt."

„Dennoch bist du der Jüngste von uns“, er klopfte ihm kurz auf den Rücken. „Mach dir bitte nichts draus. Das ist uns allen so gegangen.“

Vermutlich stimmte das, aber Dupree war sich ziemlich sicher, dass jeder einzelne seiner Teamkollegen nicht wie ein Wunderling betrachtet worden war, weil er in Sachen Frauen unerfahren gewesen war.

Laute Stimmen kamen näher, als die restlichen Jungs die Duschen verließen und sich daran machten, sich wieder anzuziehen. Dupree griff nach seinem Handy und entdeckte in seinem Mail-Postfach eine Nachricht von Sarah Matthews, die ihn an den morgigen Termin erinnerte, als wäre er zu blöd, sich diesen zu merken. Er merkte, wie sich seine Laune von Sekunde zu Sekunde verschlechterte.

„Hey, Kleiner“, Blake stieß ihm den Ellbogen in die Seite und grinste. „Ich habe Bock auf Spare Ribs. Kommst du mit?“

Bock auf Spare Ribs hatte Dupree immer, aber er zweifelte daran, dass er heute besonders viel Spaß hätte, Blake gegenüberzusitzen und ihn dabei zu beobachten, wie er irgendwelche Frauen angaffte und sie mit dummen Sprüchen anflirtete. Also schüttelte er den Kopf.

„Und du, Tom?“

„Geht nicht“, verriet der dunkelblonde Cornerback mit einem Grinsen auf dem Gesicht. „Ich hole Zoey aus dem Kindergarten ab und muss noch eine Überraschung für Erin vorbereiten.“

„Überraschung?“ Brian knöpfte sein Hemd zu und warf seinem Kumpel einen fragenden Blick zu. „Die da wäre?“

Mit einem Griff in seine Sporttasche beförderte Tom eine Samtschatulle heraus, die er mit dem Daumennagel aufspringen ließ. Dupree starrte mit großen Augen auf den Verlobungsring, der im Schein der Neonröhren glänzte. Er hatte nicht gewusst, dass es Tom bereits so ernst war, schließlich war er mit seiner Freundin erst seit wenigen Monaten zusammen und versorgte auch noch seit kurzer Zeit seine vierjährige Tochter Zoey, die mit ihm und Erin in einer Wohnung lebte.

Brian pfiff anerkennend, als er den Ring in Augenschein nahm.

Blake dagegen schnitt eine Grimasse. „Ist das dein Ernst, Tomcat?“

„Mein voller Ernst“, lachte Tom auf, ließ die Schatulle wieder zuschnappen und verstaute sie sorgsam in seiner Tasche.

„Bist du denn verrückt geworden?“, seufzte Blake wie ein Mann, der zutiefst enttäuscht war.

„Blake, halt’ die Klappe“, beschied Julian gutmütig und fügte an Tom gewandt hinzu. „Gratuliere. Erin ist klasse.“

„Ich weiß“, er grinste aufgeregt und fuhr sich unsicher durchs Haar. „Hoffentlich sagt sie ja.“

Trotz seiner miesepetrigen Laune musste Dupree lächeln, weil er sich vorstellen konnte, wie begeistert Toms Tochter Zoey auf diese Nachricht reagieren würde. „Wann wollt ihr es Zoey sagen?“

„Sie weiß es schon“, Tom zog sich ein T-Shirt über und strich es glatt, wobei Dupree auffiel, dass der ansonsten so gelassene Cornerback Muffensausen zu haben schien.

„Echt?“

„Ja, wir haben zusammen den Ring ausgesucht.“ Unschlüssig hob er beide Hände. „Sie ist erst vier, aber ich wollte mit ihr vorher darüber sprechen ... sie war von der Idee hellauf begeistert und ist kaum zu zügeln.“

Er ignorierte Blakes Stöhnen im Hintergrund und stopfte sein T-Shirt in die Jeans, bevor er Dupree ins Gesicht sah. „Es war Zoeys Idee, dass du Trauzeuge sein sollst. Erin hat den Antrag zwar noch nicht angenommen, aber würdest du zur Verfügung stehen?“

Ein wenig verlegen nickte Dupree und unterdrückte ein breites Lächeln, woraufhin Brian ihm lachend auf die Schulter schlug. „Gratuliere, Dupree!“

„Bist du völlig übergeschnappt?“, Blake drängte sich heran und sortierte währenddessen seine Eier in den Boxershorts. „Wenn *Dozer* dein Trauzeuge wird, muss er sich auch um den Junggesellenabschied kümmern. Er wird ganz sicher vergessen, Stripperinnen zu bestellen ...“

Aufgebracht drehte sich Dupree zu Blake um und funkelte ihn an. „Halt’ die Schnauze!“

Aus den Augenwinkeln konnte er sehen, dass seine Kumpels zusammenzuckten, was er ihnen nicht verdenken konnte, da er normalerweise niemals die Stimme hob oder solche Wörter benutzte.

Blake schien es jedoch nicht einmal zu merken. „Nichts gegen dich, Dozer, aber das wird Toms letzte Gelegenheit sein, auf den Putz zu hauen. Ich finde, da sollten wir ihm das ganze Programm bieten!“

„Jungs“, versuchte Tom zu beschwichtigen.

Dupree schnaubte wütend und knurrte Blake an. „Vielleicht hat nicht jeder die gleichen Vorstellungen über einen Junggesellenabschied wie du!“

„Dozer, du bist noch gar nicht trocken hinter den Ohren! Nach dem Theater, das du gemacht hast, als ich dir ein paar Stripperinnen besorgt habe, stelle ich mir manchmal die Frage, ob du ...“

„Jetzt reicht es, O’Neill“, Brian stieß den in Unterhosen stehenden Blake beiseite. „Vertragt euch. Ich habe nämlich keinen Bock auf Streit in meinem Team ...“

Dupree hatte genug gehört und schnappte sich seine Tasche. Er merkte, wie Tom ihn am Arm packen wollte, doch er wich ihm aus und verließ aufgebracht die Umkleide, um nach Hause zu fahren. Im Flur begegnete ihm sein Coach, der ihn ansprechen wollte, aber Dupree zog den Kopf ein und marschierte wortlos an ihm vorbei. Als er in seinem Auto saß, drehte er die Musik auf volle Lautstärke und fuhr wütend nach Hause. Währenddessen klingelte ständig sein Handy, aber er ignorierte das nervende Klingeln.

Sobald er in seiner Wohnung war, legte er sich auf sein Bett und starrte an die Decke über sich. Erinnerungen an peinliche Momente schwirrten vor seinem inneren Auge vorbei, die er lieber vergessen hätte und nun mit purer Willenskraft verdrängte. Jedes Mal, wenn er daran denken musste, was ihm auf dem College passiert war, bildete sich in seinem Magen ein Eisklumpen, der ihn geradezu lähmte. Da half es ganz bestimmt nicht, dass sogar einer seiner besten Freunde sich ständig über ihn lustig machte und ihn damit aufzog, dass er abgehauen war, als sich eine splitternackte Stripperin auf seinen Schoß gesetzt und ihm ihre Brüste ins Gesicht gedrückt hatte.

Dupree ballte seine Hände zu Fäusten und musterte die weiß gestrichene Zimmerdecke. Es war gar nicht so lange her, dass seine Kumpels eine Überraschungsfeier für ihn geplant hatten, als die Titans seinen Vertrag verlängert hatten. Anfangs hatte er großen Spaß gehabt und sich eingestanden, wie froh er gewesen war, endlich zu einem Team zu gehören, das ihn voll und ganz akzeptierte. Doch dann waren plötzlich zwei Stripperinnen in Toms Wohnung aufgetaucht, die ihn auf einen Stuhl in der Mitte des Wohnzimmers verfrachtet und sich zu lasziver Musik ausgezogen hatten. Blake hatte am lautesten gebrüllt, als die beiden Frauen sich gegenseitig betatscht hatten, bevor sich die Brünette auf seinen Schoß gesetzt und dabei keinen Fetzen Stoff mehr auf dem Körper getragen hatte. Er hatte nicht gewusst, wo er hatte hinschauen sollen, wo er seine Hände lassen sollte und was von ihm erwartet wurde. Abgesehen davon hatte es ihm wirklich nicht gefallen, dass eine wildfremde Frau auf seinem Schoß gesessen hatte, mit ihrem nackten Hintern über seine Schenkel gerieben und ihn mit ihren Silikonbrüsten beinahe erstickt hätte. Dass Blake ihn mit einer allzu deutlichen Alkoholfahne gleichzeitig ins Ohr gebrüllt hatte, er solle endlich *rangehen* und die Kleine *vernaschen,* hatte die ganze Situation nicht besser gemacht.

Also hatte Dupree das Mädchen von seinem Schoß geschoben, sich aus der Umklammerung der zweiten Stripperin, die hinter dem Stuhl gestanden und ihn pausenlos über die Brust gekrault hatte, befreit, bevor er aus der Wohnung gestürmt war.

Um nicht länger daran denken zu müssen, griff er mit der rechten Hand nach seinem Laptop, der auf dem Nachttisch lag, und schaltete ihn an. Er fand unzählige Mails seiner Geschwister, die ihm Links zu irgendwelchen Videos schickten, eine obligatorische Nachricht seines Vaters, der sich nach dem Superbowlsieg bei ihm gemeldet hatte, und dutzende Werbemails. Die Mail seines Vaters löschte er unbesehen und biss die Zähne zusammen. Einmal hatte er den Fehler gemacht, eine Nachricht seines lange verschollenen Vaters zu lesen, doch gleich nach den ersten drei Sätzen hatte er enttäuscht einsehen müssen, dass sein Erzeuger ein armseliger Mensch war. Er hatte nicht einmal gefragt, wie es Duprees Mom oder seinen anderen fünf Kindern ging, sondern hatte geschrieben, wie stolz er auf Dupree sei und ob Dupree seinem alten Herrn, dem es finanziell nicht sehr gut ging, nicht etwas von seinem Reichtum abgeben wolle.

Entgegen seiner Art hätte er seinem Vater gerne alle Zähne ausgeschlagen, weil er daran denken musste, wie viele Mühen seine Mom auf sich genommen hatte, um allein die sechs Kinder versorgen zu können, während ihr Mann einfach abgehauen war.

Doch Dupree hatte reagiert, indem er einfach nicht geantwortet hatte. Seitdem bekam er alle zwei Wochen die gleiche Nachricht und löschte sie immer sofort, was ihn zwar weniger aufregte, ihn dennoch aufwühlte.

Gerade als er sein Postfach schließen wollte, bekam er eine neue Werbemail und wollte sie schon löschen, als er in der Bewegung innehielt.

Love is in the air – die Partnervermittlung für alle Singles mit Stil

Ohne großartig nachzudenken, klickte er auf den Link. Vielleicht lag es an Blakes Bemerkungen, vielleicht lag es an der Tatsache, dass Toms Verlobung ihn daran erinnert hatte, dass das ständige Alleinsein ziemlich einsam machte, und vielleicht lag es daran, dass Dupree gerne eine Frau kennenlernen würde, die ihn mochte, bevor sie wusste, wer er war und wie er aussah, jedenfalls klickte er auf den Button *Registrierung.*

Er wählte aus, dass er ein Mann sei, der eine Frau suche, gab den Standort New York ein und sollte einen Spitznamen eingeben. Ratlos sah er sich in seinem Schlafzimmer um und suchte beinahe verzweifelt nach einem passenden Namen. Versuchsweise gab er *Alabama-Boy* ein, musste jedoch entdecken, dass dieser Name schon vergeben war. Seufzend biss er sich auf die Unterlippe und probierte es mit *Sportfan*, doch auch hier hatte er kein Glück. Als sein Blick auf den Nachttisch auf der anderen Bettseite fiel, auf dem sich einige Bücher stapelten, erinnerte er sich an den Roman *Die Schatzinsel* von Robert Louis Stevenson, den er bereits unzählige Male gelesen hatte. Da er den Romanhelden, den bärbeißigen Piraten, immer sehr gemocht hatte, probierte er es also mit *Long John Silver* aus und hatte Glück, da der Name noch nicht vergeben war.

Er klickte sich weiter durch die Registrierung, gab an, dass er sechsundzwanzig Jahre alt sei, einen College-Abschluss besäße und sich auf der Suche nach der wahren Liebe befände, da er die anderen beiden Möglichkeiten *Flirt* oder *Bekanntschaft* als nicht passend empfand. Unter der Überschrift *Herkunft* wählte er *afroamerikanisch* aus und beschrieb sich als überdurchschnittlich groß sowie muskulös, als er seinen Körperbau beschreiben sollte. Sobald er nach seinem Beruf gefragt wurde, gab er lediglich *Diverses* an, da er niemandem auf die Nase binden wollte, dass er Profi-Footballspieler war, und ließ die Frage nach seinem Durchschnittsgehalt aus. Bei der Frage nach seiner Partnerin blieb er offen und nannte im nächsten Schritt seine Hobbys, wobei er Sport, Lesen und Relaxen angab.

Als er seine potentielle Partnerin beschreiben sollte, schrieb er nachdenklich:

Ich suche eine nette Frau, die mich so nimmt, wie ich bin.

Dupree las noch einmal, was er geschrieben hatte, und runzelte die Stirn. Das klang tatsächlich, als wäre er ein Warmduscher. Mist, dieses ganze Dating-Zeug schien schwieriger zu sein, als er gedacht hatte. Er löschte die Zeile und schrieb stattdessen:

Ich suche eine Frau, die meine Vorlieben teilt, mich versteht und mich trotz meiner Größe akzeptiert.

Damit war er zwar nicht wirklich zufrieden, jedoch wollte Dupree den Frauen nichts vorgaukeln, was er nicht war. Sie sollten von Anfang an wissen, dass er nicht wie der Durchschnittsmann aussah, sondern mit knapp über zwei Meter eine große Erscheinung war. Sein Motto nannte er:

Stille Wasser sind tief.

Als er ein Profilfoto hochladen sollte, wurde es etwas kniffliger, weil er sich ganz bestimmt nicht öffentlich zeigen wollte. Genau das hatte er von Anfang an vermeiden wollen. Er durchsuchte seine Fotodateien auf dem Laptop und blieb bei den Urlaubsbildern aus Hawaii hängen, die erst vor kurzem entstanden waren.

Hanna Brennan hatte Fotos von ihm geschossen, als er beim Frühstück eine Papaya gegessen hatte. Eines dieser Bilder zeigte lediglich seine große Hand, die mit einem Löffel das Fruchtfleisch der Papaya löste. Da die Farben der reifen Frucht besonders schön zur Geltung kamen und seine Hand darauf zu sehen war, entschied er sich für dieses Bild und lud es auf der Flirtseite hoch. Anschließend speicherte er alle Daten und loggte sich über sein Handy auf der

Seite ein, damit er auch unterwegs Nachrichten lesen konnte, falls er welche bekommen sollte.

5. Kapitel

„Er ist da."

Sarah verdrehte die Augen, als sie die vor lauter Bewunderung gehauchten Worte ihrer Kollegin hörte, die den Kopf in Sarahs Büro gesteckt hatte, um ihr mitzuteilen, dass Dupree Williams angekommen sei. Schon den ganzen Tag machten all ihre Kolleginnen ein furchtbares Aufheben um den Footballspieler, der lediglich vorbeikam, um mit ihr über die nächste Kampagne zu sprechen. Daher wusste Sarah wirklich nicht, warum alle heute völlig kopflos durch die Gegend rannten.

Das verlegene Kichern ihrer Kollegin Anne warnte sie vor, noch ehe ein Klopfen an ihrer offenen Bürotür ertönte. Mit einem gezwungenen Lächeln erhob sie sich von ihrem Stuhl, strich ihren hellgrünen Rock glatt und kam auf ihren Besucher zu, der unschlüssig in der Tür stand und sie unsicher ansah.

Wie auch bei ihren ersten beiden Begegnungen musste Sarah den Kopf in den Nacken legen, um ihm ins Gesicht sehen zu können, da er sie um einiges überragte. Sie war sowieso ziemlich klein geraten, während Dupree Williams geradezu ein Riese war. Leider fühlte sie sich durch diesen Größenunterschied entschieden im Nachteil und merkte auch, dass ihr besonders fester Handschlag vermutlich verpuffte, da seine Hände wahren Pranken ähnelten.

Wie sollte man sich dem Mann, dem man nach dessen gescheiterten Flirtversuch in die Hoden getreten hatte, gegenüber verhalten, wenn man auf seine Kooperation angewiesen war, fragte sich Sarah und entschloss sich dazu, gleich mit der Tür ins Haus zu fallen. Jetzt die höfliche Werbefachfrau zu mimen, die ihm Honig ums Maul schmierte, wäre sicherlich übertrieben. Außerdem hatte er sich ihr bei ihrer ersten Begegnung, als *Dupree* vorgestellt, daher würde sie einen Teufel tun und ihn nun mit *Mr. Williams* anreden!

Daher erklärte sie mit einem leichten Tonfall: „Setz dich doch, Dupree. Kann ich dir einen Kaffee anbieten?“

„Danke, nein.“ Er ließ ihre Hand los und schüttelte knapp den Kopf.

Sarah zuckte innerlich mit der Schulter und ging um ihn herum, um die Tür mit Nachdruck zu schließen, nachdem sie die neugierigen Gesichter ihrer Kolleginnen gesehen hatte. Als sie sich auf ihren Stuhl setzte, kam sie nicht umhin, ihn kurz zu mustern, während er sich in ihrem Büro umsah.

Dupree Williams war zwar ein riesiger Kerl mit einem durchtrainierten Körper und wahren Muskelbergen, dennoch hatte er ein Gesicht, das unbeschreiblich jung und harmlos wirkte. Ein Babygesicht, um ehrlich zu sein. Seine Gesichtszüge waren ausgesprochen zart, wodurch er sogar noch jünger als sechsundzwanzig Jahre wirkte, und sie verrieten nicht, dass er sein Geld mit einem als brutal verschrienen Sport verdiente. Ein breiter Mund, der den grimmigen Ausdruck gemildert hätte, wenn er sich zu einem Lächeln herablassen würde, beinahe gerade Augenbrauen über seinen unglaublich dunklen Augen und ein Teint, der an köstlich schmeckende Vollmilchschokolade erinnerte, dominierten ein

Gesicht, das momentan ein wenig unschlüssig wirkte, als er jeglichen Augenkontakt zu ihr vermied.

Im Gegensatz zu ihrer ersten Begegnung vor einigen Monaten trug er sein Haar etwas länger und schien seinen Irokesen auswachsen zu lassen, was ihm ihrer Meinung nach sogar noch besser stand. Auch seine Kleidung war dezenter gewählt als an jenem Abend im Club, da er heute ein einfaches dunkelblaues T-Shirt, Jeans und Sneakers trug. Die protzigen Ketten um seinen Hals fehlten, was ihn weniger nach einem Rapper in einem Musikvideo aussehen ließ. Einzig die verblendeten Zahnreihen hatte er nicht getauscht, was Sarah sofort bemerkte, als er den Mund öffnete, um etwas zu sagen. Am liebsten hätte Sarah angesichts seiner verzierten Zähne den Kopf geschüttelt, unterließ dies jedoch, um die Situation nicht zu erschweren.

„Als erstes möchte ich mich für jenen Abend im Club entschuldigen."

Sie versuchte, sich ihre Überraschung nicht anmerken zu lassen, und zuckte kurz mit der Schulter. „Schon okay."

Entschlossen schüttelte er den Kopf und starrte auf ihre Tischplatte, als er wie ein getadelter Schüler seufzte. „Das ist normalerweise nicht meine Art ... ich habe mich dir gegenüber daneben benommen und das tut mir leid."

Angesichts der ehrlich wirkenden Entschuldigung rutschte sie unsicher auf ihrem Stuhl herum und war verblüfft, dass sie ihm tatsächlich glauben wollte. Räuspernd nickte sie und wollte das Thema so schnell wie möglich vom Tisch haben. „Okay ... danke. Vergessen wir das einfach."

Er schien erleichtert zu sein und lächelte knapp. Trotz der merkwürdigen Zahnverblendungen fühlte sich Sarah von diesem kurzen Lächeln beinahe umgehauen und richtete ihre Aufmerksamkeit schnell auf die Notizen vor sich.

„Ja ... also ... schön, dass du mir die Möglichkeit gibst, dir ein paar Vorschläge zu einer neuen Kampagne zu zeigen. Ich weiß, dass du vielbeschäftigt bist."

„Nein, nein ... ich habe Zeit. Alles okay", erwiderte er hastig.

Da beide extrem angespannt waren, wie Sarah bemerkte, versuchte sie es mit ein wenig Smalltalk und schob ihre Unterlagen entschlossen von sich.

„Wann fängt die Saison an?"

„In einer Woche beginnt das Trainingslager, das in diesem Jahr nur zwei Wochen dauern wird. Anschließend haben wir drei vorsaisonale Spiele und Vorbereitungstraining. Anfang September spielen wir hier gegen die Cowboys." Auch er erschien durch dieses nebensächliche Geplauder weniger verkrampft und lehnte sich in seinem Stuhl zurück.

„Das ist in sechs Wochen, richtig? Da habt ihr anscheinend viel vor euch."

Dupree zuckte mit der Schulter und erklärte zuvorkommend. „Unser Team steht glücklicherweise schon seit der letzten Saison fest und wir haben keine Ausfälle, daher müssen wir uns nicht erst aufeinander einstellen, sondern wissen, woran wir bei den anderen sind. Das hilft ungemein. Jetzt geht es nur noch um die Fitness und neue Taktiken."

„Das klingt bei dir so einfach", sie kam nicht umhin, ihren Gesprächspartner bei diesen Worten anzulächeln, und bemerkte den verstörend sympathischen Blick, mit dem er ihr antwortete.

„Einfach?“

„Ja. Bei dir klingt es nach ein bisschen Fitness hier, ein paar Spielzügen da ... ihr werdet doch sicherlich gedrillt?“

Bei diesen Worten musste er lachen. „Gedrillt? Das wiederum klingt, als wären wir in der Army.“

„Na ja, ich kenne einige Filme, da müssen Footballspieler durch Schlamm waten und werden angebrüllt, bis sie vor Angst zittern.“

Glucksend schüttelte er den Kopf. Sarah registrierte erstaunt, dass Dupree Williams dadurch richtig jungenhaft wirkte.

„Der einzige Mensch, der uns Angst einjagt, ist unser Aerobiclehrer.“

Sarah blieb beinahe die Spucke weg. „Wie bitte? Ihr macht Aerobic?“

„Und Yoga“, ergänzte er. „Schon seit drei Jahren.“

„Jetzt nimmst du mich auf den Arm, oder? Seit wann stehen Aerobic und Yoga auf dem Trainingsplan eines Footballspielers?“

Ahnungslos hob er beide Hände. „Keine Ahnung. Wir posaunen es sicherlich nicht in die Weltgeschichte heraus, aber ich kann dir verraten, dass einige Spieler ziemlich gute Tänzer geworden sind und sich alle Choreografien merken können.“

„Unglaublich“, murmelte sie und stellte sich vor ihrem inneren Auge vor, wie das Team der Titans zu Britney Spears Song *Hit me, Baby, one more time* ein Tänzchen aufführte. „Das würde ich zu gerne mit eigenen Augen sehen.“

„Kann ich mir denken“, antwortete er seufzend. „Aber unsere Aerobic- und Yogastunden werden streng vertraulich behandelt.“

„Paparazzi-Fotos davon würden sicherlich eine Menge einbringen“, witzelte sie.

„Hätte ich lieber den Mund gehalten“, kam es sehr ernst aus seinem Mund.

Erschrocken schüttelte Sarah den Kopf. „Nein, nein. Ich werde sicher nichts verraten, Dupree, ich ...“ Als sie das kleine Funkeln in seinen Augen sah, musste sie sich eingestehen, dass er sie hereingelegt hatte.

„Sehr lustig. Auf jeden Fall bin ich beeindruckt, was ihr auf euch nehmt, um in der NFL spielen zu können.“

„Wenn man Profispieler sein will, muss man sich reinhängen“, er zuckte ein wenig ungelenk mit der Schulter. „Es ist ja nicht so, als hätte ich etwas studieren müssen, um Football spielen zu können. Im Grunde ist es *nur* eine Sportart.“

Überrascht von dieser Aussage räusperte sie sich und blickte auf die Notizen vor sich. Das Gespräch entwickelte sich nicht so, wie sie es vorhergesehen hatte. Niemals hätte sie damit gerechnet, dass sich der angebliche Aufschneider Dupree Williams als interessanter Gesprächspartner herausstellte, der durch ein Merkmal bestach: Bescheidenheit.

Als es an der Tür klopfte, sahen beide auf und entdeckten Sarahs Kollegin Susan, die errötend fragte. „Mr. Williams, ich möchte nicht stören, aber hätten Sie anschließend Zeit, uns allen ein Autogramm zu geben?“

„Natürlich“, erwiderte er zuvorkommend. „Das mache ich gerne.“

Sarah räusperte sich und warf Susan einen eindringlichen Blick zu, woraufhin sich die Tür schnell wieder schloss.

„Ich muss mich entschuldigen ...“

„Unsinn“, wischte er ihre Entschuldigung mit einer Handbewegung fort. „Das stört mich nicht.“

„Gut zu wissen“, murmelte sie und gestand verlegen. „Es ist wenig professionell, ich weiß, jedoch hat mich meine Mom darum gebeten, dir zwei Autogramme für meine beiden Brüder abzuschwatzen.“

„Ich habe drei Brüder und weiß, wovon du sprichst. Wie alt sind die beiden?“

Sarah spielte mit einem Kugelschreiber und erzählte lächelnd. „Jamie ist siebzehn und Harry ist fünfzehn. Beide sind absolute Football-Fans, spielen jedoch nicht selbst.“

„Woher kommt’s?“

„Jamie ist ein typischer Couch-Potato und würde am liebsten den ganzen Tag mit seiner Play-Station verbringen, wenn ihn unsere Mom nicht ab und zu vom Fernseher verjagen würde. Harry dagegen hat schon als Kleinkind Gitarre gespielt und ist seit einiger Zeit in einer Band. Er ist der geborene Künstler ...“ Sie hielt inne und schüttelte verlegen den Kopf. „Entschuldige, wir sollten endlich über die Kampagne sprechen, bevor ich dich mit meinen Brüdern zu Tode langweile.“

Ernst schüttelte er den Kopf. „Das tust du nicht. Ich habe auch einen Bruder, Jem, der Schlagzeug spielt und seine komplette Freizeit mit seiner Band verbringt. Wenn ich mit ihm telefoniere, spielt er mir seine neuesten Lieder vor, oder er schickt mir Videos von den Auftritten seiner Band."

„Das kenne ich auch", gluckste Sarah. „Wenn ich mit meinen Eltern telefoniere, höre ich im Hintergrund ständig den Bass von Harrys E-Gitarre."

„Die Drums treiben meine Mutter in den Wahnsinn", Dupree verdrehte die Augen. „Merkwürdigerweise durfte ich nicht einmal Musikvideos schauen, als ich in Jems Alter war, aber er muss sonntags sogar nicht mit in die Kirche gehen, wenn er Bandprobe hat."

Sarah verschränkte die Hände in ihrem Schoß und blinzelte überrascht. „Kirche?"

„Weshalb klingst du so überrascht?"

Sie merkte, wie ihr die Röte ins Gesicht schoss und murmelte. „Du ... siehst nicht aus wie ein typischer Kirchgänger."

Seufzend schüttelte er den Kopf. „Vermutlich habe ich mehr Zeit damit verbracht, auf Kirchenbänken zu sitzen als auf dem Spielfeld zu stehen. Meine Mom ist sehr religiös."

„Ach was!" Sarah legte den Kopf schief und fragte ehrlich interessiert. „Was hält sie von deiner Berufswahl?"

„Solange ich der Kirche regelmäßig Geld spende, ist sie zufrieden." Dupree schnitt eine Grimasse, über die Sarah am liebsten laut gelacht hätte.

„Was sagen deine Eltern zu deiner Berufswahl?"

Mit einem Räuspern setzte sie sich wieder aufrecht hin. „Meine Mom ist Ärztin und findet es gut, dass ich für diese Organisation arbeite. Mein Vater arbeitet als freier Graphiker und ist vor allem froh, dass ich einen festen Job habe“, sie verdrehte nun ihrerseits die Augen und fragte interessiert. „Dein Dad ist doch sicherlich stolz, dass du Footballspieler geworden bist, oder?“

Dupree erklärte mit einem überraschend sanften Ton. „Ich habe meinen Vater seit über fünfzehn Jahren nicht mehr gesehen. Daher weiß ich nicht, was er von meiner Berufswahl hält.“

„Oh“, peinliche Röte schoss ihr ins Gesicht. „Entschuldige ...“

„Kein Problem.“

Verlegenes Schweigen trat ein, das die anfängliche Stimmung zunichte gemacht hatte.

Sarah ordnete ihre Notizen und erklärte übertrieben fröhlich. „Wollen wir anfangen?“

„Gerne.“

„Also ... da du jetzt bereits im dritten Jahr infolge Werbung für unsere Organisation machst, dachte ich, dass wir ein großes Special zu dir rausbringen könnten. So etwas wie eine Homestory.“

Sie setzte kurz ab und blickte ihn an, wobei sie bemerkte, dass er ein Gesicht machte, als hätte er in eine Zitrone beißen müssen. „Was?“

„Homestory?“

„Nichts Dramatisches“, ergänzte sie schnell. „Verschiedene Fotoshootings, ein paar Interviews von dir und von deinen engsten Freunden, wir würden dich eventuell ein paar Tage begleiten und einen großen Artikel schreiben. Die Leute wollen gerne wissen, wer du genau bist und warum du uns unterstützt.“

„Ich bin nicht gut in so etwas.“

Sein brummiger Ton ließ sie fragend den Kopf heben. „In so etwas?“

Dupree vollführte eine ungeduldige Handbewegung. „Mich zu präsentieren ... etwas von mir zu erzählen.“

Ungläubig sah sie ihn an und konnte nichts gegen das Glucksen machen, das in ihr aufstieg. „Ist das dein Ernst?“

Er nickte mit einem verschlossenen Ausdruck im Gesicht. „Es ist meine Art, etwas ... zurückhaltend zu sein. Ich wüsste nicht einmal, was ich sagen sollte.“

„Dupree“, sie biss sich auf die Unterlippe. „Und was haben wir beide gerade getan?“

„Wir haben uns unterhalten“, ratlos zog er die Augenbrauen zusammen.

„Eben.“

„Ich verstehe nicht.“

Sarah fuhr sich durch ihren blonden Pony. „Innerhalb weniger Minuten habe ich genug von dir erfahren, um dich ein wenig kennenzulernen. Genau so etwas interessiert die Menschen. Sie wollen die Person hinter dem Sportler sehen.“

Er schien noch immer nicht überzeugt zu sein und murmelte. „Sie mögen den Sportler, aber mich kennen sie nicht. Nicht wirklich.“

„Das wollen wir ändern.“ Sarah wollte nicht zu euphorisch klingen, musste ihm jedoch verständlich machen, was sie genau meinte. „Footballspieler interessieren meistens nur die Männer, während Frauen zurückhaltender sind, was diese Sportart betrifft. Du bist ein sehr beliebter Spieler, und dass ausgerechnet du dich für unsere Organisation einsetzt und damit auf eine typische Frauenerkrankung aufmerksam machst, macht die Menschen neugierig. Sie fragen sich, wer wohl hinter dem Namen *Dupree Williams* steckt. Wir möchten ihnen einfach zeigen, dass auch Männer sich für die Brustkrebshilfe stark machen können. Du bist wohl der geeignetste Werbeträger, den wir uns wünschen können."

Er schwieg mit einer undurchdringlichen Miene, bei deren Anblick Sarah schon befürchtete, dass er rigoros absagen würde, doch sein leicht gequälter Seufzer gab ihr wieder Hoffnung.

„Keine TV-Auftritte?"

„Außer du bettelst darum", scherzte sie.

Darauf ging er gar nicht ein. „Und die Interviews machst du? Ich will mich nicht vor irgendwelchen Fremden blamieren."

„Das ist meine Kampagne, daher werde ich sowohl die Interviews führen als auch dich während einiger Tage begleiten, wenn du nichts dagegen hast."

Wie kam er bloß auf die Idee, dass er sich blamieren könnte? Anscheinend war er doch ein exzellenter Gesprächspartner, sobald er seine anfängliche Scheu abgelegt hatte. Und dumm schien er nun wirklich nicht zu sein. Sie kannte seine Vita und wusste, dass er sogar einen College-Abschluss hatte, was nicht viele Footballspieler von sich behaupten konnten. Nachdenklich überlegte Sarah, warum sie ein dermaßen widersprüchliches Gefühl in Bezug auf Dupree Williams hatte. Auf der einen Seite wirkte er wie ein knallharter Footballspieler, der zu viele schlechte Musikvideos von Gangster-Rappern gesehen und sich deren schlechten Geschmack sowie deren lockeres Frauenbild angeeignet hatte. Und auf der anderen Seite schien er ein netter, etwas zurückhaltender Mann zu sein, unter dessen rauer Schale ein nachdenklicher und sehr tiefgründiger Charakter steckte. Wäre ihre erste Begegnung in der Bar nicht gewesen, hätte sie nach ihrem heutigen Gespräch ganz ehrlich sagen können, dass Dupree Williams mit Abstand der sympathischste Mann war, den sie seit langer Zeit kennengelernt hatte.

„Wann soll diese Kampagne denn starten?" Seine wenig begeistert klingende Stimme riss sie aus ihren Gedanken.

Sie räusperte sich und schüttelte ihre abstrusen Gedanken schnell von sich. „Ähm ... der Saisonstart wird dieses Jahr sicher ein großes Ereignis werden, weil ihr den Superbowl gewonnen habt. Daher wäre ein zeitgleicher Start der Kampagne großartig." Nachdenklich nagte sie auf ihrer Unterlippe herum. „Jetzt ist nur die Frage, wann wir die ganzen Interviews und Fotoshootings machen können, schließlich fahrt ihr bald ins Trainingslager."

Seufzend gestand er. „Das Trainingslager findet in Connecticut stand. Es sollte kein Problem sein, uns dort zu besuchen."

Es fiel ihr schwer, ihre Begeisterung zu unterdrücken. „Das heißt, dass deine Mitspieler ebenfalls dort sein werden, richtig? Ich könnte einige von ihnen also schon interviewen. Und ein Fotograf könnte von euch Fotos machen ..." Sie hielt inne. „Wird das denn erlaubt sein? Euer Coach wird das sicherlich nicht sehen wollen."

„So wie ich den Coach kenne, wird das kein Problem sein. Außerdem steht Teddy hinter der Aktion, also wird uns die Vereinsleitung keine Steine in den Weg legen."

Sarah rechnete ihm hoch an, dass er, obwohl er dieser Kampagne mit Schrecken entgegensah, brauchbare Vorschläge macht und ihr somit einen Haufen Arbeit abnahm.

Lächelnd erhob sie sich und reichte ihm die Hand. „Dupree, darf ich sagen, dass sich dieses Gespräch besser entwickelt hat, als ich je gedacht habe?“

Erst starrte er auf ihre Hand und nahm sie anschließend zögernd an, bevor er mit seiner unnachahmlich ruhigen Stimme erwiderte. „Genau das ging mir auch gerade durch den Kopf.“

Dupree sah Sarah bereits zwei Tage später wieder, als sie ihm plötzlich auf dem Flur im Vereinsgebäude begegnete.

Gedankenverloren hatte er auf sein Handy gestarrt und seine Nachrichten hinuntergescrollt, die sprunghaft in die Höhe geschossen waren, seit er sich das Flirtprofil angelegt hatte. Als er kurz aufsah, entdeckte er Sarah, die lachend mit Teddy im Flur stand. Unsicher wie er sich verhalten sollte, schob er sein Handy in die Tasche seiner Baggy Pants, rückte das T-Shirt, auf dem ein Pitbull abgedruckt war, zurecht und stiefelte weiter zu den beiden Frauen, die sich fabelhaft zu amüsieren schienen. Da er Teddys unkonventionelle Aufmachung kannte, verschwendete er keinen Blick an sie, sondern musterte Sarah, deren fröhliches Lachen ansteckend wirkte. Jedenfalls musste er sich regelrecht zwingen, nicht ebenfalls breit zu grinsen.

Neben der hochgewachsenen Teddy wirkte Sarah noch winziger, als sie es eigentlich schon war, trug ihr blondes Haar zu einem Pferdeschwanz gebunden und war in ein rosafarbenes Wickelkleid gekleidet. Dupree war ein großer Fan von Süßigkeiten und bemerkte, dass ihm der Vergleich zwischen Sarah und einem mit rosa Zuckerguss überzogenen Kuchen durch den Kopf schoss. Er hatte keine Ahnung, wie er darauf kam, aber er verspürte einen gewaltigen Drang, als wolle er in einen besonders leckeren Kuchen beißen.

Selbstverständlich schoss ihm schon wieder Röte ins Gesicht, sobald sie ihn entdeckte und ihm über den Flur hinweg ein Lächeln zuwarf, das ihn beinahe umhaute. Tatsächlich gab es ein Wort, mit dem er Sarah Matthews am besten beschreiben konnte.

Süß.

Auch am vorgestrigen Tag hatte er ihr gegenüber gesessen und ständig darüber nachgedacht, wie hübsch sie aussah, wenn sie lächelte und ein Grübchen über ihrer rechten Oberlippe erschien. Völlig fasziniert hatte er in ihre grauen Augen unter dem blonden Pony gestarrt und sich darauf konzentrieren müssen, was sie ihm erzählte. Als sie sich kurz vor seinem Abschied über seine rechte Schulter gebeugt hatte, um ihm ihren Stift zu geben, weil er für ihre beiden Brüder Autogramme schrieb, war er dermaßen konfus gewesen, dass er erst einmal überlegen musste, wie sein Name lautete, weil er von ihrem Geruch wie benebelt gewesen war.

Niemals zuvor hatte er einen so schönen Geruch an jemandem wahrgenommen. Mit wackeligen Knien war er aufgestanden, um sich zu verabschieden. Wenn er nicht ein solcher Idiot wäre, hätte er sie fragen sollen, ob sie mit ihm ausginge, aber Dupree bezweifelte, dass Sarah sich auf ein Date mit ihm einlassen würde. Sie war eine hübsche, kluge und nette Frau, die zudem aus dem Süden kam. Niemals würde sie mit einem Mann wie ihm ausgehen.

Er war nicht ein solcher Idiot, dass er nicht wusste, dass gut erzogene weiße Mädchen aus vernünftigen Elternhäusern nicht auf die Idee kamen, mit schwarzen Jungen aus ärmlichen Verhältnissen auszugehen. Immerhin stammte er aus dem Süden und wusste, dass die Rassentrennung – Gesetz hin oder her – immer noch praktiziert wurde, wenn es die Töchter der weißen Bevölkerung betraf. Gemischtrassige Paare waren vielleicht in Kalifornien, in Hollywoodfilmen und auch in New York keine große Sache, aber im Süden bildeten sie eine absolute Ausnahme.

Seine Gedanken waren sinnlos, sagte sich Dupree leicht enttäuscht, da er sowieso niemals gewusst hätte, wie er Sarah nach einem Date hätte fragen können. Und selbst wenn er es gewusst hätte, würde ihm der Mut fehlen, sie darauf anzusprechen. Er sollte tatsächlich bei seinem Flirtprofil bleiben und sich endlich mit den unzähligen Nachrichten befassen, die seit Tagen darauf warteten, dass er sie las.

„Dupree! Ist die Yogastunde schon vorbei?“ Teddy sah stirnrunzelnd auf ihre Armbanduhr.

Nun war es an Dupree, die Stirn zu runzeln. „Wir haben heute gar kein Yoga."

Verwirrt schüttelte Teddy den Kopf. „Wirklich? Aber ... Stimmt ja. Wo habe ich nur meine Gedanken?"

„Das ist das Wetter", tröstete Sarah. „Es ist viel zu warm. Ich bin froh, wenn die Hitze endlich vorbei ist."

Aus den Augenwinkeln sah Dupree, wie sich Teddy irritiert an die Stirn fasste, doch sein Augenmerk gehörte der Blondine, der die Hitze nichts auszumachen schien. Einzig die Wangen, die einen ähnlichen Farbton wie ihr Kleid hatten, zeugten davon, dass auch sie die sommerlichen Temperaturen spürte.

„Teddy und ich haben soeben den Zeitplan für die Interviews besprochen", teilte ihm Sarah mit und strahlte. „Ein Fotograf und ich dürfen euch einen ganzen Tag begleiten, Fotos schießen und Interviews durchführen."

„John weiß auch schon Bescheid", Teddy lächelte kurz und fasste sich noch einmal an die Stirn.

„Ist alles okay?" Besorgt runzelte Dupree die Stirn.

Seine Chefin nickte. „Es ist nur der Stress."

„Entschuldige", Sarah biss sich schuldbewusst auf die Unterlippe. „Ich hätte dich nicht belästigen dürfen."

„Nein, nein", Teddy schüttelte den Kopf. „Darum geht es gar nicht."

„Oh."

Dupree runzelte die Stirn. „Du siehst nicht gut aus."

Seine Chefin war tatsächlich ziemlich blass unter ihrer natürlichen Bräune geworden. Ihr elendes Gesicht wollte nicht zu der fröhlichen Hippiekleidung, die heute aus einer gelben Haremshose und einer weißen Tunika mit grünen Verzierungen bestand, passen. Außerdem stand ihr der Schweiß im Gesicht.

„Es ist nur diese Sportagentin“, seufzte die junge Teamchefin frustriert. „Sie treibt mich an den Rand der Verzweiflung.“

„Was für eine Sportagentin?“ Dupree merkte an Sarahs erstauntem Blick in sein Gesicht, dass sich seine Miene tatsächlich verfinstert hatte, also glättete er schnell die missmutigen Falten und schaute interessiert auf Teddy hinab, die unbehaglich zugab. „Wir sind an Quinn Atherton interessiert.“

„Dem Linebacker der Steelers?“ Davon hatte er bisher noch gar nichts gehört, was ihn verwunderte, da Brian nichts für sich behalten konnte.

Teddy nickte und lehnte gegen die Wand hinter sich. „Eigentlich sollte schon alles unter Dach und Fach sein, aber seine Agentin ist so bissig wie der Pitbull auf deinem Shirt.“

Mit einem Brummen verschränkte Dupree die Arme vor der Brust und fühlte sich hin und hergerissen. Einerseits hätte er Teddy gerne seine Aufmerksamkeit geschenkt, zumal sie ziemlich mitgenommen wirkte, aber andererseits konnte er gar nicht anders, als Sarah zu beobachten, deren Gesicht eine bedauernde Miene angenommen hatte.

„John sitzt mir wegen Atherton schon im Nacken“, scherzte Teddy trocken. „Er will die linke Seite verstärken, aber wenn das so weiter geht, sitze ich bald entweder im Armenhaus oder in der Klappsmühle.“

„Oh je“, ließ sich Sarah vernehmen. „Ich verstehe zwar nur Bahnhof, aber das hört sich nicht gut an.“

Teddy tätschelte ihr die Schulter und seufzte schwer. „Halb so wild. Bis zum Ende der Woche sollte alles geregelt sein, damit Atherton mit dem Team ins Trainingslager fahren kann. Bis dahin muss ich nur einen Weg finden, diese Agentin zufrieden zu stellen.“

Da Dupree einen männlichen Agenten hatte, konnte er sich kaum vorstellen, wie es war, von einer Frau betreut zu werden. Unter seinen Teamkollegen hatte lediglich Tom eine weibliche Agentin, eine dominante Furie mit Raucherhusten und der Angewohnheit, ihren Zögling in Angst und Schrecken zu versetzen.

Mit professioneller Neugier fragte er seine Chefin. „Wie viel will sie für Atherton rausschlagen?“

„Sechsundzwanzig Millionen“, erwiderte Teddy ruhig. „Für zwei Jahre.“

Sarah verschluckte sich neben ihm und unterdrückte einen Hustenanfall. Dupree konnte nachvollziehen, dass die Millionenbeträge, mit denen in der NFL jongliert wurden, für Außenstehende wie von einem anderen Stern klangen. Auch er hatte sich nur langsam daran gewöhnen können, dass die Höhe seines Einkommens alles übertraf, wovon er jemals geträumt hatte. Wenn man mit vierzehn Jahren für drei Dollar in der Stunde Regale im Supermarkt auffüllte und schwere Kisten schleppen musste, kannte man den Begriff des hart verdienten Geldes.

Als Footballspieler lächelte man einmal in die Kamera und hob eine Dose Softdrink an den Mund, während einige Millionen auf das eigene Bankkonto flossen.

„Wir werden uns sicher einigen, aber anschließend sollte mir diese Agentin nicht über den Weg laufen“, presste Teddy mühsam durch die zusammengebissenen Zähne hindurch. „Sie hat mich Jahre meines Lebens gekostet!“

„Holla“, ließ sich die amüsierte Stimme seines Kapitäns hinter ihnen vernehmen. „Redest du schon wieder von deiner Mom?“

Teddy schnitt eine Grimasse und ließ sich von ihrem Mann einen Kuss auf die Wange schmatzen, bevor er grinsend einen Arm über ihre Schulter legte. „Wie wäre es mit Lunch?“

„Ich kann nicht“, erwiderte sie leicht genervt und schob seinen Arm beiseite.

„Wieso nicht?“

„Weil ich zu arbeiten habe“, erklärte Teddy ruppig.

Brian ließ sich von der zickigen Laune seiner Frau nicht stören, sondern grinste weiter und zerzauste gutmütig ihr Haar. „Dann werden Dozer und ich zusammen essen.“

„Du hast Manieren wie ein Bauer“, schnaubte Teddy, fuhr sich durch die zerzauste Frisur und stieß ihm anschließend in die Seite, um ihn auf Sarah aufmerksam zu machen, die neben Dupree stand und den Clinch der Eheleute belustigt verfolgt hatte.

„Ah“, lächelnd reichte er ihr die Hand. „Neben diesem Brocken habe ich sie gar nicht entdecken können. Sarah ...?“

„Matthews“, antwortete sie zuvorkommend und gab ihm die Hand. „Aber Sarah reicht völlig.“

„Umso besser“, er tätschelte seiner Frau den Hintern. „Warum gehst du nicht wieder an die Arbeit und ich verbringe meine Zeit mit Dupree und Sarah, Schatz. Die beiden sind sicherlich nicht so abgeneigt, mit mir etwas essen zu gehen.“

„Abgeneigt bin ich nicht“, sie ließ frustriert die Schulter sinken. „Aber ich muss noch die Quartalsberichte durchgehen, ein paar Telefonate machen und ...“

„Oh je“, lächelnd nahm er ihr einen Stapel Akten ab. „Dann musst du erst recht etwas essen. Eine halbe Stunde wirst du sicher mal Luft holen können.“

„Vielleicht“, murmelte seine Frau.

Dupree beobachtete die beiden aufmerksam und fragte sich zum wiederholten Male, wie Brian es immer wieder schaffte, Teddys Entscheidung auf den Kopf zu stellen. Manchmal kam es ihm so vor, als spiele Brian lediglich den unbeschwerten Charmeur, der sich durch nichts aus der Ruhe bringen ließ und sogar auf die schlechte Laune seiner Frau mit einem Grinsen reagierte, was immer dazu führte, dass diese schlagartig fröhlicher wurde. Wie er gestehen musste, schienen Frauen generell dem Quarterback nicht lange böse sein zu können. Bevor Brian Teddy kennengelernt hatte, war sein Erfolg bei Frauen legendär gewesen. Zwar versuchte Blake mit aller Macht, seinem Kumpel auf diesem Gebiet Konkurrenz zu machen, aber Brians frühere Beliebtheit bei Frauen blieb von diesen Versuchen unangetastet.

„Okay“, Teddy lächelte nun und verdrehte kurz die Augen. „Eine halbe Stunde kann ich sicher schwänzen.“

„Das höre ich doch gerne“, er gab ihr einen kurzen Kuss und sah anschließend von Sarah zu Dupree. „Ihr kommt doch auch mit in die Kantine, oder?“

„Ich würde gerne“, lächelte Sarah und versetzte Dupree damit beinahe in Atemnot. „Leider habe ich noch einen Termin in Manhattan und muss wieder los.“

„Das ist ja schade“, Teddy runzelte die Stirn. „Hast du denn jetzt alles, was du brauchst, oder muss ich noch irgendetwas unterschreiben?“

„Was denn unterschreiben?“ Fragend hob Brian den Kopf und verschob die Akten unter seinem Arm.

„Sarah wird über Dupree eine große Reportage herausbringen und das Trainingslager besuchen. Daher musste ich ein paar Einverständniserklärungen unterschreiben.“

„Es ist furchtbar nett, dass wir das Team ein bisschen begleiten dürfen“, erwiderte Sarah. „Ich verspreche, dass wir euch nicht stören werden.“

Verheiratet, oder nicht – Brian konnte es nicht sein lassen, den charmanten Frauenhelden zu spielen. „Du würdest uns nie stören, meine Liebe.“

Sein provokatives Zwinkern entlockte Sarah ein fröhliches Lachen, seiner Frau lediglich ein weiteres Verdrehen ihrer Augen und Dupree ein geradezu übermächtiges Bedürfnis, den Quarterback einen Kopf kürzer zu machen.

„Komm, Don Juan, meine Pause ist gleich vorüber.“

„Wir sehen uns, Sarah“, lachte Brian amüsiert und schob seine Frau fort, bevor er Dupree zurief. „Wir halten dir einen Platz frei, Dozer.“

„Dozer?“ Sobald die beiden verschwunden waren, sah Sarah ihn neugierig an.

Dupree dagegen brummte etwas Undefinierbares. „Komm, ich bringe dich zu deinem Auto.“

„Hach“, lachte sie los. „Da bekomme ich doch glatt Heimweh.“

„Heimweh?“ Er lief neben ihr her, als sie den Fahrstuhl ansteuerten.

„Höfliche Männer, die einem zum Auto begleiten, die Türen aufhalten und den Stuhl zurechtrücken, erinnern mich immer an die Südstaaten. Daher das Heimweh.“

„Mag schon sein“, er ließ ihr den Vortritt und betrat nach ihr den Fahrstuhl. „Wenn ich an den Süden denke, fallen mir ganz andere Dinge ein.“

„Die da wären?“

Mit einem mulmigen Gefühl betrachtete er sie beide in den Spiegeltüren. Neben ihm wirkte sie wie eine zarte Elfe, während er jedes Casting für King Kong für sich entschieden hätte. Sarah Matthews war ein zierliches Persönchen mit makelloser, heller Haut, blondem Haar und einem engelsgleichen Gesicht. Wenn er an sie dachte, schossen ihm Bilder von süßen Törtchen, Walt Disney Filmen und rosafarbenen Herzchen durch den Kopf. Sein Körper könnte einen bösartigen Terminator in die Flucht schlagen, jeden verfluchten Bodybuildingwettbewerb gewinnen und passte ganz sicher nicht zu einer zerbrechlichen Frau wie Sarah.

Wo sie so hell wie Sahne war, war er so dunkel wie die Nacht, wo sie süß und zierlich war, war er furchteinflößend und gigantisch, und wenn sie der Engel war, war er lediglich ein derber Footballspieler.

Wie man es drehte und wendete, Dupree sah ein, dass er niemals der Typ Mann wäre, den Sarah attraktiv oder interessant finden könnte.

„Also?"

„Also was?"

Ihre grauen Augen fingen seinen Blick ein. Er musste sich beherrschen, nicht schon wieder durch peinliche Röte in den Wangen aufzufallen.

„Was für Dinge fallen dir ein, wenn du an den Süden denkst?"

Er schluckte kurz und murmelte. „Na ja ... einige Dinge ..."

„Und welche?"

Mit einem gespielt lässigen Schulterzucken erklärte er verlegen. „Ich denke an unzählige Baumwollfelder, die dichten Mangrovenbäume und die lästigen Moskitos beim Angeln."

„Oh, davon kann ich auch ein Lied singen."

Verblüfft fragte er: „Du angelst?"

Mit einem breiten Lächeln gab sie zu. „Im Sommer war ich fast täglich am Fluss und habe geangelt. Hey, irgendwann zeige ich dir ein Foto, auf dem ich einen neunzehn Kilo schweren Kingfish aus dem Wasser gezogen habe."

Seine Augenbrauen fuhren in die Höhe. „Du allein?"

„Was soll das denn heißen?" Empört stieß sie ihn an und löste eine Reihe explosionsartiger Gefühle in ihm damit aus. „Natürlich habe ich ihn allein aus dem

Wasser gezogen! Zwei Stunden lang habe ich im Boot gesessen und die Angel nicht eine Minute aus den Händen gelassen. Am nächsten Tag hatte ich den schlimmsten Muskelkater meines Lebens."

„Das kann ich mir vorstellen", murmelte er und folgte ihr durch die Lobby des Gebäudes.

Den ganzen Weg zu ihrem Auto erzählte sie ihm Anekdoten aus früheren Angelerlebnissen und zog ihn mit ihrer fröhlichen Stimme in den Bann. Beinahe wäre er gegen eine Parkbank gelatscht, weil er gar nicht darauf achtete, wohin er ging, sondern die ganze Zeit auf ihren blonden Scheitel starrte und sich fragte, ob ihre Haut tatsächlich so weich war, wie er glaubte.

„Ach, ich habe ganz vergessen, dich zu fragen, ob du in der Woche nach dem Trainingslager Zeit für ein weiteres Fotoshooting hast."

„Äh ... bestimmt", antwortete er wie der letzte Trottel, als sie an ihrem Auto angekommen waren.

„Das wäre großartig", lächelnd öffnete sie die Autotür und legte ihre Tasche hinein. „Wir dürfen nämlich im Central Park ein paar Aufnahmen machen. Zu dieser Zeit dürfte auch das Wetter mitspielen."

„Der Central Park?", fragte er und beobachtete, wie sie sich eine blonde Strähne hinter das Ohr schob.

„Genau. Das ist sehr passend, schließlich findet dort in jedem Jahr der Charity-Lauf statt. Ich hätte dich gerne in deinen Alltagsklamotten, schließlich wirst du im Trainingslager Footballkleidung tragen."

Unsicher rieb er seine Lippen aufeinander. „Mhh ... was soll ich denn anziehen?"

„Was du willst“, fröhlich grinste sie ihm zu, hob ihre Hand und setzte sich in ihr Auto. „Wir sehen uns dann im Trainingslager!“

Dupree kam sich wie ein Trottel vor, weil er dem davonbrausenden Auto hinterher sah und schwermütig wurde.

6. Kapitel

Zwar hatte Dupree keine Erfahrung in der Welt des Online-Datings, aber mittlerweile war er der Meinung, dass die New Yorker Frauen größtenteils wahnsinnig waren. Eine andere Erklärung gab es nicht für die merkwürdigen Nachrichten, die ständig bei ihm eintrudelten. Bisher hatte er dermaßen verwirrende Antworten auf sein Profil bekommen, dass er mit dem Gedanken spielte, sich bei der Partnerbörse wieder abzumelden. Außerdem fragte er sich tatsächlich, wie die Agentur dazukam, sich selbst als *Partnervermittlung mit Stil* zu bezeichnen.

Die letzte Frau, die ihn angeschrieben hatte, war älter als seine Mutter gewesen, hatte als Hobby *junge Burschen vernaschen* angegeben und ihm gleich in der ersten Nachricht zweihundert Dollar angeboten, wenn er ihre Wohnung im unbekleideten Zustand putzen würde. Ihr letzter Satz hatte gelautet:

Von: SugarMama
An: Long John Silver
Uhrzeit: 22:38
Betreff: Re: Re: Du geiler Hengst

P.S. Es macht nichts, wenn du dich dreckig machst. Ich lecke dich schon sauber.

Dupree mochte nicht sehr erfahren sein, dennoch war ihm sofort klar gewesen, was die ältere Dame mit dem verlebten Gesicht von ihm wollte. Ein Blick auf ihr Profilbild hatte in ihm den Wunsch ausgelöst, sich die Augäpfel mit einer Gabel zu amputieren und schreiend durch die Wohnung zu rennen. Auf dem Bild hatte ihr grellrot gefärbtes Haar nicht nur so ausgesehen, als hätte sie es in einen Toaster gesteckt, nein, die alte Dame hatte durchsichtige Unterwäsche getragen und sich anscheinend nicht daran gestört, dass sich niemand mehr vorzustellen brauchte, wie sie wohl nackt aussah, denn das hatte sich bereits erledigt.

Während er Gott um eine plötzliche Amnesie angebettelt hatte, war er nicht umhingekommen, ihren Account zu sperren, damit sie ihn nicht ein weiteres Mal anschreiben konnte. Darin war er mittlerweile Meister, denn er hatte schon den einen und anderen Account von seiner Liste geworfen.

Wieso gab es eigentlich keine normalen Frauen mehr auf dieser Welt? War er zu anspruchsvoll, weil er einfach eine nette, liebe und warmherzige Frau kennenlernen wollte, die nicht von ihm verlangte, ihre Unterwäsche aufzuessen? Oder die ihm per Internetnachricht anvertraute, dass sie gerne angepinkelt werden wollte? Himmel, wer wollte denn schon angepinkelt werden? Außerdem stellte er sich die Frage, wo dies geschehen sollte, denn das Bett kam dafür bestimmt nicht infrage, oder? Er wollte nicht immer auf sein Handy starren und sich fragen müssen, welche gestörte, perverse oder beleidigende Nachricht ihn nun wieder erwartete, denn beleidigende Nachrichten waren ebenfalls unter den zahlreichen Meldungen gewesen.

Vielleicht hatte das mit diesem Buch zu tun, von dem Blake ständig schwärmte und das er sogar mit ins Trainingslager genommen hatte? Wenn Blake ein Buch las, musste etwas Sexuelles dahinterstecken, überlegte Dupree, da sein Kumpel ansonsten unter Lektüre nur das Lesen des Flyers eines Bestellservices verstand. Seit Tagen faselte der Runningback von nichts anderem als von diesem angeblich sensationellen Buch, in dem es um *krasse Fesselspiele, geilen Rollentausch und versaute Stellungen* ging. Bei seinen Ausschweifungen vergaß er vor lauter Aufregung sogar regelmäßig, sich einen zweiten Nachtisch zu holen, wenn sie alle zusammen beim Essen saßen. Dupree jedenfalls klingelten die Ohren von den vielen Einzelheiten, die Blake von sich gab, und er war außerordentlich froh, dass er sich ein Zimmer mit Tom teilte. Eddie dagegen hatte weniger Glück und musste mit Blake in einem Raum schlafen. Nach Aussage des gefrusteten Eddies steckte Blake jeden Abend die Nase in das Buch und grunzte wie ein Gorilla, wenn es in der Handlung heiß herging, was anscheinend ständig der Fall war.

Der Protagonistin in dem Buch schien es zu gefallen, wie ein Rollbraten verpackt zu werden und anschließend den Hintern mit einer Klobürste versohlt zu bekommen, daher fragte sich Dupree ganz ernsthaft, ob Frauen im Allgemeinen darauf standen, so behandelt zu werden. Er konnte mit reinem Gewissen von sich behaupten, dass er weder gefesselt noch mit einer Klobürste verprügelt werden wollte. Und er konnte sich nicht vorstellen, dass er das mit einer Frau machen wollte. Abgesehen davon fand er es unhygienisch und geradezu widerlich, eine Klobürste für solche Spiele zu benutzen.

Seit Tagen rätselte er herum, ob die merkwürdigen Nachrichten mit diesem Buch, das Blake als sexuelle Revolution bezeichnete, zu tun hatten. Mit seinen Erfahrungen würde sich diese Beobachtung jedenfalls decken. In den Talkshows, zu denen er von seinem Mitbewohner auf dem College genötigt worden war, hatten sich die Frauen ständig beschwert, wie schlecht sie von Männern behandelt worden seien, dass Männer keine Gefühle besäßen, und dass sie es satt hätten, ständig als Sexualobjekt gesehen zu werden. Jetzt schienen sie jedoch schlecht behandelt werden zu wollen, oder wie sollte sich Dupree erklären, dass ihn eine Frau mit dem Namen *SluttyBitch* folgendermaßen angeschrieben hatte:

Von: SluttyBitch
An: Long John Silver
Uhrzeit: 23:59
Betreff: Ich liebe große Männer!

Long Dong Silver,
ich bin eine Frau weniger Worte. Ich will, dass du dir eine Skimütze aufsetzt, die Tür zu meinem Schlafzimmer auftrittst und mich so hart nagelst, dass meine Nachbarn die Polizei anrufen. Ich bin für alles offen, wenn du verstehst ...

Nein, Dupree verstand nicht, was sie meinte, und er würde einen Teufel tun und sich eine Skimütze auf den Kopf setzen! Seiner Meinung nach gehörte die Frau in psychiatrische Behandlung, da sie ihm sogar ihre Adresse geschickt hatte. Irgendjemand musste die New Yorker Frauen vor sich selbst retten, wenn man ihn fragte. Sie waren allesamt durchgeknallt.

Eine andere Frau hatte ihm doch tatsächlich ein Foto von ihrem rasierten Intimbereich geschickt! Dazu hatte sie geschrieben:

Von: Anni85
An: Long John Silver
Uhrzeit: 14:33
Betreff: Du machst mich heiß

Lieber Long Dong,
möchtest du mich kennenlernen? Jede Nacht muss ich an dich denken. Nur deinen Namen zu hören macht mich tierisch geil.

Als er die Nachricht mit dem dazugehörigen Bild entdeckt hatte, war ihm vor lauter Schreck das Handy zu Boden gefallen. Glücklicherweise hatte keiner seiner Kumpels gesehen, was er in fassungslosem Staunen angestarrt hatte, denn ansonsten hätte er sich bis zu seinem Tod dumme Sprüche anhören dürfen.

In der gestrigen Nacht war er wach geworden, weil sein Handy andauernd gepiept hatte. Sogar Tom war davon aufgewacht, obwohl der Cornerback wie ein Toter schlief, und hatte sich beschwert. Mit schlaftrunkenen Augen hatte Dupree die Nachrichten gelesen und war vor Horror beinahe ohnmächtig geworden.

Von: Kim
An: Long John Silver
Uhrzeit: 21:18
Betreff: Sexdate

Hallo Long Dong Silver,
mein Name ist Kim. Ich war früher ein Mann, aber jetzt bin ich operiert und eine Frau mit gewissen Sehnsüchten.

Obwohl Dupree auf diese Nachricht nicht geantwortet, hatte, schien dies Kim nichts ausgemacht zu haben. Nicht einmal eine Stunde später bekam Dupree die nächste Nachricht. Sie hatte gelautet:

Von: Kim
An: Long John Silver
Uhrzeit: 22:09
Betreff: Re: Sexdate

Warum antwortest du nicht, Long Dong? Können wir uns treffen? Ich habe ein Faible für starke Männer.

Anscheinend ließ Kim nicht locker und konnte damit nicht umgehen, ignoriert zu werden.

Von: Kim
An: Long John Silver
Uhrzeit: 23:05
Betreff: Re: Re: Sexdate

Nach meiner Operation habe ich auf den richtigen Mann gewartet, um mir meine Jungfräulichkeit nehmen zu lassen, Long Dong. Bitte, sag ja!

Kims nächste Nachricht war an Eindeutigkeit nicht zu übertreffen gewesen, daher hatte sich Dupree dazu entschieden, sein Handy abzustellen, nachdem er einen Blick darauf geworfen hatte.

Von: Kim
An: Long John Silver
Uhrzeit: 23:47
Betreff: Re: Re: Re: Sexdate

Du und dein Riesending, ihr seid herzlich willkommen! Ich will, dass du es mit mir bis zur Besinnungslosigkeit treibst!

Bei den Nachrichten war es doch kein Wunder, dass er diese Frauen für gestörte Persönlichkeiten hielt. Außerdem fragte er sich, was sie alle für ein bescheuertes Rechtschreibprogramm hatten, das aus dem Wort *John* ein *Dong* machte. Er hieß *Long John Silver* und nicht *Long Dong Silver*. Anscheinend waren die Frauen nicht nur pervers veranlagt, sondern hatten eine Bibliothek noch nie von innen gesehen. Wie konnte man den großartigen Piratenkapitän *Long John Silver* nicht kennen? Ja, klar! *Kapitän Jack Sparrow* kannten sie alle, aber wenn es um Bücher ging, hatten sie keine Ahnung.

Zu gerne hätte er seine Kumpels zu Rate gezogen, aber er hatte keine Lust, dass die Geschichten über sein Internet-Dating die Runde machten. Daher rätselte er lieber allein darüber nach, was diese merkwürdigen Nachrichten zu bedeuten hatten.

Am dritten Tag ihres Trainingslagers war Dupree von seinen vielen dubiosen Nachrichten dermaßen abgelenkt, dass er beinahe in Eddie hineingelaufen wäre, als dieser vor ihm stehen blieb und seinen Helm auszog. Es war furchtbar heiß an diesem Tag, daher machten sie öfter Pause und pilgerten ständig zum Tisch mit dem Wasserspender.

Da Eddie nicht bemerkt hatte, dass Dupree gleich hinter ihm stand, schlug er ihm unbeabsichtigt den Helm vors Gesicht. Glücklicherweise verfehlte er Duprees Nase, doch die furchtbar teuren Zahnverblendungen gaben nach und flogen im hohen Bogen durch die Luft. Das Ende vom Lied war, dass

Dupree zu einem Zahnarzt gefahren wurde. Genau das Richtige für einen schönen Sommertag, dachte er sich, da er kein großer Fan von Zahnarztbesuchen war. Der Arzt, der zum ersten Mal in seinem Leben Zahnverblendungen sah, untersuchte Duprees Vorderzähne und attestierte ihm ein unverletztes Gebiss, jedoch konnte er nichts für die Zahnverblendungen tun, die Eddies gewaltigem Schlag nichts hatten entgegensetzen können. Dupree tröstete sich damit, dass seine Zähne unverletzt geblieben waren, und dass er zurück in New York neue und sogar noch schönere Verblendungen in Auftrag geben würde.

Zurück im Lager kam er gerade rechtzeitig an, um von seinem Coach aufgeklärt zu werden, dass am nächsten Tag ein neuer Spieler, Quinn Atherton, zu ihnen stoßen würde. Dupree war zufrieden, da er die Spielweise des Linebackers kannte und froh über die Verstärkung war, jedoch fragte er sich, wie viel Teddy für ihn hingeblättert hatte und ob sie Athertons Agentin immer noch aus dem Weg gehen wollte.

Teddy MacLachlan-Palmer machte gute Miene zum bösen Spiel, als sie zusammen mit John das Empfangskomitee für ihren neuen Spieler bildete. Es war ein widerlich warmer Sommertag, ihr T-Shirt klebte verschwitzt an ihrem Rücken und das anzügliche Grinsen ihres Mannes machte sie schon seit Minuten wahnsinnig. In New York wartete ein Haufen Arbeit auf sie, außerdem hatte sie beschlossen, Brians Abwesenheit in den nächsten Tagen zu nutzen und die Wohnung ein wenig umzudekorieren. Er war furchtbar pingelig, was die Farbwahl der Wände betraf, aber Teddy hatte keine Lust mehr, ständig weiße Betonfassaden vor sich zu sehen, also hatte sie beschlossen, einige Wände ihres gemeinsamen Lofts zu streichen.

Seit sie vor anderthalb Jahren bei ihm eingezogen war, hatte sich nichts verändert und manchmal kam sich Teddy vor, als lebe sie in einer Junggesellenbude.

Sie erwiderte Brians grinsenden Blick, als er nach dem Lunch ein weiteres Mal ihren Weg kreuzte, und dachte sich voller Schadenfreude, dass er ruhig grinsen sollte. Sobald er wieder zu Hause war und gestrichene Wände vorfand, würde ihm das Grinsen schon vergehen.

„Wartet ihr immer noch?“ Er stellte sich neben sie und legte seine Hand auf den Übergang zwischen ihrem Rücken und ihrem Po. Komischerweise wurde sie augenblicklich entspannter und merkte, dass ihre Nervosität langsam verschwand. Selbst mögliche Blicke der anderen Spieler wurden da bedeutungslos.

John, der auf ihrer anderen Seite stand, warf einen eiligen Blick auf seine Armbanduhr. „Zu spät sind sie noch nicht.“

Teddy kniff den Mund zusammen. „Aber auch nicht pünktlich.“

Tröstend schabte Brian seine Nase an ihrer Schläfe entlang und murmelte. „Vermisst du mich ein bisschen?“

„Gott, Rabbit“, schnaubte John genervt. „Wir sind hier nicht mehr auf der Highschool!“

„Nichts für ungut“, gab Brian zurück und streichelte nun ihre Hüfte. „Aber ich vermisse meine Frau.“

Wildes Herzklopfen setzte bei ihr ein und Teddy senkte ein wenig den Kopf, um ihr breites Lächeln zu verstecken.

„Das ist erst der vierte Tag“, gab John zu bedenken. „Außerdem war sie bisher jeden Tag hier, also hast du wirklich keinen Grund dich zu beschweren!“

„Und ob! Ich schlafe mit Al in einem Zimmer. Zwar schnarcht er wesentlich leiser als Teddy, aber sein Anblick in Pyjama-Shorts ist bei weitem nicht so scharf wie ihrer.“

Die grellen Sonnenstrahlen waren dermaßen intensiv, dass Teddy einen Sonnenstich befürchtete. Sie konzentrierte sich darauf, gegen das Licht zu blinzeln, und nahm sich daher auch gar nicht der Beleidigung ihres Mannes an. Ausgerechnet er warf ihr lautes Schnarchen vor – das sollte wohl ein Witz sein!

„Du sollst dich auf das Training konzentrieren und nicht auf Teddy in Pyjama-Shorts!“

„Wird das wieder so ein Alphamännchen-Ding zwischen euch beiden?“ Sie schirmte ihre Augen mit der Hand ab und beobachtete die Auffahrt, auf der sie ein Auto zu sehen hoffte. Anstatt hier wie bestellt und nicht abgeholt zu warten, hätte sie eine Menge Arbeit im Büro erledigen können. Bisher hatte sie mit Quinn Atherton lediglich telefoniert und wollte ihn daher persönlich willkommen heißen, auch wenn sie ziemlich grantig war, dass die Verzögerungstaktik seines Managements ihnen vier Tage Trainingslager gekostet hatte. Eigentlich hätte Atherton schon seit vier Tagen mit seinem neuen Team trainieren können, anstatt erst später zu ihnen dazu zu stoßen. Der Verbissenheit seiner Agentin war es zu verdanken, dass Teddy in den vergangenen zwei Wochen wenig Schlaf bekommen hatte und daher ständig schlecht gelaunt war. Ihre eigene schlechte Stimmung, die zwischen Angespanntheit und Gereiztheit hin und her schwankte, machte sie selbst total verrückt.

„Hey, Coach“, lachte nun Brian los und tätschelte ihr den Hintern. „Meiner Meinung nach sollte unsere Chefin während des Trainingslagers dabei sein. Sozusagen als moralische Unterstützung.“

„Als moralische Unterstützung?“, schnaubte John. „Nette Umschreibung für Sex mit dem Quarterback.“

„Oh Gott“, seufzte Teddy und schüttelte den Kopf. „Jungs, wenn das eure Vorstellung davon ist, sich produktiv auf die kommende Saison vorzubereiten, sehe ich schwarz für die Titans. Solltet ihr nicht lieber neue Taktiken besprechen, anstatt miteinander herum zu blödeln?“

„Wir haben Mittagspause, Baby.“ Er gab ihr einen feuchten Wangenkuss. „Wenn du nicht auf Atherton warten würdest, könnte ich dir ja mein Zimmer zeigen und Al rauswerfen.“ Er schnalzte eindeutig mit der Zunge.

„Na, toll“, brummte sie und deutete auf den Geländewagen, der gerade um die Ecke bog und die Auffahrt hinauffuhr. „Solltest du mich blamieren, Brian, nehme ich Al mit aufs Zimmer und werfe *dich* raus.“

Teddy schien Glück zu haben, da ihr Göttergatte den Mund hielt und sich seinem neuen Mitspieler formvollendet vorstellte, nachdem sich dieser gutgelaunt aus dem Fahrersitz seines Geländewagens geschält hatte. Tatsächlich schien ihr das Glück hold zu sein, da er allein war und keine biestige Agentin im Schlepptau hatte. Quinn Atherton begrüßte Teddy höflich und schüttelte John hocherfreut die Hand. Wie sie aus der Presse erfahren hatte, besaß der dunkelhaarige Linebacker mit dem umwerfenden Lächeln einen riesigen weiblichen Fanclub, der eine Internet-Petition aufgesetzt hatte, um Atherton zum Hauptdarsteller eines bald produzierten Filmes zu machen, in dem es um einen Multimilliardär gehen sollte, der gerne perverse Spielchen mit seinen Bettgefährtinnen trieb, bis er die große Liebe entdeckte und seine Peitsche buchstäblich an den Nagel hing. Ein Blick in das freundliche Gesicht sagte Teddy, dass hinter dem charmanten Lächeln, das vermutlich unschuldig wirken sollte, vermutlich ein Frauenheld steckte, der mit allen Wassern gewaschen war.

Na wunderbar!

Nach ein wenig Smalltalk begab sich Brian wieder zum Team, auch wenn er es sich nicht verkneifen konnte, ihr vor dem neuen Linebacker an den Hintern zu fassen und ihr einen geradezu unverschämt langen Kuss zu geben, bevor er pfeifend von dannen zog. Zusammen mit John und ihr trank der neueste Titans-Spieler einen Eiskaffee und schien das Wort Nervosität gar nicht zu kennen, da er die Lässigkeit in Person war. Anschließend gingen sie gemeinsam in den Besprechungssaal, in dem das

Team bereits vollzählig versammelt war und auf sie wartete.

Teddy stand neben John, der die Spieler kurz um Ruhe bat und dann ihr das Wort überließ. Sie räusperte sich und trat einen Schritt vor. Da sie alle Spieler persönlich kannte und ihre Anfangsschwierigkeiten mit dem Team längst überwunden hatte, machten ihr Ansagen dieser Art nichts mehr aus, dennoch klopfte ihr mit einem Mal das Herz bis zum Hals.

„Wie ihr sicher bereits gehört habt, hat Quinn Atherton einen Zweijahresvertrag bei uns unterschrieben“, krächzte sie mit trockener Kehle los und befeuchtete sich ihre Lippen. Plötzlich fühlte sie sich nicht wohl und verlagerte das Gewicht auf ihr anderes Bein, weil sich ihr Kopf ein wenig drehte und sie fürchtete, das Gleichgewicht zu verlieren. Sie hätte nicht so lange in der Sonne stehen sollen, sagte sie sich und versuchte ihre Kurzatmigkeit in den Griff zu bekommen.

„Er wird das Trainingslager mit uns ... ähh ... mit euch ... ähh ... absolvieren und ... und“, sie schluckte und atmete durch die Nase ein, während die irritierten Gesichter der Spieler, die vor ihr saßen und sie betrachteten, vor ihren Augen verschwammen. Eine absolute Leere breitete sich in ihrem Kopf aus, während ihr gleichzeitig heiß, kalt, schwindelig und schlecht wurde.

„Alles okay?“ John war dicht an sie herangetreten und fasste nach ihrem Arm. Teddy hatte gar nicht bemerkt, dass sie schwankte, doch sie sah aus den Augenwinkeln, wie Brian seinen Stuhl zurückschob und aufsprang.

Das einzige, das sie wirklich wahrnahm, war Johns Aftershave, das ihr in die Nase stieg und ihr eine unbeschreibliche Übelkeit verursachte. Bevor Brian sie erreicht hatte, krümmte sie sich zusammen und erbrach das halbe Sandwich, das sie zum Frühstück verspeist hatte, sowie den Eiskaffee vor den Augen der gesamten Mannschaft.

Normalerweise wäre es ihr peinlich gewesen, vor einem Team Footballspieler, dem versammelten Trainerstab und ihrem gerade eingetroffenen, sauteuren Linebacker alles von sich zu geben, was sie heute zu sich genommen hatte, aber momentan interessierte sie das herzlich wenig.

„Scheiße ... Jungs, macht Platz!“ Brian schob beide Hände unter ihre Arme und hielt sie davon ab, in sich zusammenzusacken, während Teddy lediglich durch den Kopf schoss, wie froh sie war, dass sie mittlerweile eine Kurzhaarfrisur hatte, damit ihr niemand das Haar halten musste.

Auch die anderen Spieler waren aufgestanden und umkreisten sie wie Schaulustige, als Brian sie auf einen Stuhl verfrachtete und ihr Luft zu fächerte. Da sich ihr Magen weiterhin verkrampfte und auch dieses furchtbare Schwindelgefühl nicht weichen wollte, beugte sie sich vor und schlang beide Arme um ihren Bauch. Gleichzeitig schloss sie die Augen und versuchte ruhig ein- und auszuatmen. Einzig Brians Hand, die zärtlich über ihren Rücken streichelte, hatte eine wohltuende Wirkung auf sie.

Johns autoritäre Stimme ließ die Spieler ein Stückchen zurückweichen, bevor er sich neben Teddy stellte und ihren Unterarm umfasste, um ihren Puls zu fühlen.

„Mir geht es gut“, wisperte sie und würgte innerlich bei dem widerlichen Geschmack von Erbrochenem in ihrer Kehle.

Als hätte Brian ihre Gedanken gelesen, bat er um ein Glas Wasser, das er nur wenige Augenblicke später an ihre Lippen hielt. Teddy trank einen winzigen Schluck, bevor sie den Kopf ein wenig zurücklehnte.

„Willst du dich hinlegen?“

Obwohl ihr noch immer schrecklich übel war, schenkte sie ihrem Mann ein beruhigendes Lächeln, da sie seine besorgte Stimme gehört hatte. Dennoch schien sie ihn nicht sonderlich überzeugt zu haben. Seine Stirn war gerunzelt, die Augenbrauen hatte er sorgenvoll zusammengekniffen und sein ansonsten immerwährendes Lächeln war verschwunden.

„Alles okay“, erklärte sie leise.

„Bleib’ lieber sitzen“, John ließ vorsichtig ihren Arm wieder los. „Du siehst gar nicht gut aus.“

„Hast du etwas Schlechtes gegessen?“

Bevor Teddy auf Brians Frage antworten konnte, erklang Blakes kichernde Stimme.

„Gut gemacht, Rabbit.“

„Blake!“, zischte Brian ihm über die Schulter zu. „Das ist nicht witzig!“

Anstatt den beiden bei ihrem anschließenden Streitgespräch zuzuhören, konzentrierte sich Teddy darauf, die andauernde Übelkeit zu unterdrücken und wieder zu Luft zu kommen. Erst als es plötzlich still wurde, hob sie fragend den Kopf und sah vielen fragenden Gesichtern entgegen, die sie anstarrten.

„Was ist?“, wollte sie irritiert wissen.

Dass John, der neben ihr stand, in ein amüsiertes Kichern ausbrach, verstand sie gar nicht. Auch die anderen Spieler schienen irgendetwas sehr erheiternd zu finden. Lediglich Brian war nun ebenfalls ein wenig blass um die Nasenspitze geworden.

Alarmiert runzelte Teddy die Stirn und rückte ein Stück auf dem Stuhl zurück.

Julian trat vor und schlug seinem besten Freund auf die Schulter. „Glückwunsch, Brian."

Doch Brian reagierte gar nicht, sondern starrte sie weiterhin an.

Genervt seufzte Teddy auf. „Soll das ein Ratespiel werden? Was zum Teufel findet ihr an einer kotzenden Frau so verdammt lustig?"

Blake grinste wie ein Honigkuchenpferd. „Lustig ist, dass eine kotzende Frau nicht bemerkt, dass sie schwanger ist."

Nach Luft schnappend schenkte sie ihm einen tödlichen Blick. „Lass den Quatsch! Ich bin nicht ..."

Erschrocken hielt sie inne und starrte Brian an, dessen Mund sich zu einem strahlenden Lächeln verzog, bevor er in schallendes Gelächter ausbrach.

7. Kapitel

Inmitten der riesigen Footballspieler kam sich Sarah geradezu winzig vor.

Schon seit einigen Minuten stand sie am Rand des Trainingsfeldes und sah zu, wie ein ganzes Team monströser Spieler in kompletter Footballausrüstung ein mörderisches Workout absolvierte, während draußen abartig heiße Temperaturen herrschten. Sie konnte es kaum glauben, dass die Männer es schafften, bei dieser Hitze solch körperlich anstrengende Übungen zu machen, ohne dass sie der Reihe nach umkippten.

Ihr Fotograf hatte sich gleich an die Arbeit gemacht und schoss unzählige Bilder, während Sarah sich nicht anmerken lassen wollte, dass sie Dupree Williams betrachtete, der nur wenige Meter von ihr entfernt Laufübungen machte. Selbst mit ihrer zugegebenermaßen eingeschränkten Erfahrung in Sachen Football musste sie sagen, dass er blitzschnell war, obwohl man es einem Mann von seiner Statur nicht zutrauen würde.

Sie fand es faszinierend, ihm dabei zuzusehen, wie er seiner Arbeit nachging, die darin bestand, sich körperlich zu verausgaben und mit großer Konzentration, andere Spieler daran zu hindern, an ihm vorbeizukommen. Sarah mochte es nicht zugeben, aber Dupree beim Spielen zuzuschauen, veranlasste sie, ihre Meinung über Footballspieler eventuell noch einmal zu revidieren. Es sah sehr brutal aus, wie sich die Spieler gegenseitig in den Boden rammten, aber das Spiel schien mehr als eine

Aneinanderreihung von harten Körperkontakten zu sein, sondern entbehrte nicht einer gewissen Taktik.

Als ein blonder Mann auf sie zukam und ihr zuvorkommend die Hand reichte, musste sie sich zwingen, ihre Augen von Dupree zu nehmen, der einen Ball über das Feld warf, wobei sein blauer Jersey ein paar Zentimeter nach oben rutschte und den Blick auf einen ausgeprägten Waschbrettbauch freigab. Vielleicht mochte es vorsintflutlich klingen, aber auch Frauen genossen den Anblick von gutgebauten Männern.

„Sie müssen Sarah sein, richtig? Teddy hat mir erzählt, dass Sie heute vorbeikommen. Ich bin Coach Brennan, aber sagen Sie bitte einfach John."

„Danke", sie schüttelte ihm lächelnd die Hand. „Es ist sehr freundlich, dass wir Ihnen heute ein wenig über die Schulter schauen dürfen. Wenn wir Sie stören, sagen Sie es bitte."

„Das ist überhaupt kein Problem", lächelnd deutete er auf seine Spieler. „Die Jungs sind Presse gewohnt. Gestern hatten wir unzählige Journalisten hier, die unseren neuen Linebacker ablichten wollten." Er spielte kurz mit der Trillerpfeife, die um seinen Hals hing, und fragte neugierig. „Was haben Sie sich für heute vorgestellt?"

Sie deutete kurz auf Dupree. „Gerne würde ich Ihren Tackle ein wenig entführen und ein paar kurze Interviews mit ihm machen. Der Fotograf wird bei den verschiedensten Gelegenheiten Bilder schießen, falls das okay ist. Außerdem wäre es großartig, wenn mir ein paar seiner engsten Mitspieler einige kurze Fragen beantworten könnten. Unsere Leserinnen möchten etwas mehr über die Person, die hinter Dupree steckt, erfahren."

Als sich sein Mund zu einem Lächeln verzog, erschienen Grübchen in seinen Wangen. Er konnte nicht viel älter als seine Spieler sein, überlegte Sarah.

„Dann wünsche ich Ihnen viel Glück. Dupree ist eher von der introvertierten Sorte und gibt nicht viel von sich preis."

Amüsiert verdrehte sie die Augen. „Das habe ich schon gemerkt."

„Unser heutiges Training ist nicht sehr zeitintensiv", erläuterte er und ging mit ihr ein paar Schritte, um zu einem aufgestellten Tisch zu gelangen, auf dem verschiedene Erfrischungsgetränke angeboten wurden. „Die Spieler brauchen zwischendurch Tage, an denen sie nicht sehr hart trainieren müssen. Nach dem gestrigen Stress mit der Pressekonferenz und den vielen Fotografen, haben sie heute nur leichtes Training und viele Pausen. Diese können Sie gerne nutzen, um die Interviews mit Duprees Mitspielern durchzuführen. Die Jungs wissen schon Bescheid und werden Ihnen gerne Rede und Antwort stehen."

Sarah hob eine Augenbraue an, nahm das angebotene Glas Wasser entgegen und konnte einen ironischen Tonfall nicht ganz unterdrücken. „Befehl von oben?"

Lachend schüttelte er den Kopf. „Sie sind sehr zahm, aber das werden Sie schon sehen. Wie dem auch sei, ich habe Dupree bereits gesagt, dass er die Trainingseinheiten schwänzen kann, wenn Sie mit ihm beschäftigt sind."

„Ich weiß gar nicht, was ich zu so viel Kooperation sagen soll“, murmelte Sarah erstaunt.

„Wir sind sehr stolz auf ihn“, gestand der Cheftrainer und schaute lächelnd zum Feld. „Daher wollen wir vom Verein aus alles tun, damit Ihr Bericht ganz besonders großartig wird.“

„Ich tue mein Bestes“, versprach sie gespielt feierlich. „Darf ich Sie zitieren, John?“

„Dass ich sehr stolz auf ihn bin?“ Auf ihr Nicken hin grinste er breit. „Natürlich! Es ist jedoch kein Geheimnis, dass ich große Stücke auf ihn halte – sowohl sportlich als auch menschlich.“

„Inwiefern menschlich?“

Der Trainer fuhr sich durch das blonde Haar. „Dupree war für das Team nicht nur eine Bereicherung, weil er ein großartiger Sportler ist, sondern auch weil er ein großes Herz hat. Das war sehr wichtig für unsere Mannschaft. Alleingänger, die keinen Teamgeist haben, können noch so tolle Athleten sein, aber sie werden sich in die Mannschaft nicht einfügen können und daher auch nur bedingt Erfolg haben. Unser Dupree ist der Ruhepol in der Mannschaft und vermittelt durch seine gelassene Art, wenn es zu Konflikten kommt, was bei Footballspielern leider öfter vorkommen kann.“ Er schnitt eine Grimasse.

„Das klingt, als würden Sie ihn sehr mögen.“

John Brennan gab keine Antwort, sondern grinste lediglich. Mehr musste Sarah gar nicht wissen.

Als der Trainer kurz darauf eine Pause ankündigte, trabte Dupree auf sie zu und nahm seinen Helm ab, um sie zu begrüßen.

„Ich lasse euch dann mal allein“, der Coach klopfte seinem Tackle auf die Schulter. „Die nächsten Trainingseinheiten kannst du ruhig ausfallen lassen, wenn ihr noch nicht fertig seid. Außerdem kümmerst du dich bitte um unseren Gast, ja? Wenn sie mit einem der anderen Jungs sprechen willst, gibst du demjenigen Bescheid, okay?“

„Natürlich, Coach.“

Sarah unterdrückte ein Lachen, da Dupree wie ein Schuljunge vor seinem Lehrer wirkte und dabei eine sehr ernste Miene aufgesetzt hatte.

„Falls Sie etwas brauchen, Sarah, lassen Sie es mich bitte wissen.“

„Das werde ich tun. Vielen Dank, John.“

Sobald der Trainer verschwunden war, drehte sich Sarah wieder zu Dupree um und blinzelte gegen die Sonne, die hinter ihm schien und ihm beinahe einen Heiligenschein verpasste.

„Dein Trainer hält große Stücke auf dich. Mir klingeln beinahe die Ohren von seinen Lobeshymnen.“

Er antwortete nicht, sondern errötete unter seiner dunklen Haut. Anscheinend waren ihm Komplimente peinlich, was wirklich putzig wirkte.

„Gut“, lächelte sie. „Sollen wir anfangen? Wir können uns ein wenig in den Schatten setzen und uns unterhalten. Liam kann dabei ein paar Fotos von dir machen.“

„Liam?“

„Der Fotograf“, ergänzte Sarah und deutete auf den Mann, der gerade dabei war, einen Haufen Footballspieler zu fotografieren, die beieinander standen und sich mit Getränken erfrischten.

„Oh ...“, unsicher fasste er sich ins Haar, das er noch immer nicht geschnitten hatte. „Dann sollte ich mich vielleicht umziehen.“

„Unsinn“, wischte sie seinen Einwand beiseite. „Die Trainingsklamotten sind perfekt und wirken total real. Beim nächsten Mal hast du die Gelegenheit, dich in deinen schönsten Klamotten zu präsentieren.“

Als er breit lächelte, hielt Sarah erstaunt inne und starrte auf seinen Mund.

„Wo sind denn deine Verblendungen abgeblieben?“

Dupree zuckte mit der breiten Schulter. „Ein kleiner Trainingsunfall.“

Völlig fasziniert betrachtete sie die Reihe weißer Zähne, mit denen er sie anlächelte, und bemerkte nun selbst, wie heiße Röte ihr ins Gesicht schoss. Wie hatte ein Mann, der ein dermaßen umwerfendes Lächeln besaß, bloß daran denken können, diese schönen Zähne hinter funkelnden Zahnverblendungen zu verstecken? Zwar brauchte er das Geld bestimmt nicht, aber Dupree hätte ein Vermögen mit Zahnpastawerbung machen können!

„Sie sind nicht mehr zu gebrauchen, aber wenn ich wieder in New York bin, werde ich neue in Auftrag geben.“

„Was? Warum das denn? Ohne die Dinger siehst du großartig aus!“ Bevor sie nachdenken konnte, platzte ihr unfreiwillig dieses Kompliment heraus und sie verfluchte ihr loses Mundwerk.

Dupree schien ebenfalls überrascht zu sein und blinzelte ihr zu. „Ähm ...“

„Ich meine“, ergänzte sie hastig. „Dass du dein Lächeln nicht hinter irgendwelchem Zahnschmuck verstecken solltest.“

„Oh ... okay.“

Glücklicherweise rettete Liam sie aus dieser peinlichen Situation, da er zu ihnen trat und sich Dupree vorstellte, wobei er die Leistung des Tackles im letzten Spiel der Play-Offs über den Klee lobte und nicht müde wurde, Dupree zu versichern, dass er selten einen dermaßen großartig ausgeführten Spielzug gesehen hatte.

Seine Komplimente gaben Sarah die Gelegenheit, sich wieder zu sammeln, bevor sie weiteren Unsinn von sich gab. Das Letzte, was sie gebrauchen konnte, war ein Footballspieler, den sie interviewen sollte und der glaubte, dass sie an ihm interessiert sei. Schließlich hatte sie einen Job zu erledigen.

Sobald sie auf einer Bank im Schatten saßen, streckte Sarah ihre Beine von sich und legte ihren Notizblock neben sich.

„Kein Aufnahmegerät?“

„Ich bin von der altmodischen Sorte“, erklärte sie und zückte einen Stift.

Liam lief unterdessen ein wenig herum, um Schnappschüsse vom Trainingscamp zu machen.

Erklärend deutete sie auf den älteren Fotografen mit dem grauen Pferdeschwanz. „Ich habe ihm gesagt, dass er erst etwas später Fotos von dir schießen soll, damit wir genügend Zeit haben, in das Interview zu finden.“

Er nickte und lehnte sich zurück, auch wenn ihm die Anspannung anzusehen war.

„Keine Sorge, das wird nicht weh tun“, scherzte Sarah und legte die Knöchel übereinander. Da es heute furchtbar warm war, hatte sie sich ein luftiges Shirt und einen hellgrünen Rock angezogen, der ihr bis zum Knie reichte. Der Außentermin bei den Titans hatte sehr formlos geklungen, weshalb sie sich gegen ihre förmliche Bürokleidung entschieden hatte. Bisher hatte sie es noch nicht bereut, sondern war froh, bei der Hitze keine Bluse und keine lange Hose tragen zu müssen.

„Das weiß ich, aber Interviews sind einfach nicht mein Ding.“

„Woher kommt's?“

Er warf ihr einen mürrischen Blick zu. „Ich bin kein großer Redner.“

„Das glaube ich nicht“, sie legte den Kopf schief. „Du hast doch sicher viel zu erzählen, schließlich hast du den Superbowl gewonnen.“

Nach einer kurzen Weile seufzte er auf. „Wieso machen alle Menschen, mit denen ich spreche, immer so eine große Sache aus dem Superbowl?“

Ohne es zu wollen, schnaubte Sarah auf und warf ihm einen ironischen Blick zu. „Irre ich mich, oder hast du mir nicht bei unserer ersten Begegnung deinen Superbowlring unter die Nase gehalten, um mich aufzureißen?“

Angesichts seines verstörten Gesichts hätte sie sich am liebsten auf die Zunge gebissen. Wenn sie so anfing, könnte sie sich die groß angelegte Reportage über Dupree in die Haare schmieren.

„Ich wollte dich nicht aufreißen ...“

„Ach?“ Sie verschränkte die Arme vor der Brust und wusste nicht, ob sie sich geschmeichelt oder beleidigt fühlen sollte. „Du wolltest mich nicht aufreißen?“

Peinlich berührt wand er sich neben ihr. „Egal, was ich sagen werde ... ich stehe als der Idiot da.“

„Ein wenig“, gab sie zu und fragte interessiert. „Wenn du mich mit deinem Geschwafel über deinen Ring, *der die Frauen ganz scharf mache*, und über deine Berühmtheit nicht aufreißen wolltest, was wolltest du denn dann?“

Unsicher schaute er sie an und murmelte anschließend. „Du sahst nett aus, daher wollte ich einfach mit dir reden.“

„Reden?“

„Ja, reden“, erwiderte er fest angesichts ihres ironischen Tonfalles. „Ohne Hintergedanken.“

„Entschuldige“, gab sie mit einem Glucksen von sich. „Aber wenn ein Mann mir gleich in den ersten fünf Minuten unseres Kennenlernens davon erzählt, wie scharf die Frauen auf ihn wären, weil er reich und berühmt sei, bevor er mir zweideutige Komplimente zu meiner Oberweite macht, habe ich nicht den Eindruck, dass er ohne Hintergedanken einfach nur mit mir reden will.“

Seufzend fasste er sich zwischen die Augen. „Das kann ich verstehen.“

„Falls ich in meiner Einschätzung falsch lag, entschuldige ich mich natürlich für den Tritt.“

„Schon gut. Den Tritt hatte ich wirklich verdient.“

Lachend stieß sie ihn an. „Einsicht ist der erste Weg zur Besserung.“

Als er brummend zugab, „das habe ich davon, wenn ich mir von Blake O’Neill Tipps im Umgang mit Frauen hole“, konnte Sarah nicht anders und lachte fröhlich los.

Kurze Zeit später hatte sie es geschafft, Duprees Zunge zu lösen und erfuhr, dass er fünf jüngere Geschwister hatte, die alle einen biblischen Namen trugen. An seinen Ausführungen über Jeremiah, Gideon, Nathanel, Mirjam und Tabitha erkannte Sarah, dass er seinen Geschwistern sehr zugetan sein musste.

„Also sind alle deine Geschwister nach biblischen Vorbildern benannt worden, du jedoch nicht?“

Sein Gesichtsausdruck war dermaßen gequält, dass sie entzückt seiner Stimme lauschte.

„Mein Zweitname lautet Helwys.“

„Ist Helwys eine biblische Figur?“

Dupree sah sie an, als hätte sie den Verstand verloren, und schüttelte den Kopf. „Thomas Helwys gründete in England die erste Baptistengemeinde. Meine Mom ist strenggläubige Christin und gab mir daher diesen Zweitnamen.“

„Und Dupree? Steckt hinter diesem Namen auch eine besondere Bedeutung?“

Obwohl sich sein Gesicht verfinsterte, gab er zu. „Da steckt mein Vater hinter.“

„Oh.“

Dupree nickte lediglich und erklärte gespielt leichtfertig. „Sein Vorbild war ein Blues-Sänger namens Champion Jack Dupree, also bekam ich diesen Vornamen.“

Beide wurden stiller und schwiegen kurz. Sarah bereute es, das Gespräch auf seine Familie gebracht zu haben, und meinte trocken. „Dupree klingt gar nicht mal schlecht.“

„Ach?“

Sie nickte ernst und sah ihm in die dunklen Augen. „Es hätte dich viel schlimmer treffen können.“

„Tatsächlich?“ Glücklicherweise erlaubte er sich ein kleines Lächeln, das sie irgendwie fröhlich stimmte.

„Stell’ dir vor, wie peinlich es wäre, wenn der Stadionsprecher dich ausriefe und Champion Williams nennen müsste! Solche Namen hört man ansonsten nur auf der Rennbahn, wenn irgendein Galopppferd vorgestellt wird.“

Sein Lachen, eine Mischung aus einem Grunzen und einem Glucksen, war dermaßen ansteckend, dass sie ebenfalls in Gelächter ausbrach.

Anschließend verriet er ihr, dass sein Lieblingsbuch als Kind *Die Abenteuer des Huckleberry Finn* von Mark Twain gewesen sei und er im letzten Jahr eine signierte Erstausgabe des Buches von 1885 gekauft hätte. Sarahs Lieblingsbuch als Kind hingegen war *Anne auf Grenn Gables* von Lucy Maud Montgomery gewesen. Da sie ebenfalls eine begeisterte Leseratte war und mit ihm über die Figuren des Tom Sawyer und Huckleberry Finn diskutierte, hätten sie weitere Stunden damit verbringen können, im Schatten zu sitzen und freundschaftlich darüber zu streiten, ob nun Tom oder Huck der größere Abenteurer sei, wenn nicht das Mittagessen fertig gewesen wäre.

Dupree lud sie und Liam ein, mit ihm und den anderen Spielern zu essen, aber Liam, der seinen

Lunch lieber in Form von Zigaretten einnahm und die bereits geschossenen Fotos an seinem Laptop überprüfen wollte, lehnte dankend ab. Sarah blieb nichts anderes übrig, als mit Dupree den Speisesaal zu betreten, in dem ein grölendes Chaos herrschte, das ein Team von über vierzig hungrigen Spielern veranstaltete. Es fehlte eigentlich nur eine Essensschlacht, um ihren Vorstellungen von der Nahrungsaufnahme unter Footballspielern gerecht zu werden.

Ganz der perfekte Gentleman schob Dupree sie vor sich her und nahm für sie ein Tablett auf, als sie sich an der Essensausgabe anstellten. Zwischen ihm und einem ebenfalls bärenähnlichen Spieler, der vor ihr stand und sich Unmengen an Kartoffelpüree auf den Teller laden ließ, hatte Sarah das Gefühl, ein Hobbit aus Tolkiens Erzählungen zu sein. Glücklicherweise hatte sie nicht deren behaarte Füße, schoss es ihr durch den Kopf.

„Hey, Eddie! Denk an deinen Cholesterinwert“, brüllte jemand hinter Dupree los, als der Spieler vor ihr gleich zwei riesige Fleischstücke bestellte.

Bei diesem Anblick drehte sich Sarahs Magen um und sie stellte erleichtert fest, dass die Kantine über eine große Auswahl verfügte, da sie bei diesem Wetter sicher kein vor Fett triefendes Fleisch hinunterbekommen hätte.

Der wunderschöne, bunte Sommersalat mit Ziegenkäse, den sie auf ihr Tablett stellte, war genau das Richtige für sie. Lächelnd wollte Sarah das Tablett aufnehmen, doch Dupree schien davon gar nichts wissen zu wollen, da er das Tablett einfach aufnahm, ohne ihrem Protest Gehör zu schenken.

Einem Kellner gleich trug er gleich beide Tabletts durch den Speisesaal und steuerte einen Tisch an, an dem bereits einige Footballspieler saßen und es sich schmecken ließen. Sarah folgte ihrem Interviewpartner und bemerkte erstaunt, wie sich Duprees Teammitglieder plötzlich aufrecht hinsetzten, sobald sie an den Tisch trat.

„Hallo, Sarah", der Kapitän und Quarterback lächelte ihr zu, während Dupree ihr höflich den Vortritt ließ, bevor er sich neben sie setzte.

„Hallo, allerseits", sie sah in die Runde und stellte fest, dass es unter NFL-Spielern anscheinend normal war, riesige Portionen zu vertilgen. Da sie alle damit aufgehört hatten, ihr Mittagessen zu verspeisen, deutete sie amüsiert auf die Teller. Wer hätte gedacht, dass die Titans dermaßen gut erzogen waren. „Ich wünsche einen guten Appetit."

„Mahlzeit", brummte auch der Spieler mit den beiden riesigen Fleischstücken, der ihr schräg gegenübersaß und sich sofort über seine Portion hermachte.

Sarah hatte gerade die erste Gabel Salat verputzt, als sich ein weiterer Spieler zu ihnen gesellte.

„Jungs, ich setze mich zu euch."

„Mach das, Quinn." Der Quarterback rückte ein Stück zur Seite und schob einem dunkelhaarigen Mann den Stuhl hin, der es sich seufzend gemütlich machte und ihr einen irritierten Blick zuwarf, bevor er breit grinste.

„Ich wusste gar nicht, dass uns die Cheerleader ins Trainingslager begleiten durften."

Brian lächelte ihr entschuldigend zu und deutete auf seinen Tischnachbarn. „Sarah, das ist unser neuester Spieler, Quinn Atherton. Quinn, das ist Sarah Matthews, die PR-Beauftragte der New Yorker Brustkrebshilfe, die einen Bericht über Dupree schreiben wird."

„Ach, Mensch! Sie hätten glatt als Cheerleaderin durchgehen können."

„Ich denke nicht", erwiderte sie leichthin und nahm einen weiteren Bissen ihres leckeren Salates.

„Warum nicht?"

Sie kaute und zuckte einfach nur mit der Schulter. Wer wusste schon, ob nicht einer der Spieler mit einer Cheerleaderin liiert war, deshalb hielt sie lieber den Mund und erwiderte nicht, dass sie der Meinung war, dass man als Cheerleaderin nicht viel Grips besitzen musste. Ganz abgesehen davon, dass sie nicht die typischen körperlichen Merkmale von Cheerleadern besaß. Es war ihr unangenehm, mit Männern über solche Themen zu sprechen, und umschiffte heikle Gespräche wie diese lieber.

„Also ich könnte Sie mir sehr gut als Cheerleaderin vorstellen", feixte er Spieler weiter.

Neben ihr gab Dupree ein warnendes Brummen von sich, das sie überraschte. Sarah wusste nicht, ob es an Dupree lag, jedenfalls hielt Quinn Atherton den Mund und begann, sein Steak zu essen.

„Erzählen Sie mal, Sarah", mischte sich nun der Wide Receiver Julian Scott ein. „Wie macht sich Dupree als Interviewpartner?"

„Er macht sich spitze", antwortete sie ehrlich. „Ich bin mir sicher, dass er in der Reportage eine glänzende Figur abgeben wird."

„Das denke ich auch."

„Wer von Ihnen kennt Dupree denn am besten, wenn ich fragen darf? Ich würde gerne seinen engsten Freunden ein paar Fragen über ihn stellen.“

Amüsiert deutete Brian in die Runde. „Bis auf Quinn können wir alle Ihnen gern Rede und Antwort stehen.“

„Die Frauen nicht zu vergessen“, kicherte ein stiernackiger Spieler.

„Welche Frauen?“

Er zeigte mit seiner Gabel auf Julian Scott und den Kapitän. „Liv und Teddy – die kennen Dupree am besten, wenn ihr versteht ...“

„Blake“, Julian verdrehte die Augen. „Du hast die besondere Gabe, nur Schwachsinn zu erzählen.“

„Hey!“

„Wieso klingt bei dir eigentlich alles pervers?“, wollte nun auch der Quarterback wissen.

Interessanterweise hielt sich Dupree aus den folgenden Kabbeleien heraus und schien erst wieder lebendig zu werden, als sein stiernackiger Teamkollege namens Blake empört schnaubte. „Hast du mir nicht erzählt, dass Dozer Teddy splitterfasernackt gesehen hat, Brian?“

„Blake!“

„Na und? Ich dachte ...“

„Ich glaube, wir haben uns schon einmal darüber unterhalten, dass du und das Denken auf Kriegsfuß steht.“ Brian Palmer verdrehte die Augen.

Dupree knurrte aufgebracht. „Dich werde ich später in den Boden rammen, O’Neill.“

„Wäre nicht das erste Mal“, sein Mitspieler zuckte gelassen mit der Schulter.

Quinn Atherton wieherte vor Lachen und zwinkerte Sarah zu. „Gut, dass ich nach New York gewechselt bin. Nur hier bekomme ich diesen Unterhaltungswert geboten."

Er hatte nicht Unrecht, entschied Sarah in den nächsten Minuten, in denen das Gespräch der Teamkollegen mit der Muppet-Show große Ähnlichkeit besaß. Entzückt verfolgte sie den Schlagabtausch der Spieler und verspeiste währenddessen in aller Ruhe ihren Salat.

„Jetzt erzähl doch mal, Dupree", Quinn kaute geräuschvoll auf seinen Butterbohnen herum. „Du hast unsere Chefin nackt gesehen?"

„Hey", beschwerte sich Brian und warf seinem neusten Mitspieler einen finsteren Blick zu. „Du sprichst von meiner Frau."

„Nichts für ungut, Palmer, aber deine Frau ist ein heißes Gerät."

„Ein sehr heißes Gerät, wenn ich an Hawaii denke", stimmte ihm Blake zu.

„Hawaii?"

Er sah Quinn an und erklärte ihm. „Wir waren vor einigen Wochen zusammen auf Hawaii. Teddy lief die ganze Zeit in diesen knappen Bikinis herum …"

„Blake", schnitt ihm Brian aufgebracht das Wort ab.

„Und da hat Dupree sie nackt gesehen?"

„Nein, das war schon vor zwei Jahren", plauderte Blake und wiegte seinen Kopf von rechts nach links, als müsste er eine Entscheidung abwägen. „Mir hat sie mit den langen Haaren besser gefallen."

„Jungs“, Julian Scott verbiss sich nur mit Mühe und Not ein Lachen, während sein Quarterback einen immer finsteren Gesichtsausdruck bekam. „Lassen wir das Thema lieber bleiben.“

„Ja“, stimmte ihm Dupree eilig zu. „Gute Idee.“

„Stellt euch nicht so an“, unbekümmert deutete Blake auf Julian und Brian. „Rabbit hat deine Frau doch auch schon nackt gesehen, Julian.“

Neben ihr stöhnte Dupree auf und schob seinen Teller von sich.

„Veranstaltet ihr irgendwelche Orgien, von denen ich wissen sollte?“ Quinn Atherton gluckste vor Belustigung.

Sarah bemerkte, dass Blake sich wie ein Fremdenführer gebärdete, der das neueste Mitglied der Gruppe in alle Geheimnisse einweihen wollte. Leider gab er dabei intime Details preis, die vermutlich besser unter Verschluss gehalten worden wären.

„Nö, keine Orgien. Rabbit war dabei, als Liv das Baby bekommen hat. Ich schätze, er hat ihr dabei voll ins Leben sehen können.“

Das Gesicht des fleischverzehrenden Eddies nahm einen zu Tode erschrockenen Ausdruck an und er schlug sich eine Hand vor den Mund. Tatsächlich wirkte er wie jemand, der mit dem Gedanken spielte, sich zu übergeben.

„Blake, ich muss gleich kotzen“, stöhnte er und schob genau wie Dupree seinen Teller von sich.

„Vielen Dank, dass du mich daran erinnerst“, Brian holte tief Luft und schüttelte anschließend geistesabwesend den Kopf.

„Blake, du bist wirklich nicht gesellschaftsfähig“, lachte Julian, der sich am wenigsten daran zu stören schien, dass man über seine gebärende Frau sprach.

„Wieso denn?“ Blake kratzte sich am Kopf.

Sarah war der Meinung, dass Blake zu viele Schläge auf seinen Kopf bekommen haben musste, wenn ihm nicht auffiel, welche pikanten Details er hier am Tisch verriet.

„Nett, dass du über Geburten sprichst, während andere gerne essen würden“, erklärte Brian trocken.

„Gerade du solltest dich nicht so anstellen“, schnaubte Blake. „Dir steht das bald bevor, wenn Teddy das Baby bekommt.“

„Sei froh, dass er wenigstens keine Vergleiche mit der Tierwelt zieht“, stöhnte Julian.

Sarah, die nicht gewusst hatte, dass die Teambesitzerin schwanger war, hob überrascht den Kopf und wollte dem Kapitän gratulieren, als wieder einmal Blakes Stimme ertönte.

„Wenn ich daran denke, wie sehr Liv obenrum zulegt, wenn sie schwanger ist, bin ich gespannt, ob sich auch was bei Teddy tun wird.“

„Bist du jetzt komplett gestört?“ Brian schien kurz davor zu sein, den grinsenden Blake umzubringen.

Bevor er jedoch zur Tat schreiten konnte, überraschte Blake nicht zuletzt sie selbst, weil er sie ansah und auf ihre Brüste deutete. „Wozu eine Schwangerschaft nicht gut sein kann, oder?“

Sarah konnte nicht fassen, wie ungehobelt sich der Footballspieler ihr gegenüber verhielt, und sie wusste wirklich nicht, wie sie reagieren sollte. Sie musste keinen Blick nach unten riskieren, um zu wissen, worauf er anspielte, schließlich hatte sie im Vergleich zu anderen Frauen eine winzige Brust. Ein Eisklumpen bildete sich in ihrem Magen, an dem sie zu ersticken drohte. An manchen Tagen kam sie mal schlechter und an anderen Tagen mal besser mit ihren körperlichen Unzulänglichkeiten zurecht. Heute war ganz klar ein schlechter Tag, da sie sich den Tränen nahe fühlte.

Neben ihr sprang Dupree auf und ballte beide Fäuste.

Trotz der Verletzung, die Blakes Worte in ihr ausgelöst hatte, brachte Sarah allen Humor auf, den sie hatte, und antwortete mit einem tiefen Seufzen. „Du hattest Recht, Dupree. Wer sich von ihm Flirttipps geben lässt, muss nicht ganz bei Trost sein."

Von: Cherry69
An: Long John Silver
Uhrzeit: 19:44
Betreff: Hallihallo

Hallo!
Ich habe dein Profil gesehen und würde gerne wissen, wer dahintersteckt.
Liebe Grüße
Cherry69

Müde schaute Dupree auf sein Handy. Das heutige Training war die reinste Tortur gewesen, daher brachte er gerade wenig Lust auf, die Nachrichten in seinem Flirtprofil zu beantworten. In den vergangenen Tagen hatte er noch die eine oder andere durchgeknallte Nachricht erhalten, doch diese klang zur Abwechslung ziemlich normal. Jedoch befürchtete er Schlimmes, als er die Zahl neunundsechzig las, schließlich war er erst sechsundzwanzig Jahre alt und befand sich sicherlich nicht auf der Suche nach einer Frau, die in den Vierzigern steckte.

Er lümmelte auf seinem Bett und freute sich darüber, eine erfrischende Dusche genommen zu haben und nun endlich entspannen zu können. Da heute der letzte Tag des Trainingscamps war und sich das ganze Team in den letzten beiden Tagen verausgabt hatte, war niemand scharf darauf, am Abend noch etwas zu unternehmen. Alle Spieler hatten sich auf ihre Zimmer zurückgezogen und wollten früh ins Bett gehen.

Mit einem Ohr hörte Dupree, dass Tom noch immer unter der Dusche stand, während er sich aufsetzte und das Handy in die Hand nahm. Es konnte nicht schaden, mit Cherry69 ein wenig zu chatten, bevor sein Kumpel zurück ins Zimmer kam, schließlich wollte er ein wenig üben, wie man mit einer Frau flirten konnte. Die Anonymität des Internets kam ihm da gerade recht.

Er schrieb:

Von: Long John Silver

An: Cherry69
Uhrzeit: 19:56
Betreff: Re: Hallihallo

Hallo Cherry69,
danke für deine Nachricht. Ich freue mich, dass du mich kennenlernen möchtest. Wer steckt denn hinter dir, wenn ich fragen darf?

Von: Cherry69
An: Long John Silver
Uhrzeit: 19:57
Betreff: Re: Re: Hallihallo

Ah, sieh' an! Das nenne ich mal eine schnelle Antwort. Wie du auf meinem Foto sehen kannst, bin ich eine dunkelhaarige Frau mit einem Faible für Katzen. Was gibt es über dich zu wissen?

Von: Long John Silver
An: Cherry69
Uhrzeit: 19:58
Betreff: Re: Re: Re: Hallihallo

Na ja, ich lebe in New York, bin ebenfalls dunkelhaarig und hatte einige schlechte Erfahrungen mit Katzen.

Von: Cherry69
An: Long John Silver
Uhrzeit: 19:59
Betreff: Re: Re: Re: Re: Hallihallo

Wie kann man denn schlechte Erfahrungen mit Katzen haben?

Von: Long John Silver
An: Cherry69
Uhrzeit: 20:00
Betreff: Re: Re: Re: Re: Re: Hallihallo

Katzen scheinen einen sechsten Sinn zu haben, was mich betrifft. Erst maunzen sie und sind anhänglich, aber kaum dass ich sie anfasse, verwandeln sie sich in Bestien.

Von: Cherry69
An: Long John Silver
Uhrzeit: 20:01
Betreff: Re: Re: Re: Re: Re: Re: Hallihallo

Von: Long John Silver
An: Cherry69
Uhrzeit: 20:02
Betreff: Re: Re: Re: Re: Re: Re: Re: Hallihallo

Ja. Am schlimmsten finde ich die andauernde Faucherei. Manche beißen und kratzen mich sogar – als sei ich ihr Kratzbaum. Einmal hat mich eine regelrecht angefallen. Ich konnte mich kaum wehren.

Von: Cherry69
An: Long John Silver
Uhrzeit: 20:03
Betreff: Re: Re: Re: Re: Re: Re: Re: Re: Hallihallo

*Wow! Ich kann mir nicht denken, dass du etwas gegen Kratzspuren an deinem Rücken hast *zwinker**

Dupree runzelte die Stirn und starrte auf sein Handy. Cherry69 klang eigentlich ganz nett, auch wenn sie bisher lediglich wenige Nachrichten ausgetauscht hatten. Wenn er ehrlich war, befand er sich auf dieser Flirtseite nicht länger auf der Suche nach einer Freundin, da sich viel zu viele Verrückte hier herumtrieben. In den letzten Tagen hatte er so viele perverse Nachrichten bekommen, dass er ohne Probleme das Skript eines Pornofilmes oder ein neues versautes Buch für Blake hätte schreiben können. Sogar verheiratete Frauen hatten ihn angeschrieben und erzählt, dass sie auf der Suche nach einem verrückten Abenteuer wären, da ihre Männer sie nicht mehr befriedigen konnten. Warum sie sich ausgerechnet ihn dafür ausgesucht hatten, war ihm schleierhaft, jedenfalls hatte er alle Nachrichten, die in diese Richtung gegangen waren, rigoros gelöscht. Er war doch kein Callboy!

Irgendwie stimmte es ihn traurig, dass es so viele Menschen gab, die ihre Partner belogen und betrogen, indem sie sich im Internet auf die Suche nach geheimen Affären machten.

Sein Handy gab wieder ein Piepsen von sich, als eine weitere Nachricht von Cherry69 eintrudelte.

Von: Cherry69
An: Long John Silver
Uhrzeit: 20:06
Betreff: Re: Re: Re: Re: Re: Re: Re: Re: Re: Hallihallo

Apropos ... dein Nickname gefällt mir sehr ;-)

Von: Long John Silver
An: Cherry69
Uhrzeit: 20:07
Betreff: Re: Re: Re: Re: Re: Re: Re: Re: Re: Re: Hallihallo

Danke, ich bin ein großer Fan von ihm.

Von: Cherry69
An: Long John Silver
Uhrzeit: 20:08
Betreff: Re: Re: Re: Re: Re: Re: Re: Re: Re: Re: Re: Hallihallo

Das kann ich mir denken! Ich kenne alle seine Filme und muss sagen, dass er wirklich „beeindruckend“ ist.

Innerlich verdrehte Dupree die Augen. Anscheinend war Cherry69 keine Leseratte, sondern kannte das Buch nur als Verfilmung, was er bedauerlich fand, schließlich kamen die billigen Filmproduktionen bei weitem nicht an das Original heran. Generell war er der Meinung, dass Bücher sehr viel spannender waren als Filme. Um Cherry69 jedoch nicht zu verprellen, wollte er ihr das nicht auf die Nase binden.

Von: Long John Silver
An: Cherry69
Uhrzeit: 20:09
Betreff: Re: Re: Re: Re: Re: Re: Re: Re: Re: Re: Re: Re: Hallihallo

Beeindruckend ist er in der Tat. Trotz seines körperlichen Gebrechens hält er sich immer aufrecht.

Von: Cherry69
An: Long John Silver
Uhrzeit: 20:10
Betreff: Re: Re: Re: Re: Re: Re: Re: Re: Re: Re: Re: Re: Re: Hallihallo

Hahahahaha! Aufrecht ... ich lache mich schlapp. Über was für ein körperliches Gebrechen sprechen wir eigentlich? Für mich wirkt er topfit – eigentlich kenne ich keinen Mann, der über so eine Ausdauer verfügt.

Na, wunderbar! Cherry69 musste wohl einen Film gesehen haben, in dem die Beinprothese des Piratenkapitäns einfach unter den Tisch fallen gelassen wurde. Natürlich hatte sie Recht, wenn sie Long John Silver als einen körperlich agilen Mann beschrieb, aber sein Humpeln war doch sein Markenzeichen! Wie konnte man dieses wichtige Detail bloß vergessen haben?

Von: Long John Silver
An: Cherry69
Uhrzeit: 20:12
Betreff: Re: Re: Re: Re: Re: Re: Re: Re: Re: Re: Re: Re: Re: Re: Hallihallo

Ich meine seine Prothese.

Von: Cherry69
An: Long John Silver
Uhrzeit: 20:13
Betreff: Re: Re: Re: Re: Re: Re: Re: Re: Re: Re: Re: Re: Re: Re: Re: Hallihallo

Ich persönlich glaube nicht, dass er eine Prothese trägt, da ich die Fotos kenne. Die können nicht retuschiert sein. Vermutlich kam dieses Gerücht mit der Prothese nur von Männern auf, die über seine Größe neidisch waren. Das ist doch immer so!

Dupree war verwirrt, weil er keine Ahnung hatte, von welchen Fotos sie sprach, wollte es aber dabei belassen und das Gespräch in eine andere Richtung lenken.

Von: Long John Silver
An: Cherry69
Uhrzeit: 20:15
Betreff: Re: Re: Re: Re: Re: Re: Re: Re: Re: Re: Re: Re: Re: Re: Re: Re: Hallihallo

Da wir schon von Nicknamen sprechen. Wofür steht die neunundsechzig?

Von: Cherry69
An: Long John Silver
Uhrzeit: 20:16
Betreff: Re: Re: Re: Re: Re: Re: Re: Re: Re: Re: Re: Re: Re: Re: Re: Re: Re: Hallihallo

Ich mag dich, Long Dong! Du bist ein richtiger Spaßvogel. Wenn wir schon bei dem Thema sind ... schick mir doch bitte ein Foto von deinem Schwanz – ich bin total neugierig, ob er wirklich so groß ist, wie du ihn beschrieben hast!

Dupree verschluckte sich fassungslos an dem Wasser, das er gerade hatte trinken wollen, und begrüßte Tom, der aus dem Badezimmer kam, mit einer Fontäne, die aus seinem Mund schoss.

„Scheiße, Dupree ... alles okay?“

Hustend und würgend schüttelte er den Kopf.

Tom runzelte die Stirn und schlüpfte in ein T-Shirt, bevor er sich auf das schmale Bett setzte, das nur durch einen Nachttisch von Duprees Bett getrennt war. Das Leben im Trainingslager war lange nicht so luxuriös, wie man es sich vorstellte.

„Hat dir Blake schon wieder Videos von Männern geschickt, die sich gegenseitig in die Eier treten?“

Sein Gesicht brannte vor Hitze, als er den Kopf schüttelte und sich das Wasser vom Kinn wischte. „Wenn es nur das wäre!“

„Was ist denn los?“ Der Cornerback rutschte zurück und lehnte sich gemütlich gegen die Wand, während er seine nackten Beine von sich streckte.

Dupree zögerte und wich dem Blick seines Kumpels aus. Im Gegensatz zu Julian war Tom sehr locker drauf und konnte auch den schlimmsten Situationen Humor abgewinnen, gleichzeitig war er anders als Brian keine Quatschtante, sondern konnte private Dinge für sich behalten, außerdem würde er sich nicht wie Blake über ihn lustig machen, daher erschien er Dupree als perfekter Freund, um ihm einen Rat zu geben. Seufzend reichte er ihm das Handy.

„Ich habe mich bei einer Flirt-Seite angemeldet.“

„Oh“, der Footballspieler hob lediglich seine Augenbrauen an und ignorierte das Handy in seiner Hand. „Wie läuft es?“

Nach kurzem Zögern fragte Dupree ganz ernst. „Sind Frauen tatsächlich so gestört? Oder bin ich einfach in eine Freak-Show gestolpert, ohne es zu wissen?“

Der Cornerback hob lediglich die Mundwinkel an. „Freak-Show? Das könnte auf ungefähr jede Online-Dating-Seite zutreffen, von der ich jemals gehört habe. Dort tummeln sich in der Tat einige gestörte Typen.“

Frustriert breitete Dupree seine Hände aus. „Ich rede nicht von den Typen, Tom, sondern von den Frauen! Du würdest nicht glauben, was manche von mir wollen!“

„Oh doch, das kann ich mir ganz gut vorstellen.“ Amüsiert grinste er ihn an. „Sag es Erin nicht, aber noch heute bekomme ich über meine offizielle Homepage täglich eindeutige Nachrichten von weiblichen Fans, die mir die abartigsten Perversionen vorschlagen. Footballspieler sind bei solchen Frauen besonders begehrt.“

„Aber ich habe nicht einmal meinen Job genannt“, verteidigte sich Dupree aufgebracht. „Außerdem habe ich kein Foto von mir reingesetzt. Jedenfalls kein Foto, auf dem mein Gesicht zu sehen gewesen wäre.“

„Darf ich fragen, was du mit der Flirt-Seite bezwecken wolltest?“

Schnaubend starrte er Tom an. „Was wohl?“

„Sex-Dates?“, riet sein Freund mit einem pragmatischen Ton.

Hastig schüttelte Dupree den Kopf und gestand seinem Zimmernachbarn. „Es ist ... es fällt mir schwer, Frauen anzusprechen ... deshalb ... naja ... wollte ich es üben."

Seufzend hob Tom das Handy etwas in die Höhe. „Das klingt nach einem guten Plan, aber ich fürchte, dass diese Seiten denkbar schlecht für so etwas sind."

„Mhh."

„Warum gehst du nicht aus und quatschst einfach ein paar Mädels an? Das ist die einfachste Methode."

Dupree schenkte ihm einen ironischen Blick. „Ich kann das nicht."

„Kein Mann kann das von Anfang an", erklärte Tom ruhig und leicht belustigt. „Wir haben uns alle schon einmal richtig blamiert, wenn es darum ging, eine Frau anzumachen."

„Ach?" Er verschränkte die Arme vor der Brust und sagte in dem zynischsten Tonfall, den er auf Lager hatte. „Willst du mir weismachen, dass dich eine Frau ausgelacht hat, weil du mit ihr flirten wolltest?"

„Oh ja", vergnügt nickte er. „Nicht nur einmal, Dozer. Auf dem College ist mir das ein paar Mal passiert. Einmal habe ich den Fehler gemacht, ein Mädchen anzusprechen, das bei ihren Freundinnen stand und mich auslachte, als ich ihr einen Drink spendieren wollte. Selbstverständlich taten es ihr die anderen Ziegen nach. Ich kam mir wie ein begossener Pudel vor und bin mit hängenden Schultern zurück ins Wohnheim gelaufen. Ein anderes Mal verpasste mir eine Kommilitonin eine Ohrfeige, weil ich sie auf einer Party küssen wollte. Ich will dich nicht entmutigen, aber kein Mann ist als Frauenheld vom Himmel gefallen."

„Bei anderen sieht es immer so leicht aus ..."

„Glaub' mir, jeder Mann hat die Hosen gestrichen voll, wenn er eine Frau anspricht."

Murrend erwiderte Dupree. „Egal ... das war sowieso nur ein Test mit dem Online-Dating."

„Hast du nicht wenigstens eine nette Frau dabei gehabt?"

Wieder schnaubte er und warf seinem Freund aus den Augenwinkeln einen sarkastischen Blick zu. „Am nettesten war die Großmutter, die mir Geld fürs Nacktputzen geben wollte."

„*Was*?" Lachend ließ sich Tom nach hinten fallen.

„Ich werde mein Profil löschen", stellte Dupree fest. „Die ständigen Nachrichten von Verrückten, die angepinkelt oder ans Bett gefesselt werden wollen und von mir verlangen, eine Skimütze überzuziehen, gehen mir auf den Geist."

„Warte", Tom gluckste so heftig, dass das Bett unter ihm wackelte. „Darf ich sie mir vorher wenigstens mal anschauen?"

Da Dupree keine peinlichen Details von sich preisgegeben hatte, schließlich war er so gut wie nie dazu gekommen, jemandem zurückzuschreiben, nachdem er unzählige Accounts gesperrt hatte, zuckte er einfach mit der Schulter. Die Frauen mit ihren Vergewaltigungsphantasien und Nacktbildern hatten sich lächerlich gemacht – nicht er.

Tom vertiefte sich in Duprees Handy und schaute sich konzentriert die Mitteilungen an, bevor er japsend Luft holte und ihn mit einem merkwürdigen

Tonfall fragte. „Äh ... Dupree ... *welchen* Nickname hast du gewählt?"

„*Long John Silver*", gähnte er. „*Alabama-Boy* war schon vergeben."

„Und dir ist es nicht komisch vorgekommen, dass dich die Frauen als Long *Dong* Silver angeschrieben haben?"

„Doch", er kratzte sich am Kopf und lehnte sich erschöpft zurück. „Die haben vielleicht ein komisches Rechtschreibprogramm ..."

„Scheiße, Dozer", Tom hielt sich lachend den Bauch. „Das hast du nicht getan, oder?"

„Hey", irritiert setzte sich Dupree wieder auf. „Long John Silver ist der Piratenkapitän aus dem Roman von Robert Louis Stevenson! Er hat ein Holzbein und ..."

„Ein Holzbein", wieherte Tom erfreut. „Deshalb die Nachricht mit der Prothese!"

Da Dupree keine Ahnung hatte, was seinen Mitbewohner derart belustigte, bekam er langsam einen heißen Nacken vor Ärger und runzelte finster die Stirn. Tom fand irgendetwas zum Brüllen komisch, von dem Dupree nichts wusste – verärgert erhob er sich.

„Was ist denn so komisch?"

Glucksend fuhr sich Tom durch sein Haar und schaute auf, um Dupree mit einem breiten Grinsen anzuschauen. „Du weißt nicht, wer *Long Dong Silver* ist, oder?"

„Nein."

„Oh Mann", Tom wischte sich eine Lachträne aus dem Augenwinkel. „Long Dong Silver ist ein Pornodarsteller aus den Achtzigern. Er gilt als der

Mann mit dem längsten Penis der Welt ...“, er brach schon wieder in ein Lachen aus. „Und du beschreibst dich in deinem Profil auch noch als *überdurchschnittlich groß* und sagst, dass du eine Frau suchst, *die deine Vorlieben teilt* und *dich trotz deiner Größe akzeptiert.* Himmel, Dupree! Das muss für die sexhungrigen Weiber im Internet ein gefundenes Fressen gewesen sein!“

Mit offenem Mund nahm Dupree Tom das Handy aus der Hand. „Sie haben mich für einen Pornodarsteller gehalten?“

„Vermutlich haben sie dich für einen ebenso sexhungrigen Typen gehalten, der mit seiner Ausstattung angibt, weil er sich mit einem Pornodarsteller vergleicht.“

„Aber ... aber ... ich habe mich *nicht* Long Dong Silver genannt!“

„Gib’s auf“, kicherte Tom fröhlich. „Die anderen Mitglieder auf dieser Flirtseite haben bestimmt keine Ahnung, wer dein Piratenkapitän ist, dafür scheinen sie sich in der Pornoindustrie umso besser auszukennen.“

Schweigend runzelte Dupree die Stirn und bemerkte jetzt, weshalb er diese in seinen Augen merkwürdigen Nachrichten erhalten hatte. Die Großmutter mit dem Nacktputz-Job, der operierte Mann namens Kim, die Frau mit dem Hobby, angepinkelt zu werden, und Cherry69 hatten ihn angeschrieben, weil sie ihn für einen perversen Typen gehalten hatten, der darauf aus war, mit ihnen irgendwelche Sexspielchen zu treiben. Ernsthaft, welcher zurechnungsfähige Mann nannte sich schon nach einem Pornodarsteller zweifelhaften Rufs? Ohne ein Wort zu verlieren, löschte er sein Profil und sagte sich, dass dies sein erster und letzter Versuch gewesen war, in der Welt des Online-Datings jemanden kennenzulernen.

8. Kapitel

Als Sarah den Central Park erreichte, stellte sie mit Verwunderung fest, dass Dupree bereits da war und zwei Gäste im Schlepptau zu haben schien. Erstens war sie überrascht, dass der Star-Tackle überpünktlich war, denn berühmte Personen kamen gerne zu spät, und zweitens betrachtete sie mit einer Mischung aus Belustigung und Erstaunen, wie ein blondgelocktes Mädchen sein Bein umklammerte und fröhlich auf- und absprang.

„Hallo", grüßte sie in die Runde.

„Hi", Dupree lächelte ihr zu und trug zu ihrer großen Freude keine neuen Zahnverblendungen, sondern zeigte ihr sein reines Lächeln. „Ich hoffe, es stört nicht, dass wir zwei Zuschauerinnen haben."

„Überhaupt nicht", sie reichte der rothaarigen Frau freundlich die Hand. „Zuschauerinnen sind immer willkommen."

„Das hören wir gerne", die Frau mit der atemberaubenden Figur erwiderte ihren Händedruck. „Mein Name ist Erin und das ist Zoey. Als sie gehört hat, dass Dupree in die Zeitung kommen soll, wollte sie unbedingt zuschauen, wie er fotografiert wird."

„Aha", Sarah beugte sich ein wenig hinunter, um Zoey anzuschauen. „Du kannst uns bestimmt helfen und sagen, wie wir Dupree am besten fotografieren können."

Die Kleine strahlte und ließ vom Tackle ab, der ihr kurz durch das Haar fuhr.

„Wirklich?"

„Aber natürlich“, versicherte sie dem kleinen Mädchen.

„Toll!

Amüsiert erhob sie sich wieder und sah die Mutter der Kleinen an. „Wenn Sie nichts dagegen haben, würde ich vorschlagen, dass wir vielleicht auch ein paar Fotos von Dupree und Ihrer Tochter machen. Die beiden scheinen sich ja blendend zu verstehen.“

Das kleine Mädchen, das Sarah auf vier oder fünf Jahre schätzte, verkündete laut und deutlich. „Dupree ist mein bester Freund! Wenn Daddy und Erin ins Kino gehen, passt er auf mich auf und spielt mit mir Cowboy und Indianer. Ich darf mir immer aussuchen, ob ich Cowboy oder Indianer sein will.“

Zwischen Entzücken und Belustigung hin und hergerissen schaute Sarah in Duprees Gesicht, das einen verlegenen Ausdruck angenommen hatte.

„Zoeys Dad wird bestimmt nichts gegen die Fotos einzuwenden haben“, versicherte ihr die Frau und zückte ihr Handy. „Ich rufe ihn kurz an und erzähle ihm von Ihrem Vorschlag.“

„Wunderbar“, sie schaute der Frau hinterher, die sich ein paar Meter entfernte, und blickte wieder zu Dupree. Das kleine Mädchen sang währenddessen einem Stofftier etwas vor und schien für den Moment abgelenkt zu sein. „Ich dachte, Erin wäre Zoeys Mom.“

Er schüttelte den Kopf. „Nein, vor ein paar Monaten war sie Zoeys Kindermädchen und wird in nächster Zeit ihre Stiefmutter sein.“

„Ach.“

„Das ist eine lange Geschichte“, erklärte er nur und warf einen Blick auf das Mädchen, das sich auf eine Parkbank gesetzt hatte. „Mittlerweile lebt Zoey bei ihrem Dad und Erin. Sie ist ein glückliches, kleines Mädchen.“

„Das sieht man“, lächelnd verfolgte sie, wie Zoey ihr Stofftier umarmte und auf es einredete.

„Sie ist ganz vernarrt in Erin und bekommt sich vor lauter Begeisterung über die Hochzeit nicht ein. Heute hat sie mir die Ohren vollgequasselt, dass sie Blumenmädchen sein darf.“ Er schnitt eine Grimasse, die Sarah jedoch nicht darüber hinwegtäuschen konnte, dass er das kleine Mädchen sehr gern hatte.

„Stiefmütter genießen ungerechterweise einen üblen Ruf“, lächelnd verschränkte sie die Arme vor der Brust. „Schuld daran sind die Märchen, in denen die Stiefmütter immer die Bösen sind. Als ich klein war, weigerte ich mich, diese Märchen vorgelesen zu bekommen.“

Mit einem interessierten Blick schien er in ihrem Gesicht zu forschen. „Ehrlich?“

Seufzend nickte sie. „Meine Mom ist eigentlich meine Stiefmutter. Sie ist die wundervollste Mutter, die man nur haben kann, daher fand ich es immer unfair, dass Stiefmütter in Märchen oder Filmen als böse und gemein dargestellt wurden.“

Als er nicht antwortete, sondern in ein unbehagliches Schweigen verfiel, erklärte sie mit einem Glucksen. „Keine Sorge, das ist kein sensibles Thema für mich. Meine Mom, also meine richtige Mom, starb sehr jung an Krebs. Damals war ich nicht einmal zwei Jahre alt. Meine Stiefmutter war mit meinem Dad befreundet und kümmerte sich um uns.

Die beiden haben sich irgendwann ineinander verliebt, geheiratet und meine beiden Brüder in die Welt gesetzt. An meine richtige Mutter kann ich mich gar nicht erinnern, sondern bin von meiner Stiefmutter aufgezogen worden. Sie hat niemals einen Unterschied zwischen mir und meinen Brüdern gemacht.“

„Du scheinst eine sehr harmonische Familie zu haben.“

„Na ja, ich würde uns nicht unbedingt harmonisch nennen, schließlich streiten wir uns auch ab und zu, aber wir lieben uns. Nur das zählt.“

Ein Räuspern erklang hinter ihnen. „Darf ich kurz stören? Tom hat nichts dagegen, dass Zoey fotografiert wird.“

Sarah nickte erfreut. „Das höre ich gerne. Ganz bestimmt ergibt es ein schönes Motiv, wenn wir die beiden zusammen knipsen.“

„Solange Zoey bei Dupree sein darf, wird sie begeistert sein“, lachte Erin. „Tom befürchtet ja, dass sie ihn in spätestens zehn Jahren heiraten will.“

„Erin“, murmelte Dupree beschämt. „Erzähl keinen Unsinn.“

„Oh, doch“, die Rothaarige sah Sarah ins Gesicht und grinste breit. „Sie himmelt ihn an, aber das werden Sie heute sicher das eine oder andere Mal selbst sehen können.“

„Das ist mir bereits aufgefallen, als ich sie drei entdeckt habe.“

„Ja, ja ... unser Dupree“, gluckste Erin. „Er erobert die Herzen kleiner Mädchen im Sturm.“

Angesichts seines verlegenen Gesichtes mussten beide Frauen lachen.

Als er dann auch noch brummte, „müssen wir nicht langsam an die Fotos denken?“, gab es für Sarah kein Halten mehr. Sie lachte los und versuchte gleichzeitig zerknirscht dreinzuschauen, weil sie ihm nicht das Gefühl geben wollte, dass sie sich auf seine Kosten amüsierte.

„Du hast Recht“, kicherte sie und griff in ihre Tasche. „Ich rufe den Fotografen an und frage ihn, wo er bleibt.“

„Nicht Liam?“

„Nein, heute nicht. Liam ist in Boston und fotografiert dort irgendein Medienevent.“

Während Sarah sich den Hörer ans Ohr hielt und darauf wartete, dass der Fotograf ans Handy ging, hörte sie Erins flüsternde Stimme, die Dupree zuraunte. „Ihr scheint euch sehr gut zu verstehen.“

Genau in diesem Moment ertönte Zoeys Stimmchen. „Oh! Kleine Hündchen!“

Alle drei Erwachsene drehten sich zu der Kleinen um, die mit ihrem Stofftier im Arm von der Parkbank rutschte und in genau die entgegengesetzte Richtung zu laufen begann.

„Zoey!“ Erin erschrak sichtlich. „Liebling, bleib hier!“ Sie rannte trotz ihres sommerlichen Rockes und der hohen Schuhe der Kleinen hinterher, die bei der nächsten Parkbank stehengeblieben war, um in einen Pappkarton zu schauen.

Auch Dupree hatte sich sofort in Bewegung gesetzt und das Mädchen noch vor dessen Stiefmutter erreicht.

Sarah schaute besorgt zu den dreien hinüber und versicherte sich, dass mit dem Mädchen alles okay war, während sie mit dem Fotografen telefonierte, der kurz vor dem Holland-Tunnel im Stau steckte. Sobald sie aufgelegt hatte, lief sie zu Dupree, Erin und Zoey hinüber. Als sie bei ihnen ankam, verfolgte sie, wie Erin das Mädchen sanft tadelte, weil es einfach davon gelaufen war.

„Schatz, du hast mich sehr erschrocken. Daddy und ich haben dir doch gesagt, dass du nicht einfach weglaufen sollst, wenn du etwas siehst.“ Sie hatte das Mädchen an sich gezogen und strich ihr über die Schultern.

Zerknirscht sah das kleine Mädchen zu ihrer Stiefmutter hoch. „Es tut mir leid, aber schau doch mal ... kleine Hündchen!“ Völlig entzückt deutete sie in den Karton, in dem zwei kleine fiepende Welpen herumkrochen.

Erin seufzte. „Ja, sie sind sehr süß, Liebling.“

„Können wir nicht einen mit nach Hause nehmen?“

Angesichts des hoffnungsvollen Tonfalles biss sich Sarah auf die Unterlippe, um nicht schon wieder lachen zu müssen.

„Ich könnte Ihnen die Welpen für fünfzig Dollar das Stück geben.“

„Fünfzig Dollar?“ Stirnrunzelnd trat Sarah näher und schaute auf die kleinen fleckigen Hunde hinab, die sicher noch nicht alt genug waren, um von der Mutter getrennt zu werden.

„Ja, Lady. Ein absolutes Schnäppchen.“ Er nickte bekräftigend. „Für fünfzig Dollar werden sie nie wieder solche Prachtexemplare bekommen. Das sind französische Bulldoggen – die kosten sonst ein Vermögen!“

„Und warum sind sie dann so billig?“ Dupree verschränkte die Arme vor der Brust.

Zoey hauchte begeistert los. „Sie sind so niedlich, Erin. Schau mal, wie das eine Hündchen dem anderen das Ohr ableckt.“

„Mhh“, mit einem verzweifelten Blick gab sie von sich. „Sollen wir uns nicht jetzt einen schönen Platz suchen, an dem du mit Dupree fotografiert werden möchtest?“

„Können wir nicht mit den Hündchen fotografiert werden?“

Seufzend schüttelte Erin den Kopf. „Die Hunde sind bestimmt sehr müde und wollen schlafen ...“

„Hier, Süße“, der Hundebesitzer erkannte anscheinend seine Chance und drückte Zoey einen der Welpen in den Arm. „Ist der nicht süß?“

Das Kindergesicht glühte vor Liebe zu dem winzigen Hund auf.

Im Gegensatz zu Erin, die regelrecht panisch wurde, da es unmöglich werden würde, Zoey ohne großen Kampf von dem Hündchen wegzubekommen, sahen sich Sarah und Dupree kurz mit einem belustigten Ausdruck in den Augen an. Es war glasklar, dass Zoey sich sofort in den kleinen Hund verliebt hatte, der ihr mit seiner Zunge über die Wange leckte und erbärmlich fiepte. Die kleine Bulldogge war total niedlich, würde aber als ausgewachsener Hund einem kleinen Schwein ähneln, da es schon jetzt ein faltiges Gesichtchen aufwies.

Sarah räusperte sich und fragte gespielt neutral. „Wie alt sind sie denn?“

„Sieben Wochen.“

Empört riss sie ihre Augen auf. „Erst sieben Wochen? Da gehören sie noch zur Mutter ..."

„Was soll ich denn tun?" Der junge Mann mit den zerfledderten Jeans und den nikotingelben Fingern runzelte die Stirn. „Die Mutter ist gestern abgekratzt."

Interessiert hatte Zoey die Unterhaltung verfolgt. „Was heißt *abgekratzt*?"

Erin öffnete den Mund, doch der unsensible Hundeverkäufer blökte los. „Die Mama der Hunde ist tot, Kleine. Jetzt sind sie ganz allein und sterben auch, wenn sie kein neues Zuhause bekommen."

„Hey!" Dupree schaute ihn ärgerlich an. „Erzähl dem Kind so etwas nicht!"

Doch es war schon zu spät. Zoey brach in Tränen aus und presste den Hund so fest an sich, dass der Kleine protestierend quiekte.

„Zoey", Erin wollte das Mädchen beruhigen und nahm ihr vorsichtig den Hund ab, der sich sofort an sie kuschelte. Wie nicht anders zu erwarten, schien auch sie sich Hals über Kopf in ihn zu verlieben.

„Ich ... ich ... will ... nicht ... dass ... dass ... die Hündchen ... Hündchen ... sterben!"

„Liebling", murmelte Erin und streichelte ihr über den Kopf. „Die Hunde sterben nicht."

Der Hundeverkäufer nickte ernst. „Doch. Die kleinen Hündchen sterben ohne ihre Mama ..."

Dupree warf dem Mann einen warnenden Blick zu, bevor er hilflos auf Zoey schaute.

Mitleidig verzog sich auch Sarahs Gesicht, als Zoey bitterlich weinte und schluchzte, dass die Hündchen nicht sterben durften.

„Bitte, bitte ... können wir die Hündchen mit nach Hause nehmen?“

„Schatz“, Erin seufzte schwer. „Daddy ist doch allergisch gegen Hunde. Weißt du noch, wie sehr er husten musste, als wir auf Tante Sues Hund aufgepasst haben?“

„Dann soll er Hustensaft nehmen“, Zoeys Gesicht glich einer Trauermiene. „Bitte, Erin, bitte!“

Verzweifelt biss sich Erin auf die Unterlippe und streichelte unablässig über den Rücken des kleinen Welpen.

Sarah konnte den Zwiespalt erahnen, den Erin empfinden musste, schließlich bettelte die Kleine weinend und schluchzte so heftig, dass sie schon ganz rot angelaufen war.

„Zoey ... wir können die Hündchen nicht mitnehmen ... Schatz ...“

„Wieso nicht?“ Schluchzend bebten die Kinderlippen. „Sie können bei mir schlafen ...“

„Aber Daddy wird krank, wenn wir die Hunde mitnehmen.“

„Und wenn wir sie nicht mitnehmen, müssen sie sterben ...“

Plötzlich überraschte Dupree sie alle, als er sein Portemonnaie zückte und dem Hundeverkäufer einhundert Dollar in die Hand drückte.

„Wir nehmen sie.“

„Dupree“, Erin schaute ihn unglücklich an. „Wir können die Hunde nicht nehmen ... Tom ist wirklich allergisch ...“

„Ich nehme sie“, seufzte er und presste die Lippen aufeinander. Sein Blick hing an Zoey, die vor lauter Schluchzerei kaum Luft bekam und nun hoffnungsvoll aus tränennassen Augen zu ihm aufsah.

Sein Ton klang beinahe flehentlich „Jetzt hör bitte auf zu weinen, Zoey.“

„Die kleinen Hündchen dürfen bei dir bleiben?“, wisperte sie ungläubig.

„Ja“, er nickte fest.

Verzagt biss sich Erin auf die Unterlippe. „Aber du hast doch selbst kaum Zeit ...“

Entschieden schüttelte er den Kopf. „Schon gut, Erin. Ich nehme sie.“

Sarah wurde warm ums Herz, als der finster wirkende Footballspieler das kleine Mädchen auf den Arm nahm, das vor lauter Erleichterung die Ärmchen um seinen Hals schlang und weinte. Er tätschelte ihr den Rücken und wirkte nicht minder mitgenommen als die kleine Zoey.

Staunend bemerkte Sarah, dass Dupree Williams soeben zwei kleine Welpen adoptiert hatte, um ein kleines Mädchen glücklich zu machen, das ihm anscheinend sehr am Herzen lag. Sie wusste nicht, warum sie das zutiefst berührte, aber sie war nun das dritte weibliche Wesen in dieser Runde, das feuchte Augen bekam.

Dupree merkte, dass alle drei mit den Tränen kämpften, und wand sich unbehaglich, als der glückliche Hundeverkäufer ihm den zweiten Welpen gab und gleich darauf mit dem Pappkarton verschwand.

„Oh, Dupree ... du bist sooo lieb“, bekräftigte Zoey und wischte sich mit der Hand die Tränen weg.

„Du bist ein Schatz“, stimmte Erin ihm mit wackliger Stimme zu.

Sarah nickte und blinzelte gegen die aufsteigenden Tränen an.

Wie nicht anders zu erwarten gewesen war, errötete er unter seiner dunklen Haut und räusperte sich, bevor er sich auf die Parkbank setzte und den Welpen auf seinen Schoß setzte. Zoey glitt neben ihn und schmiegte sich sofort an den Hunderetter, um mit ihrer kleinen Hand den winzigen Hund zu streicheln.

„Du musst die Hunde aber oft besuchen kommen“, verlangte er mit dunkler Stimme.

„Oh ja! Immer!“

Sarah beobachtete, wie er auf den gesenkten Kopf des Mädchens sah und sich ein Lächeln nicht verkneifen konnte. „Außerdem musst du mit mir und den Hunden in die Hundeschule gehen, schließlich sind es ja deine Hunde. Bei mir wohnen sie nur.“

Sehr ernsthaft nickte Zoey. „Genau, weil Daddy sonst Husten bekommt.“

„Eben.“

Neben ihr ließ Erin ein fast schon verliebtes Seufzen hören, was Sarah ihr nicht verübeln konnte. Dieser Mann war einfach eine Seele von Mensch.

„Und weil es deine Hunde sind, musst du ihnen auch einen Namen geben.“

„Wirklich?“ Das Kindergesicht leuchtete vor Glückseligkeit. „Ich darf die Namen aussuchen?“

Dupree antwortete mit einem Nicken. „Wer sonst?“

„Dann möchte ich sie Dupree nennen“, die Kleine sah den riesigen Footballspieler verliebt an. Anscheinend war an der Theorie ihres Vaters etwas dran, schmunzelte Sarah. Zoey hatte ihr Herz schon in jungen Jahren an Dupree Williams verloren.

„Liebling, du kannst die beiden Hündchen nicht nach Dupree nennen“, Erin trat an die Parkbank und setzte auch den zweiten Welpen auf Duprees Schoß ab. „Das ist eine nette Idee, aber das ist doch schon sein eigener Name.“

„Okay“, Zoey runzelte angestrengt die Stirn und rümpfte das kleine Näschen. „Dann sollen sie Poppy und Pippa heißen!“

Duprees Gesicht war zum Brüllen komisch, als er beide Namen hörte und Erin nach Unterstützung heischend ansah.

„Poppy und Pippa?“, fragte Erin skeptisch.

„Ja, nach Poppy und Pippa aus dem Fernsehen.“ Sehr ernst erklärte Zoey, während sie die Hündchen streichelte. „Poppy und Pippa sind zwei Mädchen, die auf Schatzsuche gehen. Wenn Daddy Mittagessen kocht und du nicht zu Hause bist, darf ich das immer schauen.“

„Ach?“ Erin rümpfte nun ihrerseits die Nase und verdrehte die Augen. „Gut zu wissen.“

Sarah hatte seit langer Zeit keinen so interessanten Tag erlebt und trat neben Dupree, um eines der Hündchen hochzunehmen. „Also dieser Hund ist ein Junge.“

„Ehrlich?“ Zoey verfolgte jede Bewegung des kleinen Welpen. „Hat er einen Pipimann?“

Kurz verschluckte sich Dupree und hustete los, während Sarah amüsiert nickte.

„Ja, den hat er.“

Das Mädchen nickte altklug. „Jungs haben alle einen Pipimann. Mädchen nicht. Hast du auch einen Pipimann, Dupree?“

Angesichts des erschrockenen Gesichts des riesigen Tackles gluckste Sarah los und schmiegte den kleinen Welpen an ihre Wange.

„Äh ... Zoey“, erklärte nun auch Erin mit einem Hustenanfall, der sich verdächtig nach einer Lachattacke anhörte. „Zurück zu den Namen ...“

„Aber ...“

„Poppy und Pippa klingen gut“, ließ sich Dupree hastig vernehmen. „Wir nennen sie Poppy und Pippa.“

Da die ganze Aufregung der Kleinen auf die Blase schlug und sie kurz darauf von Erin zu den Toiletten gebracht wurde, war Sarah mit Dupree allein. Er saß ratlos auf der Parkbank und hielt zwei Welpen auf dem Schoß.

Seufzend sah er auf und fragte sie verstört. „Was soll ich mit ihnen bloß anstellen?“

Das wusste sie auch nicht und zuckte lachend mit der Schulter.

Als kleiner Junge hatte sich Dupree immer einen Hund gewünscht. Wenn er besonders einsam gewesen war, weil kein anderes Kind mit ihm hatte spielen wollen, hatte er sich einen Hund gewünscht – einen besten Freund, der mit ihm durch Dick und Dünn gehen würde. Mit dem Hund wäre er spazieren gegangen, hätte mit ihm Ball gespielt und jemanden zum Knuddeln gehabt. Doch seine Mutter hatte davon nie etwas wissen wollen, Hunde als dreckig und teuer beschrieben und seinen Wunsch kategorisch abgelehnt.

Jetzt wusste Dupree auch weshalb.

Seine beiden Rüden, Poppy und Pippa, hatten nicht nur seine Wohnung in kürzester Zeit verwüstet, sondern auch aus Dupree ein absolutes Wrack gemacht. Wie konnten zwei kleine hilflose Welpen sein Leben dermaßen auf den Kopf stellen? Eigentlich hätte ihn Zoeys Lächeln, wenn sie zum Welpenbesuch vorbeikam, seine zerbissenen Arme, die angenagten Möbel und die schlaflosen Nächte aufwiegen müssen, aber Dupree war viel zu fertig, um sich an dem puren Kinderglück zu erfreuen.

Außerdem hatte Erin Recht gehabt. Für die Welpenaufzucht hatte er eigentlich keine Zeit, da er zum Training musste, Termine mit seinem Agenten hatte und sich auch noch einige Male mit Sarah treffen wollte, um die großangelegte Homestory über ihn fertigzubekommen. Ihm blieb nichts anderes übrig, als die beiden Welpen überallhin mitzunehmen. Wie ein frischgebackener Vater trug er eine riesige Tasche mit sich herum, in die er alle möglichen Accessoires steckte. Während Eltern in solche Taschen Windeln und Fläschchen packten, befanden sich in Duprees Tasche Häufchentüten, Spielzeug, Leinen, Welpennahrung, Näpfchen, Wasserflaschen und Hundedecken. Putztücher, Hygienespray und Feuchttücher nicht zu vergessen, da seine beiden Hunde nicht stubenrein waren und überall kleine Pfützen hinterließen, der er wegwischen musste.

In den vergangenen zwei Wochen war er mehrmals beim Tierarzt gewesen, weil Poppy und Pippa geimpft, entwurmt, gechipt und noch einmal geimpft werden mussten. Der zweite Impftermin, den er wahrgenommen hatte, war dem Tierarzt zwar nicht wirklich notwendig vorgekommen, aber Dupree hatte in einem Internetforum gelesen, dass Welpen nach einem Zeckenbiss an Borreliose erkranken und sogar sterben konnten. Daher war er sofort zum Tierarzt gefahren und hatte Poppy und Pippa eine Impfung geben lassen, auch wenn der Tierarzt zu bedenken gegeben hatte, dass es so gut wie keine Zecken in New York gab. Für Dupree war das irrelevant gewesen. Sicher war sicher. Dass er selbst nicht gegen Borreliose geimpft war, spielte da keine Rolle.

In den Welpenbüchern, die er gelesen hatte, war er auf den Tipp gestoßen, einen Erste-Hilfe-Kurs für Hundebesitzer zu machen, also hatte er zweihundert Dollar für einen Nachmittagskurs ausgegeben, die Hunde bei seinem Nachbarn gelassen und sich mit zwanzig anderen übereifrigen Hundebesitzern angehört, wie man Wunden verbinden musste, was man bei Krampfanfällen tat und dass man bei jedem schwerwiegenden Problem sofort zum Tierarzt fahren musste. Etwas wirklich Weltbewegendes hatte er nicht erfahren, sondern war sich in den zwei Stunden ziemlich dämlich vorgekommen, weil er erstens der einzige Schwarze im Kurs gewesen war, der mit seinem Titans-Shirt zu den intellektuellen Männern und Frauen in deren Ralph-Lauren-Kleidung nicht gepasst hatte, und weil er zweitens keine Ahnung von all den anscheinend lebenswichtigen Informationen hatte, die die anderen Hundebesitzer untereinander austauschten.

Sie alle erzählten von den hochtrabenden Rassen und Abstammungen ihrer Hunde, während Dupree einem zwielichtigen Typen zwei Welpen im Central Park abgekauft hatte. Alle waren der einhelligen Meinung, dass die richtige Hundeschule das A und O wäre, und hatten sich entsetzt gezeigt, dass Dupree noch auf keiner der besseren Hundeschulen auf der Warteliste stand. Sie erzählten etwas von Sozialisation der Hunde, dem Rudelverhalten, Dominanzgehabe und Hundetrainern, die irgendeine Clicker-Methode anwendeten, während andere Hundebesitzer Stein und Bein auf die negative Bestrafung bei Hunden schworen.

Was die Ernährung betraf, herrschte absolute Uneinigkeit. Dupree nahm sich vor, einmal bei Google nachzuschauen, was dieses *Barfen* war, da er sich nichts unter Rohfleischfütterung vorstellen konnte. Nach seiner letzten Google-Suche, die sich um Long Dong Silver gedreht hatte, lernte er die Suchmaschine immer mehr zu schätzen. Angesichts der Fotos, die frei zugänglich gewesen waren, beglückwünschte er sich zu der Entscheidung, sein Profil gelöscht zu haben.

Nach dem nutzlosen Erste-Hilfe-Kurs hatte er sich in einer Hundeschule angemeldet und war um weitere vierhundert Dollar ärmer gewesen, da Poppy und Pippa es irgendwie geschafft hatten, die brandneuen Schuhe der Freundin seines Nachbars zu zerkauen. Angesichts der dunkelhaarigen Furie, die mit ihren zerkauten Schuhen beinahe auf Dupree eingeschlagen hätte und etwas über ihre *Lieblingslouboutins* schrie, war sich Dupree nicht einmal mehr sicher gewesen, ob er wirklich eine Freundin haben wollte, wenn ihn so etwas erwartete. Mit lakonischer Gelassenheit hatte er ihr einen

Scheck ausgestellt, sich die Welpen rechts und links unter den Arm geklemmt und war in seine Wohnung zurückgekehrt, wo er beiden ein Leckerchen gegeben hatte.

Poppy und Pippa waren absolut gierig auf Schuhe und nagten sie bis zur absoluten Unkenntlichkeit an, wie Dupree bereits am eigenen Leib erfahren hatte. Seine Lieblingsschuhe von Nike waren den spitzen Welpenzähnen ebenfalls zum Opfer gefallen, daher hatte er alle Schuhe in einem Schrank deponiert. Generell musste er alles, was auf dem Boden lag oder sich in Reichweite der Welpen befand, nach oben stellen. Die beiden kleinen Rüden waren damit zwar nicht einverstanden und ließen ihren Spieltrieb anderweitig aus, dennoch kam Dupree dadurch für eine kurze Zeit zur Ruhe.

Seit Poppy und Pippa bei ihm eingezogen waren, hatte er nicht nur tausende von Dollar für Tierarztrechnungen und Hundeausstattungen bezahlt, sondern besaß auch kein einziges Paar Socken mehr, das nicht durchlöchert war. Er bekam wenig Schlaf, war ständig damit beschäftigt, die Hinterlassenschaften der beiden wegzumachen, wurde wegen der niedlichen Namen der Bulldoggenwelpen von Blake verarscht und konnte sich dennoch nicht mehr vorstellen, ohne die beiden Rabauken zu sein. Obwohl sie ihre Körbchen hatten, schliefen sie am liebsten bei ihm im Bett, streckten sich neben ihm aus oder schmiegten sich an ihn, während sie selig schnarchten. Wie sollte man die beiden nicht liebgewinnen, fragte er sich in solchen Momenten und beobachtete amüsiert, wie die kleinen Pfoten in der Luft zuckten, als die Welpen anscheinend träumten.

Als er die erste Stunde in der Welpenschule besuchen wollte, war er so nervös, als würde er seine Kinder einschulen, und rief Sarah an, um zu fragen, ob sie ihn begleiten wollte. Zoey war nämlich krankgeworden und konnte nicht mitkommen. Auf der einen Seite fand Dupree es schade, dass die Kleine die erste Stunde in der Hundeschule verpasste, aber auf der anderen Seite freute er sich, dass ihn Sarah begleitete. Er hatte sie in den letzten Wochen des Öfteren angerufen, um sie um Rat zu fragen, da sie mit Hunden aufgewachsen war und ihm Tipps geben konnte. Stundenlange Telefonate und einige Spaziergänge mit beiden Hunden waren gefolgt, in denen sich die beiden richtig gut kennengelernt hatten.

Immer wenn er Sarah traf, wurde ihm vor Aufregung ganz flau im Magen und seine Hände kribbelten, weil er sie zu gerne angefasst hätte. Anscheinend mochte sie ihn, weil sie ihn ständig anlächelte und über seine Witze lachte. Manchmal kam es sogar vor, dass sie ihn kurz berührte, indem sie ihm die Hand auf den Arm legte oder ihn spielerisch anstieß. Dupree verfluchte sich selbst, weil er nicht wusste, ob ein freundschaftliches Verhalten dahintersteckte oder ob sie ihm damit etwas signalisieren wollte. Für ihn war sie der pure Zucker und zu gerne hätte er getestet, ob sie tatsächlich so süß schmeckte, wie er es vermutete.

Als er sein Auto vor der Hundeschule parkte, wartete sie bereits auf ihn und winkte ihm aufgeregt zu.

Natürlich begann sein Herz wie verrückt zu rasen, sobald er sie erblickte, und er musste sich zusammennehmen, sie nicht allzu offensichtlich anzustarren. Wie sonst auch hätte man sie gut und gerne mit einem der goldhaarigen Engel verwechseln können, die Dupree als kleiner Junge in der Kirche bewundert hatte. Damals hatte er die wunderschönen Zeichnungen an den Wänden angestarrt und sich gefragt, ob es diese Engel tatsächlich gab. Seiner Meinung nach reichte Sarah nah an diese Gestalten heran. Ihr Haar hatte sie heute zu einem Pferdeschwanz gebunden, die grauen Augen blitzten unter ihrem Pony hervor und anders als sonst trug sie zur Abwechslung Jeans mit einem einfachen Langarmshirt, zu der sie gemütliche Sportschuhe gewählt hatte.

Dupree stieg aus und lief zu seinem Kofferraum, an dem Sarah schon wartete und in ein entzücktes Seufzen verfiel, als er den Kofferraumdeckel öffnete. Poppy und Pippa saßen schwanzwedelnd in ihren jeweiligen Transportboxen und hatten einen dermaßen mitleiderregenden Gesichtsausdruck aufgesetzt, dass Dupree ihnen beinahe geglaubt hätte, wenn sie nicht erst vor einer halben Stunde das Telefonkabel aus der Wand gerissen und zerkaut hätten.

„Ach, da seid ihr ja“, schwärmte Sarah und schenkte Dupree so gut wie keine Beachtung, während sie Pippas Box öffnete und den kleinen Rüden auf den Arm nahm. Der Welpe war nicht dumm und schleimte sich durch ein aufgeregtes Fiepen bei ihr ein, während er ihr über das Kinn leckte.

„Du bist so ein Süßer.“

Am liebsten hätte Dupree die Augen verdreht. Die kleinen Chaoten wussten anscheinend besser als ihr Herrchen, wie man sich die Zuneigung einer Frau erkämpfen konnte. Schweigend nahm er Poppy aus der Box heraus und sicherte die dunkelblaue Hundeleine an dem farblich passenden Halsband des Welpen. Der Rüde fand es gar nicht toll, auf den Boden gesetzt zu werden und an einer Leine befestigt worden zu sein, jedenfalls zerrte er an der Leine und focht zu Duprees Füßen einen regelrechten Kampf mit dem robusten Material aus.

„Ha, da scheint es jemand nicht zu mögen, angeleint zu werden.“ Sarah lächelte ihn an. „Mit Poppy wirst du noch viel Freude haben.“

„Das vermute ich auch“, seufzte er. „Gerade eben haben sie das Telefonkabel aus der Wand gerissen. Ich frage dich, wie zwei kleine Hunde ein Kabel aus der Wand reißen können?!“

Glucksend setzte sie Pippa in den Kofferraum zurück und befestigte die andere Leine am grünen Halsband des Welpen. „Der Hund meines Exfreundes hat es geschafft, eine ganze Wolldecke zu fressen, als wir auf einem Geburtstag waren.“ Lachend setzte sie Pippa ebenfalls auf den Boden und beobachtete, wie die beiden übereinander herfielen und sich balgten. „Damals hielt ich es auch für unmöglich, dass ein Hund so etwas schafft.“

Dupree war bei der Erwähnung ihres Exfreundes zusammengezuckt und hatte sich automatisch angespannt. Bisher hatte sie nie etwas über einen Freund oder einen Exfreund erzählt. Natürlich veranlasste ihn dies, Vermutungen darüber anzustellen, ob sie mit jemandem eine Beziehung führte und wie dieser Jemand wohl sein mochte. Das Glücksgefühl, das er bei ihrem Anblick empfunden hatte, verpuffte plötzlich, da er wieder einmal vor Augen geführt bekam, dass er kein Mann war, mit dem Sarah zusammen sein würde. Für sie war er nichts anderes als ein guter Bekannter.

Plaudernd nahm sie Pippas Leine und führte den Kleinen mit großer Überredungskunst den Bürgersteig entlang. Dupree hatte mit Poppy weniger Glück, da der Kleine einen richtigen Sturkopf hatte und sich weigerte, eigenständig zu laufen. Alles Zerren nützte nichts, also blieb Dupree nichts anderes übrig, als Poppy hochzunehmen und die wenigen Meter zur Hundeschule zu tragen.

Sobald sie durch eine Tür getreten waren und diese gleich wieder schlossen, da ein Schild sie darauf hinwies, die Tür nach Eintritt sofort zu schließen, waren sie von mindestens zehn anderen Welpen umzingelt, die kläffend, japsend und winselnd an ihnen hochsprangen.

Entgegen Pippas sonstigem Naturell versteckte er sich abrupt zwischen Sarahs Beinen und stieß ein angstvolles Wimmern aus.

Poppy dagegen überschlug sich auf Duprees Armen fast, weil er hinunter wollte.

Dupree war sich zwar nicht sicher, wie sein Welpe auf die begeisterte Meute reagieren würde, dennoch löste er die Leine und setzte den Kleinen ab, der gleich darauf von anderen Hunden besprungen wurde und sich fleißig auf seine Artgenossen stürzte, während sein Bruder immer noch Deckung suchte. Abgesehen von einem Schäferhundwelpen und einem dicken Labradorwelpen schienen die anderen Hunde zu den so genannten *Trethupen* zu gehören, wie Blake Poppy und Pippa genannt hatte, als er sie zum ersten Mal gesehen hatte. Dupree war empört gewesen. Vielleicht mochten seine beiden Welpen niemals die Größe eines Neufundländers erreichen, dennoch waren es robuste Hunde, die nicht mit den kleinen Fiffis zu vergleichen waren, die Pullover angezogen bekamen und vor Kälte zitterten, wenn ein bisschen Wind aufkam.

„Mich würde es nicht wundern, wenn Pippa vor Angst pinkelt“, gab Sarah zu bedenken und blickte hinunter zu dem kleinen Rüden zwischen ihren Füßen.

„Das hält er schon aus.“ Eine ältere Frau kam auf sie zu und begrüßte sie mit Handschlag. „Ich bin Amanda, die Hundetrainerin.“

„Hallo, ich bin Dupree“, erwiderte er. „Ich glaube, wir hatten miteinander telefoniert.“

„Die beiden französischen Bulldoggen“, sie nickte. „Schön, dass Sie gekommen sind. Und Sie sind?“

„Sarah“, lächelnd reichte sie ihr die Hand. „Ich bin als Begleitung mitgekommen.“

„Das freut mich. Kommen Sie doch mit nach hinten. Die Hunde folgen uns schon.“

Zweifelnd folgten die beiden der ergrauten Hundetrainerin, die sie zu einem Pulk von ebenfalls aufgeregt wirkenden Menschen führte. Dupree erkannte sofort das schwule Paar wieder, das er schon beim Erste-Hilfe-Kurs kennengelernt hatte, und musste gegen seine Frustration ankämpfen, weil die beiden ihm tierisch auf die Nerven gefallen waren. Er hatte nichts gegen Schwule, sondern mochte die Art einfach nicht, wie die beiden ihn gemaßregelt hatten, als sie ihm erklärt hatten, dass Welpen unter keinen Umständen aus einem Napf fressen sollten, sondern immer aus der Hand gefüttert werden mussten. Dupree hätte ihnen gerne erklärt, dass er Footballspieler war und seine Finger brauchte, um einen Ball zu halten, was jedoch nicht mehr der Fall wäre, wenn seine verfressenen Hunde ihr Futter aus seinen Händen bekämen, weil ihm dann ganz sicher der eine oder andere Finger fehlen würde, doch er hatte die Klappe gehalten.

Auch jetzt sagte er nichts, sondern beobachtete aus dezenter Entfernung, wie die beiden im Partnerlook nebeneinander standen und die Hunde beobachteten. Dass beide Männer ein graues Hemd mit hochgestelltem Kragen trugen und sich lässig einen rosa Pulli über die Schulter geschlungen hatten, der vor der Brust verknotet war, trug nur zu dem Klischee des schwulen Paares bei, das sich als Kinderersatz einen kleinen Chihuahua zugelegt hatten, der nun ein mit Strasssteinen besetztes Halsband trug.

„Sie sind das reinste Klischee“, flüsterte ihm Sarah zu und deutete auf die beiden.

„Ich kenne sie schon vom Erste-Hilfe-Kurs.“

„Und?“

Als er sich an den Hals griff und spielerisch zudrückte, lachte sie laut auf und erntete die Aufmerksamkeit eines anderen jungen Paares, das sich sofort zu ihnen stellte und sie neugierig ansah.

„Hallo, wir sind die Simmons“, der Mann reichte Dupree die Hand und runzelte die Stirn. „Sind Sie nicht der Footballspieler?“

Dupree nickte. „Ja, genau.“

„Dupree Williams, richtig? Ich habe meiner Frau gleich gesagt, dass Sie bestimmt Dupree Williams sind, obwohl Sie eine neue Frisur haben. Deshalb hat sie Sie nicht sofort erkannt.“

Unbewusst fuhr sich Dupree über sein kurz geschnittenes Haar. Der Irokesenschnitt benötigte mehr Pflege als ein normaler Haarschnitt, daher hatte er sich dagegen entschieden, solange er sich rund um die Uhr um zwei kleine Welpen kümmern musste. Leider wurde er von wirklich jedem, der ihn kannte, darauf angesprochen, warum er sein Markenzeichen – den Irokesen – nicht mehr trug. Er selbst fand es nicht weltbewegend, nun eine neue Frisur zu tragen, auch wenn es alle anderen scheinbar anders sahen.

Bevor er etwas zu seiner Frisur hätte erwidern müssen, schob er Sarah nach vorne und erklärte. „Das ist Sarah.“

„Sehr erfreut.“ Der Mann mit den deutlich hervorstechenden Geheimratsecken deutete auf die schweigsame Frau, die sich an seine Armbeuge klammerte. „Ich bin Doug. Das ist meine Frau Francy. Sind Sie heute auch zum ersten Mal hier?“

Wieder nickte er. „Ja, ich habe meine beiden Bulldoggen erst seit zwei Wochen.“

„Wir haben unseren Petit Chien Lion schon seit zwei Monaten, aber unser Hundepsychologe hat uns geraten, mit ihr zu einer Hundeschule zu gehen, damit sie nicht nur menschliche Kontakte hat.“

Es kostete Dupree beinahe übermenschliche Kraft, nicht das Gesicht zu verziehen, als er das Wort *Hundepsychologe* hörte. Auch Sarah schien ein ähnliches Problem zu haben, da er aus den Augenwinkeln bemerkte, wie sie von einem Bein auf das andere trat.

„Aha", erwiderte er, weil er nicht wusste, was sie für eine Antwort von ihm erwarteten.

„Francys Psychologe hat uns geraten, uns einen Hund anzuschaffen", plauderte der Mann unbefangen weiter, während seine Frau schwieg. „Da ich den ganzen Tag arbeite, ist sie immer allein in der Wohnung und brauchte etwas Gesellschaft. Daher haben wir Jackie O gekauft."

„Jackie O?" Sarah schien an dem Wort beinahe zu ersticken, was das Paar glücklicherweise nicht zu bemerken schien.

„Unseren Petit Chien Lion. Ihr Name ist Jackie O. Francy ist ein großer Fan von Jacqueline Kennedy Onassis."

Wieder antwortete Dupree mit einem sehr prägnanten. „Aha."

„Jedenfalls haben wir Jackie O von Anfang an zu einem Hundepsychologen gebracht und dieser diagnostizierte, dass sie vermenschlichte, weil sie keinen Kontakt zu anderen Hunden hatte."

Endlich sagte auch seine Frau einmal etwas. „Wir haben lange nach einer vernünftigen Hundeschule gesucht. Schließlich wollen wir nicht, dass Jackie O mit irgendwelchen Hunden von der Straße spielt."

„Genau", bekräftigte der Mann. „Unseren Züchter haben wir in Kanada gefunden. Seine Zuchthündinnen sind alle prämiert."

Sarah hakte sich bei Dupree ein und gab ein lachendes *Aha* von sich.

„Wie heißen Ihre Bulldoggen?"

„Poppy und Pippa", erwiderte Dupree, der sich darauf konzentrieren musste, keinen Unsinn zu erzählen, nachdem Sarah an seinem Arm hing, ihn berührte und besser duftete als ein ganzes Tablett kleiner Kuchen mit Schokoladenglasur.

„Nach Poppy Delevigne und Pippa Middleton?"

Wieder musste Sarah lachen. „Nein, die beiden sind nach der Zeichentrickserie *Poppy und Pippa gehen auf Schatzsuche* benannt worden."

„Oh."

Wenn ihn nicht alles täuschte, duftete Sarah nach einem Hauch Vanille. Da er schon immer ein großer Fan von Vanille-Eis gewesen war, wurde er allein bei diesem Geruch schwach.

„Wollen Sie mit Ihren Hündinnen eine Zucht eröffnen?"

„Es sind Rüden", entgegnete Dupree seufzend.

„Wie bitte?"

Auf den verwirrten Ton des Mannes hin erklärte Sarah amüsiert. „Poppy und Pippa sind Rüden."

Dupree knirschte mit den Zähnen, als er sah, wie sich das Paar einen eindeutigen Blick zuwarf. Seiner Meinung nach sollte niemand, der seinen Hund nach einer verstorbenen First Lady nannte und den armen Köter zum Hundepsychologen schleppte, über die Namenswahl einer Vierjährigen die Nase rümpfen.

„Ich denke nicht, dass Ihre Hunde reinrassige französische Bulldoggen sind", ließ sich nun auch die näselnde Stimme des schwulen Chihuahua-Herrchens vernehmen, der an sie herangetreten war und den kleinen zitternden Hund im Arm trug. „Die Proportionen ihrer Köpfe sind ganz falsch.“

Dupree runzelte die Stirn und deutete auf den erbärmlich jankenden Hund im Arm seines Herrchens. Die kleinen Knopfaugen sahen ihn unglücklich an, was Dupree ihm nicht verübeln konnte „Sollte sie nicht mit den anderen Hunden spielen?“

Der Mann zeigte ein strahlend weißes Gebiss, das ein wenig zu weiß war, und bedachte Dupree mit einem Ausdruck, als hielte er ihn für einen geistig zurückgebliebenen Tellerwäscher. „Unser McQueen ist ein hochsensibler Hund. Er soll sich erst langsam an andere Hunde gewöhnen.“

„Das hat unser Hundepsychologe auch gesagt“, mischte sich Doug sofort ein.

„Ich dachte, Ihr Hund wäre eine Hündin“, erklärte Sarah mit einer gespielt ernsten Stimme.

„Bloß nicht!“ Das Herrchen schüttelte sich. „Mein Mann und ich haben erst im letzten Jahr einen Innenarchitekten engagiert, der unsere Wohnung durchgestylt hat. Eine Hündin würde alles nur dreckig machen, wenn sie ihre Hitze bekäme.“

Sarah stieß ein kaum wahrnehmbares Glucksen aus. „Er heißt McQueen? Nach Steve McQueen?“

„Natürlich nicht!“ Er schnalzte mit der Zunge und schüttelte den Kopf. „Mein Mann und ich verehrten Alexander McQueen, der leider viel zu früh von uns gegangen ist.“

Und weil sie ihn so verehrt hatten, mussten sie natürlich ihre haarlose Ratte nach ihm benennen, schoss es Dupree durchs Gehirn. Der Verstorbene hielt dies vermutlich für keine besondere Ehre.

„Wie ich gerade schon sagte“, der Mann entfernte ein Hundehaar von seinem Pullover, was ein Wunder war, da die kleine Ratte kaum behaart war. „Ich glaube nicht, dass Ihre Hunde reinrassig sind. Bei welchem Züchter waren Sie?“

„Bei keinem“, langsam hatte er die näselnde Stimme des Mannes satt. „Ich habe die beidem einem Obdachlosen abgekauft, der im Central Park haust und Geld für Drogen brauchte.“

Sarah kniff ihm angesichts seiner spektakulären Lüge in die Seite und vergrub das Gesicht kurz an seinem Arm, weil sie lachen musste.

Die drei anderen Hundebesitzer bemerkten davon nichts, da sie schockiert zu dem wild tobenden Knäul von Hunden schauten. Poppy und Pippa schienen mittendrin in dem Pulk zu stecken und tobten fröhlich mit ihren Artgenossen, die sich gegenseitig in die Pfoten oder Schwänze bissen.

„Von einem Obdachlosen?! Herrje, haben Sie die Tiere untersuchen lassen?“

„Doug!“ Der schrille Ton der Frau tat Dupree in den Ohren weh. „Wo ist Jackie O? Mein Liebling darf sich keine Seuche einfangen!“

Der leicht übergewichtige Doug trabte angesichts der Panik seiner Frau auf die Hunde zu, die wild kläffend an ihm hochsprangen und nach ihm schnappten.

„Ich hoffe, dass Sie die Tiere haben impfen lassen“, der Schwule schüttelte vorwurfsvoll den Kopf. „Nicht auszudenken, was sich unsere wertvollen Tiere bei Ihren ... Ihren Straßenhunden holen könnten!“

„Sie sind gegen alles geimpft", Sarah ließ Duprees Arm los und lächelte süßlich. „Sind Sie sicher, dass Sie einen Hund gekauft haben? McQueen hat große Ähnlichkeit mit dem Meerschweinchen, das meine Grundschullehrerin mit in den Biologieunterricht brachte."

„Ich finde, dass er eher wie diese kochende Ratte aus dem Animationsfilm aussieht", erwiderte Dupree. „Es fehlt nur noch eine Kochmütze."

„Du hast Recht", lachte Sarah, während der Chihuahua-Besitzer beleidigt das Weite suchte.

Glücklicherweise bat die Hundetrainerin sie in diesem Moment, die Hunde einzusammeln und sich auf dem winzigen Gelände zu verteilen, das früher anscheinend ein Garten gewesen sein musste.

Zusammen mit Sarah fing er die beiden Rabauken ein, leinte sie wieder an und stellte sich neben Sarah in den Schatten eines Baumes.

Pippa hatte jegliche Angst, die er anfangs noch empfunden haben mochte, überwunden. Nun zerrte er wieder an seiner Leine, um zu seinen Spielkameraden zu gelangen. Ihnen gegenüber stand das schwule Paar, das indignierte Blicke auf Poppy und Pippa warf, die miteinander an den Leinen tobten und nicht ruhig zu bekommen waren. Dupree war es ziemlich egal, wie sich die beiden benahmen, wenn sie letztendlich müde nach Hause kamen und dort ein bisschen ruhiger wurden. Irgendwie verspürte auch eine kleine Prise Stolz auf seine Hunde, die im Gegensatz zum Chihuahua nicht zitternd am Boden saßen und wie ein Häufchen Elend aussahen. Blake hatte mit dem Begriff Trethupe genau ins Schwarze getroffen.

„Wir wollen uns einmal anschauen, inwieweit Ihre Hunde schon auf Sie fixiert sind. Legen Sie dafür einfach die Leinen auf den Boden und gehen zehn Schritte zurück.“

Dupree und Sarah legten beide die Leinen auf den Boden und gingen ein Stück zurück, bevor sie bemerkten, dass Poppy und Pippa andere Pläne zu haben schienen. Sobald sie den einsamen, zitternden Chihuahua entdeckt hatten, sprangen sie auf ihn zu, schließlich hatten sie vorher nicht an ihm schnüffeln können, da er die ganze Zeit auf dem Arm seines Herrchens getragen worden war. Sobald McQueen die zwei Bulldoggenwelpen auf sich zugerast kommen sah, zog er zitternd den Kopf ein und legte sich hastig auf den Rücken.

„Keine Sorge, die beiden tun dem Kleinen nichts“, die beruhigenden Worte der Tiertrainerin verpufften, da das schwule Paar angsterfüllt ihren Liebling retten wollte. Anscheinend waren ihre Slipper zu rutschig, da das arrogante Herrchen ausrutschte, auf seinen Arsch fiel und neben dem winselnden Chihuahua landete.

Angesichts dieser Wendung ließen Poppy und Pippa von McQueen ab und stürzten sich auf den kreischenden Mann.

Dass Poppy und Pippa bereits auf ihn fixiert waren, erkannte Dupree, als sie ihm stolz wie Oskar etwas Haariges vor die Füße legten und begeistert mit den Schwänzen wedelten. Mit einem Blick auf den noch immer zeternden Mann, der sich mühsam erhob, erkannte Dupree grinsend, dass die beiden Welpen dem arroganten Schnösel das Toupet vom Kopf gerissen hatten.

Sarah neben ihm brachte genau das zum Ausdruck, was er dachte: „Brave Hunde."

9. Kapitel

Sarah war noch nie in Duprees Wohnung gewesen und sah sich daher interessiert um, als sie vor ihm sein Heim betrat, das ausgesprochen ordentlich war. Für jemanden, der ziemlich reich sein musste, wenn man seinen Beliebtheitsgrad und die Häufigkeit seiner Werbespots in Betracht zog, lebte er relativ bescheiden und fiel vor allem dadurch auf, dass er nicht protzte. Da er mittlerweile nicht einmal mehr den auffälligen Zahnschmuck trug, konnte sie guten Gewissens behaupten, dass er sich alle Mühe gab, der Welt nicht zu zeigen, was er besaß.

Seine Wohnung lag in East Harlem, das Sarah bisher nur aus dem Internet kannte, als sie nach einer Wohnung gesucht hatte. Die Bilder heruntergekommener Häuser, von Betonwänden und dreckigen Straßen hatte sie damals abgeschreckt, aber die Straße, in der Dupree lebte, war sehr sauber, ruhig und von Bäumen gesäumt. Genau gegenüber seines Wohnhauses lag ein Baseballfeld, auf dem einige Kinder ein paar Bälle schlugen, während Mütter mit Kinderwagen über die Spazierwege streiften. Auch das Haus, in dem Dupree lebte, war als ausgesprochen gepflegt zu beschreiben. Das alte vierstöckige Backsteinhaus schien acht Wohnparteien zu beherbergen und besaß sogar einen Aufzug, mit dem sie in die dritte Etage fuhren.

In seiner großzügigen Wohnung lagen kein Staubkorn, kein Dreck auf dem Boden und keine schmutzige Wäsche über die Möbel verteilt. Für einen Junggesellen mit zwei Welpen grenzte sein sauberes

Heim geradezu an ein Wunder. Doch das war nicht die einzige Überraschung, die Sarah erwartete, als sie durch den Flur ein großes Wohnzimmer mit Kamin betrat. An allen Wänden entdeckte sie Buchregale, die bis obenhin gefüllt waren.

„Und ich dachte schon, dass du einfach übertrieben hättest, als du mir erzählt hast, dass du gerne liest."

„Ich lese ja auch gern", erwiderte er schlicht und zog beiden Welpen die Halsbänder aus. „Möchtest du etwas trinken?"

„Hast du einen Eistee da?", fragte sie und legte ihre Tasche auf einen Sessel, bevor sie zu einem der Regale schlenderte, um sich die Buchrücken anzuschauen.

„Natürlich", hörte sie seine Stimme, die nun weiter entfernt klang. Als sie sich umdrehte, sah sie ihn in der offenen Küche stehen und mit beiden Hunden reden, die zu seinen Füßen saßen und auf ihr Futter warteten.

„Gib' ihnen ruhig etwas mehr Futter. Sie haben es sich verdient."

Er lachte. Der Klang der dunklen Männerlache verursachte ihr eine regelrechte Gänsehaut.

„Vielleicht sollte ich sie auf Männertoupets abrichten."

„Erinnere mich nicht daran", gluckste sie und sah einen Bilderrahmen vor sich stehen, den sie interessiert musterte. „Das war mit Abstand das Komischste, was ich seit langer Zeit gesehen habe. Es würde mich sehr wundern, wenn die beiden weiterhin mit ihrer Teppichratte zur Hundeschule kämen."

„Teppichratte?“ Seine amüsierte Stimme wurde lauter.

Lächelnd drehte sie sich um und nahm ein Glas entgegen. „Danke.“

„Bitte“, über den Rand seines Glases hinweg sah er ihr ins Gesicht. „Das Wort kannte ich noch gar nicht.“

„Der arme McQueen kann nichts dafür, dass er so aussieht, aber ich finde, dass ein Hund noch wie ein Hund aussehen sollte. Wenn ich jemandem kleine Jacken anziehen will, kaufe ich mir eine Puppe.“

Prustend senkte er den Blick und trank einen großen Schluck.

Sarah beobachtete, wie sich sein Adamsapfel bewegte, während er trank, und war völlig fasziniert von seinem ebenmäßigen Gesicht, das einen fröhlichen Ausdruck angenommen hatte. Mittlerweile wusste sie, wie lustig er sein konnte, und hatte auch seine ruhige Art zu schätzen gelernt, die so gar nicht zu dem Bild eines Footballspielers passen wollte. Sie hatte sich immer vorgestellt, dass gerade Footballspieler aufbrausende Persönlichkeiten waren, die bei der kleinsten Unstimmigkeit an die Decke gingen. Dupree dagegen hatte die Ruhe weg und besaß einen unerschöpflichen Vorrat an Geduld, die er vor allem im Umgang mit Zoey und seinen Welpen unter Beweis stellte.

Aus der Küche erklangen schabende Geräusche, als würden Näpfchen über den Boden geschoben werden.

Als sich ihre Augen begegneten, wandte sie schnell den Blick ab und deutete auf das gerahmte Foto. „Wann wurde das geschossen?“

„Vor drei Jahren“, lächelnd stellte er sein Glas auf das Tischchen neben sich. „Mein erstes Spiel für die Titans. Damals haben wir gewonnen.“

„Du siehst erleichtert aus.“

„Das war ich auch“, gab er zu und seufzte tief. „Vor dem Spiel musste ich mich übergeben.“

„Tatsächlich?“

Er nickte. „Niemals zuvor war ich dermaßen aufgeregt gewesen.“

„Haben dich die anderen Jungs nicht damit aufgezogen?“

Seine Hand griff nach dem Fotorahmen. „Unter Footballspielern gibt es drei goldene Regeln, die alle sehr ernst nehmen.“

Gespannt sah sie ihn an. „Jetzt kommen wir der Sache schon näher.“

„Erstens darf ein Spieler niemals dumme Sprüche über die Frau seines Teamkollegen reißen.“

Sarah runzelte die Stirn und fragte verwirrt. „Aber als ich euch im Trainingslager besucht habe, drehte sich das Thema ständig um eine nackte Teddy.“

„Das ist doch nichts im Vergleich zu den *wirklich* dummen Sprüchen über Frauen“, schnaubte er. „Glaub’ mir, wenn Brian nicht mit den Kommentaren über Teddy einverstanden gewesen wäre, hätte sich niemand in Sicherheit bringen können.“

„Gut zu wissen. Was sind die anderen zwei goldenen Regeln?“

„Die zweite Regel lautet, niemals an den Ritualen der anderen Spieler zu zweifeln.“

„Was für Rituale?“ Entzückt verzog sich ihr Gesicht. „Seid ihr abergläubig?“

„Und wie“, stöhnte er. „Julian muss beispielsweise vor jedem Spiel eine halbe Banane essen und sich auf den Helm klopfen.“

„Ach?“

„Ja, dabei trägt er lediglich seine Unterhosen.“

Sie lachte so heftig, dass sie schnell ihr Glas neben seines stellte. „Im Ernst? Warum macht er das?“

„Ich habe keine Ahnung“, seufzte er und zog sein weißes T-Shirt glatt. „Selbst seine Frau weiß nicht, woher er diese Marotte hat, und sie kennt ihn seit der ersten Collegewoche.“

„Und was ist deine Marotte?“

„Ich habe keine“, antwortete er schnell. Zu schnell.

„Komm’ schon. Ich verrate sie auch nicht. Ehrenwort.“

Zweifelnd hob er eine Augenbraue in die Höhe. „Ach?“

„Hoch und heilig versprochen“, bekundete sie und hob schwörend die Hand.

Nach einigem Zögern, das dadurch untermauert worden war, dass seine eleganten Finger über die Buchrücken einiger Exemplare gefahren waren, verriet er widerstrebend. „Vor jedem Spiel telefoniere ich abends mit meiner Schwester Tabitha.“

Nun war sie tatsächlich überrascht und legte nachdenklich den Kopf schief.

Die Röte, die unter seiner Haut durchschimmerte, zeigte ihr, dass ihm dieses Geständnis peinlich war, aber Sarah war da ganz anderer Meinung.

„Und wieso?“

Dupree zuckte mit den Schultern. „Das ist irgendwie zu einer Tradition geworden. Mittlerweile ist Tabitha siebzehn Jahre alt, aber als ich auf das College kam, war sie noch auf der Grundschule und ein kleines Mädchen.“

Angesichts seiner ruhigen Ausführungen wurde ihr Gesicht ganz weich. „Du magst sie.“

„Natürlich“, er stellte den Bilderrahmen wieder auf seinen gewohnten Platz. „Am Abend vor meinem ersten Collegespiel war ich ein Nervenbündel und rief meine Mom an, die jedoch auf irgendeinem Kirchenbasar steckte, also quatschte ich mit meiner kleinen Schwester. Sie war noch klein und hätte nicht verstanden, weshalb ich mit den Nerven am Ende war, daher habe ich ihr nichts verraten und mit ihr über dies und das geredet. Anschließend war ich sehr viel ruhiger. Beim nächsten Spiel rief ich sie wieder an. So wurde das Tradition.“

„Eine schöne Tradition.“ Sie räusperte sich. „Und wie lautet die dritte goldene Regel unter Footballspielern?“

„Niemals darf man sich über seine Teamkollegen lustig machen, wenn sie vor Nervosität kotzen oder wegen Verletzungen heulen.“

„Das ist doch selbstverständlich“, empörte sich Sarah.

„Wenn du wüsstest“, schnaubte Dupree und schnitt eine Grimasse.

Bedrückt sah sie ihn an. „Ist dir das bei den Titans schon einmal passiert?“

Dupree schüttelte den Kopf. „Die Titans sind ein tolles Team. Jeder Spieler gehört zum Team und damit zur Familie.“

Jetzt verstand sie auch, weshalb ihm das gerahmte Foto so viel zu bedeuten hatte. Die verschwitzten, jubelnden Footballspieler, die den Neuankömmling Dupree in ihre Mitte genommen und über seinen Kopf eine Flasche Champagner geleert hatten, mussten ihm viel bedeuten.

„Aber?“

„Aber ich kenne auch andere Teams.“

„Aus eigener Erfahrung?“

Er antwortete nicht, sondern schenkte ihr ein schwaches Lächeln. „Man sieht, dass du irgendetwas mit Journalismus zu tun hast. Ständig stellst du neue Fragen.“

„Dupree.“

„Schon gut“, er hob seine Hände, als wolle er sich ergeben, und erklärte seufzend. „Meine Erfahrungen im College-Football waren weniger rosig.“

„Oh.“

„Ja“, erwiderte er knapp. „Das *Team* war nicht wirklich ein Team, sondern eine Ansammlung arroganter Einzelspieler und großmäuliger Idioten. Ich war froh, als ich dort raus war.“

Verständnislos runzelte sie die Stirn. „Du bist auf dem College von fast allen Profi-Scouts beobachtet worden und kamst gleich in der ersten Runde des Drafts zu den Titans. Ich hätte vermutet, dass du der Star des College-Teams gewesen wärst.“

„Ich war der absolute Außenseiter, der alleine im Bus saß“, gab er zu und vertuschte seine Kränkung mit einem lapidaren Schulterzucken.

Sarah hatte sofort Mitleid mit ihm und bemerkte nur nebenbei, wie Poppy und Pippa erschöpft in ein

Körbchen krochen, um aneinander geschmiegt einzuschlafen. Diese neue Facette von Dupree Williams erstaunte sie, schließlich hatte sie ihn stets für einen sehr beliebten Footballspieler gehalten.

„Das tut mir leid.“

„Muss es nicht.“ Als müsste er sie ablenken, griff er sich ein Buch und klappte es auf. „Ich habe dir doch von dem Antiquariat in Boston erzählt, in dem ich ein signiertes Exemplar von William Faulkners *Absalom* entdeckt habe. Der Händler hatte es seit vierzig Jahren und wusste nicht ...“

Sarah unterbrach ihn, indem sie sich auf die Zehenspitzen stellte und seinen Kopf nach unten zog, um ihn zu küssen. Sie wusste nicht, woher der plötzliche Drang kam, Dupree zu küssen, aber sie hatte das Gefühl, verrückt zu werden, wenn sie es nicht endlich tat.

Sein Mund war unglaublich weich. Niemals zuvor hatte sie einen dermaßen weichen Mund geküsst. Und niemals zuvor hatte sie ein dermaßen sicheres Gefühl verspürt, wenn sie sich an einen Mann geschmiegt hatte. Doch bei Dupree fühlte sie sich sicher und geborgen. Nach einer gefühlten Ewigkeit küsste er sie endlich zurück, zog sie sehr behutsam, beinahe zu behutsam, an sich und gab ihr den süßesten Kuss, den sie jemals erhalten hatte. Seine Lippen fuhren federleicht über ihre, bevor sich seine Zunge vorsichtig vortastete, was bei ihr zu einer geradezu angestauten Erregung führte.

Die meisten Männer konnten nicht gut küssen, sondern fielen regelrecht über die Münder der Frauen her. Doch bei Dupree war es völlig anders.

Er küsste, knabberte und saugte an ihren Lippen und ihrer Zunge, als wolle er sie erkunden und ins kleinste Detail kennenlernen. Dies führte dazu, dass sie in seinen Armen dahinschmolz und mit ihrem Körper um mehr bettelte.

Als er über ihre Unterlippe leckte und sie vorsichtig zwischen seine Zähne nahm, entfloh ihr ein kleiner Seufzer. Dieser Mann schmeckte einfach wundervoll und widmete sich mit einer Hingabe, die sie nie zuvor erlebt hatte, ihrem Mund. Sarah drehte ihm das Gesicht nun voll zu und erwiderte seinen Kuss, indem sie an seinen Lippen knabberte und voller Enthusiasmus seiner Zunge entgegenkam.

Sie vergaß alles um sich herum, schmiegte sich räkelnd an ihn und fuhr mit ihren Händen zu seiner kräftigen Schulter, die sie umfasste. Am liebsten hätte sie sich wie eine Katze an ihm gerieben und ihn verschlungen. Nebenbei bemerkte sie, wie er sehr vorsichtig ihren Rücken umschlang und sie wie eine zerbrechliche Porzellanpuppe im Arm hielt. Gerne hätte sie ihren Mund auf die warme Haut seines Halses gepresst, um seinen Geschmack zu testen, aber sie hing wie hypnotisiert an seinen Lippen und hätte es nicht ertragen, ihn nicht weiter zu

küssen.

Doch ihre Hände blieben nicht derart tatenlos und fuhren langsam über seine starke Brust bis zum Saum seines T-Shirts. Eigentlich war dies der Moment, vor dem sie sich seit zwei Jahren gefürchtet hatte, aber sie fühlte sich so wohl, dass alle Ängste in den Hintergrund traten.

Sie wollte einem Menschen wieder nah sein – wieder körperlich nah sein. Und mit niemandem außer Dupree konnte sie sich vorstellen, ihre Ängste zu überwinden.

Ihre Finger streiften über harte Bauchmuskeln unter warmer Haut, als er ihr plötzlich den Mund entzog und ihre Finger davon abhielt, ihm das Shirt auszuziehen.

Sarah brauchte einen Moment, um wieder zur Besinnung zu kommen. Irritiert und mit glasigen Augen sah sie zu ihm auf, um zu erforschen, weshalb er sie davon abgehalten hatte, ihn zu berühren. Fragend biss sie sich auf die Unterlippe und hatte einen schrecklichen Verdacht.

„Was ist?“

Ihr Flüstern hallte durch die ganze Wohnung.

Seine Stirn runzelte sich. Sein ganzes Gesicht wirkte, als müsse er etwas Unangenehmes vor ihr verheimlichen. Auch den Augenkontakt brach er ab.

„Ich ... ich weiß nicht, ob ...“

Ihre Kehle wurde staubtrocken, während ihre Wangen vor Verlegenheit brannten. Ein reiner Schutzmechanismus ließ sie einen Schritt zurückweichen und die Arme vor ihrer Brust verschränken.

Dass er den Körperkontakt zu ihr abgebrochen hatte, sobald sie sich an ihn geschmiegt hatte, ließ sie zu einer einzigen Schlussfolgerung kommen, die ihrer bereits verletzten Seele einen weiteren Tritt verpasste. Auch er hielt sie für abstoßend.

„Du musst nichts mehr sagen“, würgte sie unter Tränen hervor.

„Sarah, ich ...“

„Schon gut“, hastig griff sie nach ihrer Tasche und warf dabei ein Glas zu Boden, das in unzählige Scherben zerbrach.

„Oh nein“, die Tränen, die sie mühsam zurückgehalten hatte, seit Matt ihr gesagt hatte, dass er sie nicht mehr anfassen wollte, strömten über ihre Wangen, während sie sich zitternd nach unten beugte, um die Einzelteile des zerbrochenen Glases aufzuheben.

„Ich mache das schon“, Dupree war besorgt neben sie getreten und schob sie sanft zur Seite.

„Es tut mir leid“, wisperte sie und sah verschwommen, wie er die Glasscherben vom Boden aufhob.

„Muss es nicht.“ Auch seine Stimme klang bedrückt. „Sarah, können wir nicht ...“

„Das mit dem Glas tut mir leid“, unterbrach sie ihn mit gebrochener Stimme. „Ich ... ich gehe dann mal.“

Hinter sich hörte sie seine Stimme, die ihr zurief, dass er sie nach Hause fahren wollte, aber Sarah ignorierte sie und verließ so schnell wie möglich die Wohnung, bevor sie vor seinen Augen noch mehr zusammenbrach.

Dupree wusste, dass er großen Mist gebaut hatte.

Seit drei Tagen ignorierte sie seine Anrufe, beantwortete keine seiner Nachrichten und hatte durch eine andere Mitarbeiterin einen gemeinsamen

Termin absagen lassen, da sie angeblich verhindert sei.

Ein furchtbares Gefühl machte sich in ihm breit.

Als sie aus seiner Wohnung gestürmt war, hatte sie geweint, was heißen musste, dass er sie nicht wütend gemacht, sondern verletzt hatte. Wenn er doch nur wüsste, weswegen sie die Fassung verloren hatte, hätte er sich bei ihr entschuldigen können. Jedenfalls hätte er dies tun können, wenn sie ihm nicht ständig aus dem Weg gehen würde.

Er kam sich wie der allerletzte Trottel vor und verstand sich selbst nicht. Da bekam er endlich den heiß ersehnten Kuss, obwohl er niemals damit gerechnet hatte, dass Sarah ihn auf diese Weise mögen könnte, und was tat er? Er brach den Kuss ab und hielt sie davon ab, ihm das T-Shirt auszuziehen, weil er nicht gewusst hatte, was sie von ihm erwartete.

Anfangs war er dermaßen überrascht worden und hatte sein Glück gar nicht fassen können, dass er wie erstarrt gewesen war. Sarah zu küssen war mit Abstand das schönste Gefühl, das er bisher erlebt hatte, und Dupree glaubte nicht, dass irgendetwas anderes jemals daran heranreichen könnte. Sie hatte wunderbar geschmeckt und sich in seinen Armen genau richtig angefühlt. Gerade als er dachte, dass sein Herz zerspringen müsste, hatte sie geseufzt und ihn mit ihren Händen berührt. In diesem Moment hatte er tatsächlich geglaubt, in Flammen aufzugehen. Auch die Berührung ihrer Hände, die über seine Brust gefahren waren, hatte sich unerträglich gut angefühlt, doch sobald sie ihm das Shirt hatte ausziehen wollen, war ein Film in seinem Kopf losgegangen, den er nicht hatte anhalten können.

Heiße Scham war ihm ins Gesicht gestiegen, als er sich daran erinnerte, was im College geschehen war.

Dupree hatte einfach nicht gewollt, dass Sarah erfuhr, wie dumm er sich anstellte, wenn es darum ging, mit einer Frau allein zu sein.

Daher hatte er gezögert ... und anscheinend alles kaputt gemacht.

Dass er ihr wehgetan hatte, machte die ganze Geschichte noch unerträglicher.

„Williams!" Der scharfe Ton seines Trainers ließ ihn verwundert den Kopf heben.

„Ja, Coach?"

John Brennan warf ihm einen ungeduldigen Blick zu. „Störe ich dich mit meinen Ausführungen zum morgigen Spiel in deinen Tagträumen?"

Er schüttelte hastig den Kopf.

„Gut!"

Während der Coach weiter über das Testspiel gegen eine Collegemannschaft sprach, drehten sich Duprees Gedanken allein um Sarah.

Anscheinend war nicht nur dem Coach aufgefallen, dass er gedanklich in ganz anderen Sphären schwebte. Nach der kurzen Ansage des Cheftrainers im Besprechungsraum der Titans nahm ihn Julian beiseite, als sich alle in Richtung Umkleidekabine aufmachten, da für heute Schluss war.

„Alles okay bei dir, Dupree?"

„Ja."

„Mal ehrlich“, der blonde Wide Receiver ließ sich nicht so leicht täuschen und sah ihm besorgt ins Gesicht. „Irgendetwas stimmt doch nicht.“

Zögernd wartete Dupree, bis einige seiner Teamkollegen im Flur verschwunden waren, bevor er halblaut raunte. „Ich glaube, ich habe Mist gebaut.“

„Mist?“

Er nickte niedergeschlagen und erhoffte sich einen väterlichen Rat von seinem Mitspieler. „Es geht um Sarah Matthews.“

Überrascht riss Julian seine Augen auf. „Die Kleine von der Organisation, die eine Reportage über dich rausbringen will?“

Mit einem Nicken bestätigte er die Vermutung seines Gegenübers.

„Was hast du denn gemacht?“

Als er nicht antwortete, sondern ihm einfach verzagt ins Gesicht sah und verlegen errötete, lachte Julian entzückt auf, bevor er ihm gegen den Oberarm boxte.

„Hey“, beschwerte sich Dupree. „Du weißt doch gar nicht, was ...“

„Ich kann es mir denken“, der ältere Spieler grinste fröhlich vor sich hin. „Hast du sie um ein Date gebeten?“

„Nein“, er schluckte und erklärte heiser. „Sie hat mich geküsst, aber ... aber als sie mir das Shirt ausziehen wollte ... habe ich sie nicht gelassen.“

Glücklicherweise brach Julian nicht in Lachen aus, sondern fragte ihn neugierig. „Warum nicht?“

Bisher hatte er mit niemanden über solche Themen gesprochen, sondern es lieber vermieden, sich an Gesprächen über Frauen, Freundinnen und

Sex zu beteiligen. Er war ein sechsundzwanzigjähriger Mann, der davor Schiss hatte, mit einer süßen, blondhaarigen Frau zu schlafen, weil er befürchtete, dass sie im letzten Moment einen Rückzieher machen könnte, um ihn auszulachen.

Frustriert fuhr er sich mit einer Hand über das Gesicht und gestand seinem Kumpel. „Weil ich nicht weiß, wie ich mich verhalten soll."

„Ähm ..."

Seufzend rollte er mit den Augen, als er sah, dass sein Freund zwischen Verlegenheit und regelrechter Panik abwechselte.

„Nein, ich bin keine Jungfrau mehr, falls du es wissen willst."

„Oh ... wir dachten ... naja, das ist auch egal." Julian hüstelte und schnitt eine Grimasse.

Dupree verschränkte die Arme vor der Brust. „Ihr dachtet, dass der Trottel Dupree nicht weiß, woher die Babys kommen, richtig?"

„Hey", besänftigend legte er ihm eine Hand auf den Arm. „Du bist einfach sehr ruhig, wenn es um Frauen geht. Niemand hält dich für einen Trottel."

Er schnaubte laut auf. „Was ist mit Blake?"

„Blake *ist* ein Trottel."

„Auch wieder wahr", er seufzte los. „Du bist auch ruhig, wenn die Jungs über Frauen und Sexabenteuer reden."

„Ja, weil Liv mich sonst einen Kopf kürzer machen würde." Der Wide Receiver schnitt eine Grimasse. „Und jetzt erzähl, was sie gesagt hat."

Ernüchtert ließ er die Schultern sinken. „Sie hat kaum etwas gesagt, sondern ist aus der Wohnung gestürmt.“

„Mist, wütende Frauen sind nie ein gutes Zeichen.“

Schon wieder musste er gegen ein wahnsinniges Schuldgefühl ankämpfen. „Ich glaube nicht, dass sie wütend war ...“

„Tatsächlich? Wie kommst du darauf?“

Unbehaglich erwiderte er. „Sie ist in Tränen ausgebrochen.“

„Scheiße“, entgegnete Julian inbrünstig. „Weißt du, was sehr viel schlimmer ist als eine wütende Frau?“

Dupree hatte eine Ahnung, schüttelte dennoch den Kopf.

Julian schlug ihm auf die Schulter. „Eine weinende Frau, mein Lieber. Sobald Liv weint, setzt bei mir irgendetwas aus. Und das Schlimmste daran ist, dass sie einem nie sagen wollen, warum sie weinen.“

„Was soll ich denn nun tun?“

Die Mundwinkel seines Freundes hoben sich ein kleines Stückchen. „Dich bei ihr entschuldigen. Und du solltest es auch so meinen. Frauen haben einen sechsten Sinn, wenn es darum geht, ob man sie anlügt.“

Bei Julian klang es gerade so, als wären Frauen magische Wesen, die über übermenschliche Kräfte verfügten. „Ich werde es mir merken.“

„Du solltest es wie Brian handhaben“, lachend schob Julian ihn in Richtung Umkleiden. „Lass deine

Entschuldigung über einen niedlichen Überbringer abliefern."

„Aber *ich* überbringe immer Brians Entschuldigungen an Teddy", protestierte Dupree.

„Genau das meinte ich", gluckste Julian fröhlich los.

10. Kapitel

Sarah hob den Kopf, als es an ihrer Tür klopfte.

Voller Schrecken entdeckte sie Duprees Gesicht und schluckte. Vermutlich hätte sie ihn noch länger angestarrt, wenn in diesem Moment nicht zwei kleine Wirbelwinde in ihr Büro gestürmt wären, die japsend auf sie zurasten und schließlich gegen ihre Beine sprangen.

„Hallo, ihr Süßen“, murmelte sie und beugte sich hinunter, um die aufgeregten Welpen zu streicheln, die voller Begeisterung ihre Hände ableckten. Sie hatte Poppy und Pippa in den letzten Tagen vermisst. Ihr Herrchen hatte sie ebenfalls vermisst, auch wenn sie bei jedem Gedanken an ihn vor Scham zusammengezuckt war.

Natürlich bemerkte sie, dass Dupree wie selbstverständlich ihr Büro betrat und die Tür hinter sich schloss.

Sarah hatte gewusst, dass es zu einer Aussprache kommen würde, aber sie hatte jeden Gedanken daran von sich geschoben. Jetzt war es anscheinend soweit.

„Hi.“

Sie sah wieder auf und begegnete seinem Blick. „Hi.“

„Poppy und Pippa wollten dich zu einem Mittagsspaziergang abholen.“

„Oh“, sie leckte sich unbewusst über die Lippen und holte tief Luft. „Ich habe einiges zu tun.“

Darauf ging er gar nicht ein, sondern sagte sehr ernst. „Komm bitte mit, Sarah. Ich muss mit dir reden.“

Das klang gar nicht gut. Das unangenehme Ziehen in ihrem Bauch, das sie seit Tagen quälte, verstärkte sich, während sie in sein Gesicht sah, das keinen Gedanken preisgab. Sie schauten sich einen Moment lang in die Augen und ignorierten die Welpen, die spielerisch übereinander purzelten und beinahe das Faxgerät zu Fall gebracht hätten, als sie am Kabel zogen und dabei Knurrgeräusche von sich gaben.

„Okay“, erwiderte sie leise und brachte das Kabel in Sicherheit, bevor sie sich ihre Tasche schnappte.

Der große Footballspieler mit zwei zuckersüßen Welpen an der Leine zog nicht nur die Aufmerksamkeit ihrer Arbeitskolleginnen auf sich, sondern erzeugte auch auf der Straße viel Wirbel, wobei Sarah nicht wusste, ob dies an Dupree oder den Welpen lag.

Erstens war Dupree ein bekanntes Gesicht – vor allem in New York – und wurde ständig von Leuten angesprochen, die ihm gratulieren wollten. Zweitens sah er großartig aus, wie sie bekennen musste, als sie neben ihm herlief. Die schwarze Cargohose und das graue T-Shirt mit dem Aufdruck *Sweet Home Alabama* standen ihm sehr gut. Außerdem mochte sie seine kurze Frisur viel lieber als den Irokesenschnitt, der ihn immer ein wenig gefährlich hatte aussehen lassen. Dupree war ein hübscher Kerl mit einer schokoladenfarbenen Haut, einem beeindruckenden Körper und dem Gesicht eines unschuldigen Jungen, in dem dunkle Augen dominierten, die einem tief in die Seele schauen konnten.

Außerdem war er immer für eine Überraschung gut.

Kaum hatten sie den Park betreten, der zwei Straßen von Sarahs Arbeitsplatz entfernt lag, nahm er ihre Hand in seine und spazierte mit ihr zu einer freien Bank. Unsicher hielt sie mit ihm Schritt und musste sich darauf konzentrieren, nicht über die Welpen zu fallen, die kreuz und quer vor ihren Füßen herumtapsten.

Schweigend setzten sie sich auf die Bank und schauten sich einen Moment lang die spielenden Kinder an, die nur wenige Meter entfernt auf einem Gerüst herumkletterten. Poppy und Pippa schienen völlig fasziniert von den lachenden Kindern zu sein, da sie überaus aufmerksam nebeneinander saßen und den Spielplatz nicht aus den Augen ließen.

Sarah dagegen war völlig fasziniert von Duprees Fingern, die zärtlich ihre Hand streichelten. Am liebsten hätte sie sich an ihn geschmiegt, aber angesichts seiner Ablehnung vor einigen Tagen war sie sich nicht sicher, was er eigentlich wollte.

„Ich wollte dich nicht zum Weinen bringen."

„Schon gut", murmelte sie nach wenigen Sekunden und senkte den Kopf. Vor ihren Augen sah sie ihre beiden Hände, die ineinander verschlungen waren. Der Kontrast zwischen seiner dunklen und ihrer hellen Haut war geradezu faszinierend.

„Es ist nicht gut." Er seufzte und drückte ihre Hand, bevor er wieder mit dem Daumen über ihren Handballen strich. „Ich habe dich verletzt, aber das wollte ich nicht."

Zaghaft presste sie die Lippen aufeinander und wusste nicht, was sie sagen sollte.

Wenn er sich von ihr abgewandt hatte, konnte es nur an einer Sache liegen. Er musste gespürt haben, dass sie keine richtige Frau mehr war. Er wäre nicht der erste Mann, der damit ein Problem hatte, überlegte sie unglücklich. Niemals hätte sie gedacht, dass Matt kein Verständnis für sie aufbringen würde, schließlich war er seit der Highschool ihr Freund gewesen, und wenn er es schon nicht ertragen hatte, sie zu berühren, warum sollte Dupree es können?

Unglücklich flüsterte sie. „Du musst nichts sagen ...“

„Aber das will ich“, unterbrach er sie. „Versteh’ mich nicht falsch, Sarah. Dass du mich geküsst hast, war ... war sehr schön, aber ...“

Sie wollte nicht schon wieder weinen und war kurz davor, ihm ihre Hand zu entreißen, als er einen tiefen Seufzer ausstieß.

„Du hast mich nach meiner Collegezeit gefragt, aber ich habe dir nicht die ganze Wahrheit erzählt.“

Verwundert sah sie nun auf. Auch sein Kopf hatte sich ein wenig gesenkt. Wie es schien, starrte er auf den Boden, auf dem Poppy und Pippa immer noch aufgeregt saßen und die Kinder beobachteten. Sarah hätte am liebsten ihr Gesicht im Fell der Welpen vergraben, um ein bisschen Trost zu erhalten.

„Was hat deine Collegezeit mit unserem Kuss zu tun?“

„Alles.“ Sein Adamsapfel zuckte hastig hoch, als er schluckte. „Damals war ich ein totaler Außenseiter und kam im Team überhaupt nicht klar.“

„Oh“, automatisch rückte sie näher an ihn heran und drückte nun tröstend seine Hand.

„Eigentlich war ich mein ganzes Leben lang ein Außenseiter. Erst hier in New York habe ich Freunde gefunden. Damals auf dem College war es am schlimmsten."

„Und warum kamst du im Team nicht klar?"

„Ich weiß es nicht", seufzte er. „Im Grunde bin ich ein zurückhaltender Mensch, der keinen Streit sucht. Aufgrund meines Äußeren haben die meisten Menschen erst einmal Angst. Wenn sie dann merken, dass ich harmlos bin, verlieren sie entweder ihre Scheu oder sie kommen auf die Idee, mich fertig machen zu können."

„Und das Collegeteam hat sich für die zweite Variante entschieden", mutmaßte Sarah leise.

Dupree nickte. „Ständig wurde ich aufs Korn genommen. Dass ich so gut gespielt habe, hat das Ganze nur schlimmer gemacht. Irgendwann habe ich im Training kaum noch ein Wort von mir gegeben, sondern war froh, wenn sie mich in Ruhe ließen."

„Das tut mir wirklich leid."

„Danke." Wieder spielte er mit ihren Fingern. „Mein Dad hat uns verlassen, als ich neun Jahre alt war, und meine Mom ist eine strenggläubige Frau. Es gab niemanden, mit dem ich über Mädchen hätte reden können."

Sarah war ein wenig verwirrt über den Themenwechsel, aber sie vermutete, dass Dupree ihr irgendeinen Zusammenhang erklären wollte.

Daher sagte sie gespielt leichthin. „Ich habe über Jungs mit meiner besten Freundin gesprochen. Auch wenn ich meine Mom liebe, hätte ich als Teenager mit ihr über dieses Thema nie sprechen wollen."

„Mir erging es genauso, nur hatte ich keinen besten Freund", mit einem ebenso leichtfertigen Ton fuhr er fort. „Das ist auch der Grund, weshalb ich mich erst auf dem College für Mädchen interessierte. Zu Hause in Alabama hatte meine Mutter ein Auge auf mich. Niemals hätte ich mich verabreden können."

„Dann muss sie tatsächlich sehr strenggläubig sein."

Er nickte und führte nach kurzem Zögern aus. „Jedoch ist es sehr schwer für jemanden wie mich, ein Mädchen um ein Date zu bitten. Tatsächlich bin ich immer davor zurückgeschreckt."

„Aber warum das denn?" Ehrlich erstaunt sah sie auf sein Profil und erkannte seine nachdenkliche Miene. „Du bist ein toller Mann."

Nun verzog sich sein Mund zu einem schmalen Lächeln. „Mein Spitzname ist *Dozer*, weil ich wie ein Bulldozer gebaut bin, Sarah. Die meisten Frauen haben Angst vor mir, weil sie denken, dass ich gewalttätig sein könnte."

„Ich habe keine Angst."

Mit belegter Stimme sagte er. „Das wundert mich, wenn ich ehrlich bin."

Nun musste sie kurz lachen und tat dies auch. „Dupree, zu deinen Füßen spielen zwei kleine Welpen, die du quasi gerettet hast. Wovor soll ich Angst haben?"

„Um Poppy und Pippa geht es doch gar nicht", wehrte er verlegen ab.

„Doch, es geht auch um sie", widersprach Sarah mit fester Stimme. „Du hast eine unglaublich liebe Art und hörst wirklich zu, wenn man mit dir spricht. Abgesehen davon, dass ein vierjähriges Kind in dich vernarrt ist, höre ich von jeder Person, die dich kennt, die größten Lobgesänge, die ich mir vorstellen kann."

Nach einer Weile gab er interessiert zu. „Aber das sind doch nicht die Gründe, weshalb du mich geküsst hast."

Sarah atmete lange aus. „Du *bist* attraktiv. Selbst mit deinen Zahnverblendungen hast du mir gefallen. Und ich finde überhaupt nicht, dass du wie ein Bulldozer aussiehst! Du bist ein sportlicher, junger Mann mit einem hübschen Gesicht, einem großartigen Lächeln und tollen Augen. Mehr Komplimente werde ich dir jetzt sicher nicht machen."

Er lachte kurz und leise, auch wenn er ziemlich verwundert dreinschaute.

„Also würdest du dich auf ein Date mit mir einlassen, wenn ich dich darum bitten würde?"

„Natürlich", antwortete Sarah ruhig und schenkte seinem Profil ein kleines Lächeln. „Warum hätte ich dich küssen sollen, wenn ich dich weder mögen noch attraktiv finden würde?"

Seufzend setzte er sich wieder auf und drehte ihr nun den Oberkörper zu. „Ich würde dir gerne noch etwas erzählen, bevor ich dich um ein richtiges Date bitte."

Statt zu antworten, nickte sie einfach und wartete darauf, dass er weiter sprach, während sie weiterhin seine Hand hielt.

„Als ich dich damals in der Bar angesprochen habe, habe ich mich wie ein Idiot benommen. Das tut mir leid. Auch wenn ich dir damals wie ein Aufreißer vorgekommen bin, musst du mir glauben, dass ich alles andere als ein Frauenheld bin. Im Gegenteil."

„Mittlerweile weiß ich doch, dass du ganz anders bist", tröstete sie.

Er druckste ein wenig herum. „Wenn ich meine, dass ich das genaue Gegenteil von einem Frauenhelden bin, meine ich das auch so“, er schluckte. Es schien ihm Mühe zu kosten, ihr weiterhin in die Augen zu schauen, während er heiser erklärte. „Vor dir habe ich genau eine andere Frau geküsst.“

Sarah blinzelte erstaunt und betrachtete ihn irritiert, schließlich war er Footballspieler.

„Es war auf dem College ... kurz vor meinem Abschluss.“

Als er in seiner Erklärung innehielt, fragte Sarah interessiert. „Du bist doch Footballspieler, Dupree. Gab es keine Mädchen, die dir hinterherliefen?“

Er schüttelte den Kopf. „Wie gesagt ... die meisten Frauen finden mich abschreckend ...“

„Das ist völliger Blödsinn“, schimpfte sie und schreckte damit die Welpen auf, die sich inzwischen vor Duprees Füße gelegt hatten. Fragend schauten sie zu Sarah und entschieden sich letztendlich dazu, wieder die Köpfe auf ihre kleinen Pfoten zu legen.

Sarah wandte den Blick von Poppy und Pippa ab. Gleichzeitig drückte sie seine Hand bekräftigend. „Es ist wirklich Blödsinn. Du bist nicht abschreckend. Wer dich einmal kennt, weiß, dass du so abschreckend wie ein Welpe bist.“

Er schnitt eine Grimasse. „Vielen Dank für den Vergleich. Wie du dir denken kannst, fiel auch dem Team irgendwann auf, dass ich niemals mit einem Mädchen zu sehen war. Daraufhin foppten sie mich gnadenlos. Ständig wurde ich in der Umkleide dumm angemacht, ob ich schwul sei und überhaupt mit ihnen duschen dürfte. Tja ... und irgendwann sprach mich eine Studentin an."

„Okay", flüsterte sie und fragte sich verzagt, was nun kommen würde, da sie ein ganz mieses Gefühl hatte.

„Wir gingen einen Kaffee trinken, bevor sie mich mit in ihr Zimmer nahm."

„Dort habt ihr euch geküsst", stellte sie fest.

„Ja", er atmete tief durch. „Und wir hatten Sex. Natürlich hätte ich einfach gehen können, aber ... ich war ein junger Kerl von zweiundzwanzig Jahren, der noch Jungfrau war."

„Das verstehe ich sehr gut", murmelte sie ihm zu.

„Tja", er schaute in den Himmel und erklärte bitter. „Die vermeintliche Studentin war von einigen meiner Teammitglieder engagiert worden. Eigentlich arbeitete sie als Call-Girl und berichtete ihnen fleißig von unserem Date. Bis zum Ende des Colleges musste ich mir Verarschungen darüber anhören, dass ich auf ein Call-Girl hereingefallen sei, dass ich mich extrem dumm angestellt hätte, dass das Call-Girl erzählt hätte, wie winzig mein Penis sei ..." Bei dem Wort *Penis* errötete er und zuckte zusammen.

Sarah schmiegte sich an ihn und rieb ihr Gesicht gegen die warme Haut seines Oberarms. „Was für Ärsche."

„Früher war ich schon schüchtern", meinte er verlegen. „Seitdem bin ich jedoch wie erstarrt, wenn ich mich mit einer Frau unterhalten will."

„Jetzt verstehe ich", murmelte sie und spürte im ersten Moment eine gewaltige Woge der Erleichterung, die sofort verpuffte, als ihr klar wurde, dass Dupree anscheinend noch nichts von ihrer

Unzulänglichkeit, wenn man sie denn so nennen konnte, wusste.

„Es lag nicht an dir, dass ich den Kuss unterbrochen habe“, er lehnte sich ein Stück näher an sie. „Ich wollte dich küssen, aber plötzlich war ich gehemmt.“

„Es ist okay“, sie holte Luft und nickte an seinem Oberarm. „Das ist okay.“

„Würdest du mit mir ausgehen, jetzt da du alles weißt?“

Für einen erwachsenen Mann musste es nicht leicht gewesen sein, ihr seine Unerfahrenheit zu beichten. Und tatsächlich merkte sie, dass es ihr überhaupt nichts ausmachte, dass Dupree kein erfahrener Mann war. Jedoch wollte sie so fair sein und ihm erzählen, was mit ihr los war. Auch wenn es ihr schwerfiel, löste sie sich langsam von ihm und rutschte ein Stück zur Seite. Selbst seine Hand, die sie nun seit geraumer Zeit gehalten hatte, ließ sie los und verschränkte ihre Hände im Schoß.

„Ich würde sehr gerne mit dir ausgehen, aber vorher solltest du auch etwas von mir wissen.“

Um nicht feige zu erscheinen, legte sie den Kopf zurück und sah ihm ins Gesicht. „Kannst du dich erinnern, dass ich dir erzählt habe, dass meine Mutter gestorben ist?“

„Ja“, mit ernster Miene nickte er. „An Krebs.“

„Genau“, zögernd rieb sie ihre Lippen aneinander. „Sie war gerade erst neunundzwanzig Jahre alt. Ihre Schwester war zwei Jahre zuvor im Alter von dreißig Jahren gestorben und meine Großmutter, die ich nie kennengelernt habe, starb mit fünfundzwanzig Jahren. Sie alle hatten Brustkrebs.“

Ihm war die Betroffenheit anzusehen, aber er schwieg, wofür sie ihm dankbar war. Sarah hasste nichts mehr, als mit Mitleid und traurigen Bemerkungen konfrontiert zu werden, wenn sie von ihren verstorbenen Familienmitgliedern erzählte.

„Der Brustkrebs liegt in meiner Familie“, fuhr sie fort und merkte, wie schwermütig sie mit jedem Wort wurde. „Also habe ich mich testen lassen.“

„Du wolltest es wissen.“

Sie nickte. „Nichts ist schlimmer als Ungewissheit. Meine *Chancen*“, sie schnitt eine sarkastische Grimasse, „lagen sehr hoch, dass auch ich dieses Gen, das für Brustkrebs verantwortlich gemacht wird, in mir trage. Zwar bedeutet das Vorhandensein des Gens nicht, dass der Krebs ausbrechen *muss*, aber bei einer toten Großmutter, einer toten Tante und einer toten Mutter machte ich mir keine Illusionen, sollte ich das Gen haben.“

Dupree atmete schwer. „Du trägst das Gen.“

„Ja, welche Überraschung“, ätzte sie. „Ich hatte Todesangst. Meine Mom ... also meine Stiefmutter weinte stundenlang. Sie ist Ärztin, gynäkologische Onkologin, und kümmert sich jeden Tag um Brustkrebspatientinnen. Sie wusste, wie meine Chancen aussahen. Mein damaliger Freund hielt mir noch die Hand, als mir der Arzt die Mitteilung machte, aber als ich den Entschluss traf, meine ... meine Brüste amputieren zu lassen, stand er nicht mehr hinter mir.“

„Sarah ...“

„Ich musste dir das sagen“, würgte sie hervor, als er sie erschrocken musterte. „Alles andere wäre unfair. Du sollst wissen, dass ich keine ganze Frau mehr bin."

„Wer redet denn nun Unsinn?"

Um die Tränen zu unterdrücken biss sie fest die Zähne zusammen und wäre fast in ihrem Entschluss gescheitert, unter keinen Umständen in Tränen auszubrechen, als Dupree wieder nach ihrer Hand griff.

„Wie wäre es mit Kino für unser Date? Momentan laufen viele gute Filme."

„Dupree", ihre Stimme wackelte gefährlich. „Ich habe keine Brüste mehr ..."

„Und ich habe keine Vorhaut mehr."

Ein erschrockenes Lachen unter Tränen klang furchtbar, wie Sarah herausfand, als sie seinen Kommentar hörte und erschrocken auflachte.

„Sei bitte ernst."

„Das bin ich."

„Du verstehst nicht ... Matt wollte mich nicht mehr anfassen. Zwar wurden ... wurden die Brüste wieder aufgebaut, aber man sieht die Narben." Unglücklich verzog sie das Gesicht.

Lange forschte er in ihrem Gesicht und rückte anschließend näher an sie heran. „Ich weiß nicht, was ich sagen soll, damit du dich besser fühlst. Ich weiß nur, dass du den richtigen Schritt gemacht hast und verdammt mutig warst, auch weil du mir davon erzählt hast."

Jetzt war es um ihre Fassung geschehen. Die erste Träne floss aus ihrem Augenwinkel, bevor die nächsten folgten. Als er sich dann auch noch vorbeugte, um sie federleicht auf den Mund zu küssen, bahnte sich ein Schluchzen aus ihr hervor, das

Poppy und Pippa veranlasste, fiepend an ihren Beinen hochzuspringen.

Sarah griff sich einen Welpen und vergrub das Gesicht in dem gut duftenden Fell, bevor sie zögerlich zustimmte. „Kino klingt gut.“

11. Kapitel

„Wir haben einen Termin für die Hochzeit."

„So bald schon?" Interessiert blickte Hanna Brennan zu Erin, die eine Backkartoffel für Zoey kleinschnitt. „Ihr seid doch erst seit wenigen Wochen verlobt."

„Ich kann mir denken, warum ihr so schnell heiraten wollt", kicherte Blake vom anderen Ende des Tisches.

„Nein, kannst du nicht", erwiderte Tom mit einem Stöhnen und schenkte seiner Tochter, die zwischen ihm und seiner Verlobten saß, ein wenig Eistee nach.

„Also kein Nachwuchs?"

„Nein, kein Nachwuchs", bestätigte Erin, der deutlich anzusehen war, wie sehr sie von Blake genervt war. Wie beinahe jeder am Tisch genervt von Blake war, dachte Dupree, der einen Blick nach hinten warf, um sicherzugehen, dass Poppy und Pippa keinen großen Unsinn anstellten. Doch die Welpen lagen aneinander gekuschelt im Schatten eines Baumes und ließen sich von John und seiner Tochter Jilian streicheln.

Eigentlich hatte das traditionelle Grillfest des Vereins, das immer in den Wochen vor dem Saisonstart stattfand, in diesem Jahr ausfallen sollen, da das komplette Team samt der Familien für eine Woche zusammen auf Hawaii Urlaub gemacht hatte und der Terminkalender nach dem Superbowlsieg im Februar bis zum Anschlag gefüllt war, doch kurzfristig hatte Teddy entschieden, das Barbecue dennoch zu veranstalten.

Apropos Teddy ... die Arme hatte in den vergangenen Wochen nicht viel zu lachen gehabt, da sie unter ständiger Schwangerschaftsübelkeit gelitten hatte. Brian hatte erzählt, dass sie tagelang alles ausgekotzt hatte, was sie gegessen hatte. Wie es schien, hatte sie diese Phase überwunden, denn momentan knabberte sie genüsslich an einem vor Butter triefenden Maiskolben herum.

„Auch gut“, erwiderte Blake lapidar. „Es ist ganz nett, nicht nur von schwangeren Frauen umgeben zu sein.“

„Und ich dachte, dass in den vielen Stripclubs, in denen sogar die Poledance-Stangen nach dir benannt sind, keine schwangeren Stripperinnen auftreten“, flötete Liv und lehnte sich ein wenig zurück, um ihren hochschwangeren Bauch zu streicheln.

„Mensch, Liv, du weißt doch, wie ich das meine.“

„Ich weiß nur, dass du der sexistischste Typ bist, den ich kenne.“

Blake zuckte mit der Schulter und belud seinen Teller mit einem überdimensionalen Kotelett. „Wenn es sexistisch ist, dass ich es bewundere, wie groß deine Brüste werden, wenn du schwanger bist, lasse ich mich gerne von Feministinnen verprügeln.“

„Nicht schon wieder dieses Thema“, Julian gab Blake einen Klaps auf den Hinterkopf. „Starr’ die Brüste meiner Frau nicht so sabbernd an!“

Dupree bemerkte mit Unmut, wie leichtfertig sein Teamkollege dieses Thema anschnitt, und bekam einen Eindruck davon, wie Sarah sich gefühlt haben musste, als Blake beim Essen während des Trainingslagers einen dummen Spruch darüber gemacht hatte, dass ihr eine Schwangerschaft nicht schaden könnte, um obenrum fülliger zu werden.

Er war überaus erleichtert, dass Sarah nicht hier war, um Blakes Kommentare zu hören, und mit Scham dachte er daran, was er damals zu ihr in der Bar gesagt hatte. Seit fast einer Woche dachte er über Sarahs Geständnis nach und zerbrach sich den Kopf, wie er sich ihr gegenüber verhalten sollte, wenn sie sich das nächste Mal küssen würden. Heute Abend hatten sie ihr erstes richtiges Date, das er nicht vermasseln wollte. Sie sollte nicht glauben, dass er sich abgestoßen fühlte, denn das war er nicht. Das war er wirklich nicht. Es war nur so, dass er generell unerfahren war und nicht wusste, wie er ihr zeigen sollte, wie schön er sie fand. Dupree wollte einfach, dass sie sich bei ihm wohl fühlte und sich nicht verstecken musste.

„Liv, bist du etwa zickig, weil dir Teddy bald Konkurrenz machen könnte?“ Blake formte vor seiner Brust zwei imaginäre Brüste und grinste.

Genau in diesem Moment trat Brian an den Tisch und stellte einen neuen Teller mit gegrillten Fleischstücken auf den Tisch. „Soll ich ihm die Nase brechen, Schatz?“

Teddy schüttelte den Kopf und deutete auf Tom. „Das hat Tom doch schon erledigt.“

„Wenn du nicht aufhörst, Blake, wirst du bald die Nase eines Preisboxers haben“, prophezeite Julian.

Quinn lehnte sich amüsiert zurück und schaute dabei auf sein Handy. „Jetzt verstehe ich auch, warum

Blake ständig zusammenzuckt, wenn Tom an ihm vorbeiläuft."

„Warum starrst du eigentlich die ganze Zeit auf dein Handy?"

Das neuste Teammitglied ließ das Telefon wieder in seiner Hosentasche verschwinden. „Meine Agentin hat mir einen neuen Werbedeal besorgt."

Dupree bemerkte, wie Teddy bei der Erwähnung von Quinns Agentin einen finsteren Gesichtsausdruck aufgesetzt hatte und über ihrem Maiskolben verharrte.

„Hat deine Agentin wieder ihre Krallen ausgefahren?"

Lachend blickte Quinn zu seiner Chefin. „Roberta ist total in Ordnung."

„Natürlich bist du dieser Meinung", schnaubte Teddy und wischte sich die fettigen Finger an einer Serviette ab. „Du profitierst auch von ihrer Kratzbürstigkeit."

„Zum Glück!" Der junge Footballspieler grinste und nahm sich ein Steak.

„Zurück zu eurer Hochzeit", intervenierte Hanna, die ebenfalls schwanger war und Erin ansah. „Wann wollt ihr heiraten?"

„Wir haben einen Termin beim Standesamt für den 22. Oktober bekommen."

Die Frau des Trainers verschluckte sich beinahe an ihrem Eistee. „Das ist in zwei Monaten!"

Tom lachte belustigt los. „Es ist ein perfekter Termin, da wir an diesem Wochenende kein Spiel haben."

„Und ihr wollt tatsächlich innerhalb von zwei Monaten eine Hochzeit planen?"

„Nein“, Erin schob Zoey den Teller hin und streifte ihren Zopf nach hinten. „Wir müssen nichts planen, weil das alles schon erledigt ist. Tom hat einen Countryclub gebucht, der alles übernimmt. Die einzigen Dinge, um die wir uns kümmern müssen, sind sein Anzug und ein Kleid für mich.“

„Erin und ich haben schon ein Kleid ausgesucht“, piepste Zoey los.

„Pst“, schalt ihre zukünftige Stiefmutter lächelnd. „Daddy soll doch noch nichts wissen.“

Mit aufgerissenen Augen hielt sich Zoey schnell beide Hände vor den Mund.

Tom fuhr ihr belustigt über den Kopf.

„Wenn ich daran denke, was meine Schwester für einen Aufstand wegen ihrer Hochzeit gemacht hat, bin ich froh, wenn es bei uns so ruhig wie möglich vonstatten geht“, erwiderte Erin. „Daher wollen wir auch nicht kirchlich heiraten.“

„Aber auf einen Junggesellinnenabschied wirst du doch nicht verzichten, oder?“ Teddy hatte sich ebenfalls auf ihrem Stuhl zurückgelehnt.

„Kein Junggesellinnenabschied“, warnte Tom und zwinkerte seiner Verlobten verschwörerisch zu. „Erin und Junggesellinnenabschiede sind eine explosive Mischung. Das weiß ich aus eigener Erfahrung.“

„Tom“, flüsterte sie und errötete so stark, dass ihre Wangen die gleiche Farbe wie ihre Haare annahmen.

„Noch so ein Insider, vermute ich.“ Quinn schüttelte kauend den Kopf.

Während Blake damit begann, über Toms Junggesellenabschied zu lamentieren, griff Dupree nach seinem Handy und sah, dass Sarah ihm eine Textnachricht geschickt hatte:

Von: Sarah Matthews
26. August 2013
13:47

Ich dachte, wir wollten ins Kino gehen? Warum soll ich dann einen Pullover mitnehmen?

An: Sarah Matthews
26. August 2013
13:56

Wir gehen auch ins Kino. Den Pullover sollst du mitnehmen, falls dir kalt wird.

Von: Sarah Matthews
26. August 2013
13:57

Wie soll mir denn kalt werden? Ich habe noch nie im Kino gefroren.

Lächelnd schaute Dupree auf die Nachricht und fuhr mit seinen Fingern über die Tastatur seines Handys. Er konnte es kaum erwarten, sie heute Abend zu sehen, und freute sich wahnsinnig auf ihr Date. Glücklicherweise hatte sich Eddie bereiterklärt, auf

Poppy und Pippa aufzupassen. Nachdem Poppy beim letzten Besuch in den Titans-Umkleiden einen furchtbaren Durchfall bekommen hatte, war niemand mehr besonders wild darauf, auf die beiden Welpen aufzupassen.

An: Sarah Matthews
26. August 2013
13:58

Vielleicht hast du in den anderen Kinos nicht gefroren, aber in diesem könnte dir das passieren. Vor allem abends.

Von: Sarah Matthews
26. August 2013
14:00

Autokino?

An: Sarah Matthews
26. August 2013
14:01

Bingo!

Von: Sarah Matthews
26. August 2013
14:02

Wie cool ist das denn?! Ich war noch nie in einem Autokino, Dupree. Darauf freue ich mich jetzt tierisch und kann es kaum erwarten, für heute Feierabend zu machen. Vielen Dank. Du bist ein Schatz!

Beinahe wäre er errötet, als er ihren letzten Satz las, doch konnte es sich gerade noch verkneifen, zumal er wirklich keine Lust hatte, dass jemand am Tisch mitbekam, was er gerade tat. Außer Julian wusste niemand, dass er sich mit Sarah traf, was ihm sehr gelegen kam, da Blake momentan gut in Form war und ihm ununterbrochen mit seinen Fragen auf den Geist gegangen wäre.

An: Sarah Matthews
26. August 2013
14:04

Dann sind wir schon zu zweit, denn ich war auch noch nie im Autokino. Ich hoffe nur, dass es nicht regnet.

Von: Sarah Matthews
26. August 2013
14:05

Bestimmt wird es nicht regnen. Wie gefällt es dir auf eurem Barbecue?

An: Sarah Matthews
26. August 2013
14:06

Poppy und Pippa sind das absolute Highlight. Jetzt schlafen sie selig, schließlich haben sie ein halbes Schwein verputzt. Ansonsten steht Blake kurz vor einem erneuten Nasenbruch. Also alles wie immer.

Von: Sarah Matthews
26. August 2013
14:08

Hahaha! Gib den beiden einen Kuss von mir und grüße die anderen.

An: Sarah Matthews
26. August 2013
14:09

Das mache ich!

Von: Sarah Matthews
26. August 2013
14:04

Ich freue mich wirklich auf dich, Dupree.
Kuss
Sara

Bevor er ihr antworten konnte, ließ sich Eddie neben ihm nieder, also schaltete er das Handy schnell aus und verstaute es in seinen Jeans.

„Von mir aus soll Tom eine Stripperin bekommen“, seufzte Erin nun auf, da Blake keine Ruhe gab und immer wieder erwähnt hatte, dass Junggesellenabschiede ohne nackte Frauen der reinste Horror wären.

„Strike, Tomcat!“ Blake schien mehr als zufrieden mit sich zu sein. „Du hast die Wahl zwischen einer Blondine oder einer Brünetten.“

„Himmel, Blake! Wir sind hier nicht an der Fleischtheke“, ätzte Liv aufgebracht und runzelte die Stirn.

„Ruhig Blut“, Julian streichelte seiner Frau über das Ohrläppchen, an dem sie hektisch gezogen hatte, was Liv immer tat, wenn sie nervös war oder sich aufregte.

„Er benimmt sich wie der letzte Sexist“, schimpfte Liv.

Blake schien sich daran nicht zu stören. „Bist du Alice Schwarzer, oder was?“

„Nein, ich bin die Frau, die dir gleich so hart in die Eier tritt, dass du in nächster Zeit keinen Spaß mehr mit deinen Stripperinnen haben wirst.“

„Autsch“, Quinn lachte auf, während Blake dumm aus der Wäsche schaute.

Zerknirscht senkte er den Kopf. „Liv, was hast du denn?“

„Kein Grund, sich aufzuregen“, Brian verdrehte die Augen. „Du weißt doch, wie er ist, Liv.“

„Er ist scheiße!“

„Ähm“, Julian sah von seiner Frau zu seiner kleinen Tochter, die gebannt an den Lippen ihrer Mutter hing. „Brianna ... Schätzchen, solche Worte solltest du eigentlich erst im Kindergarten lernen.“

Glucksend trat John an den Tisch und stellte sich hinter seine Frau, der er über den Nacken streichelte. Die Anwesenheit des Trainers hielt Blake von weiteren Kommentaren ab.

„Wenn Tom eine Stripperin bekommt, besorge ich einen Stripper für Erin“, warf zu jedermanns Überraschung Hanna ein. Die ruhige Frau des Coachs nickte entschlossen in die Runde, was nicht zuletzt ihren Mann überraschte.

„Nur über meine Leiche“, Tom schüttelte rigoros den Kopf.

Erin gluckste los und feixte ihm zu. „Gleiches Recht für alle.“

„Dann verzichte ich freiwillig auf eine Stripperin“, erwiderte er prompt.

Entsetzt verzog Blake das Gesicht. „Hey!“

Als Quinn sich erhob, schaute Dupree reflexartig auf und sah, dass der Linebacker schon wieder auf sein Handy schaute.

„Leute, macht es euch was aus, wenn ich Roberta dazu hole? Sie steht draußen und will mir irgendwelche Unterlagen geben.“

„Natürlich nicht, bring sie her“, erwiderte Brian jovial und erntete den bislang bösesten Blick, den Dupree jemals an Teddy gesehen hatte. Selbst als ein Tackle der *Miami Dolphins* Brian zu Boden gerammt und ihm einen Rippenbruch zugefügt hatte, bevor er grinsend vom Feld gelaufen war, hatte Teddy nicht einen derart mörderischen Ausdruck im Gesicht gehabt. Dabei hatte Dupree schon damals gedacht, dass er seiner Chefin nicht im Dunklen begegnen wollte, wenn sie dermaßen furchteinflößend wirken konnte.

„Spinnst du?!“ Sobald Quinn außer Hörweite war, rastete Teddy völlig aus. „Dieser Frau will ich nicht begegnen!“

„Beruhige dich, Teddy, die Frau hat nur ihren Job gemacht“, antwortete ihr Mann so geduldig, als müsse er einem Grundschüler eine Aufgabe erklären.

Dupree hätte ihm gleich sagen können, dass Teddy seinen Ton bestimmt falsch interpretieren würde, was sie auch sofort tat.

„Erklär’ du mir nicht, wie mein Job funktioniert!“

Lächelnd schaute er sie an und ignorierte den Mittelfinger, den seine Frau ihm zeigte. „Das habe ich auch nicht getan, Liebling.“

„Du blödes A ...“

Mit einem Lachen fiel er ihr ins Wort. „Du weißt sehr gut, dass es mich scharf macht, wenn du mich beschimpfst. Machst du das mit Absicht?“

„Treib’ es nicht zu weit, Brian!“

John stöhnte laut auf und griff nach dem Salz. „Leute, bevor ihr es vergesst ... es sind Kinder anwesend.“

Ratlos schaute Blake zu Teddy und sprach genau das aus, was Dupree heimlich gedacht hatte. „Sind das die Schwangerschaftshormone?“

Während Teddy anscheinend kurz davor war, ihrem Spieler an die Gurgel zu gehen, erklärte Brian mit einem Glucksen. „Das ist doch gar nichts!“

Da Quinn zurückkehrte und im Schlepptau eine Frau hatte, verstummte das Streitgespräch am Tisch.

„Darf ich euch vorstellen? Meine Agentin ... Roberta O'Connor."

Dupree hätte sich bei dem Namen Roberta O'Connor einiges vorgestellt, aber nicht eine junge Frau mit langen braunen Haaren, unerhört engen Jeans und einem kurzem T-Shirt.

Lachend hob sie die Hand. „Hallo zusammen. Quinn musste sich mal wieder über mich lustig machen. Ich bin Bobby."

„Sehr erfreut", John erhob sich sofort und stellte sich der Sportagentin vor, wie es Dupree von ihm erwartet hatte.

Bobby O'Connor schien Mut zu haben, da sie sich Teddy mit einem Zwinkern vorstellte und ihr die Hand gab. Eigentlich hatte Dupree erwartet, dass Blake einen blöden Kommentar über die Namensähnlichkeit zwischen Teddy und Bobby riss, aber der Runningback hielt ausnahmsweise den Mund und schwieg wie ein Grab.

Bei näherer Betrachtung schien er sogar vor Ehrfurcht erstarrt, als er die Sportagentin anschaute, die sich lässig auf einen Stuhl setzte und eine unbefangene Plauderei begann.

Innerlich stöhnte Dupree auf.

Das konnte ja heiter werden!

Eigentlich war es Sarah egal, welcher Film im Autokino lief. Dennoch fand sie es süß, dass Dupree eine Romantikkomödie ausgewählt hatte.

Sie freute sich auf ein richtiges Date mit ihm und sah dem Ganzen gleichzeitig mit einer Spur Nervosität entgegen. Seit ihrem gemeinsamen Spaziergang, bei dem sie sich gegenseitig das Herz ausgeschüttet hatten, waren einige Tage vergangen. Dupree war mit den Titans zu einem Testspiel gefahren und auch sie hatte die Nase in einen Haufen Arbeit gesteckt. Dies bedeutete, dass sie sich heute zum ersten Mal wiedersahen, nachdem Sarah ihm von ihrer Operation berichtet hatte.

Zwar hatte sich Dupree großartig verhalten und ihr nicht das Gefühl gegeben, dass mit ihr etwas nicht stimmte, nichtsdestotrotz hatte sie Angst, dass er sich von ihr abgestoßen fühlen könnte. Zu tief saß einfach die Verletzung, die Matt ihr zugefügt hatte. Sie hatte gelernt, dass ihr Freund, dem sie bedingungslos vertraut hatte, sie plötzlich mit anderen Augen gesehen hatte. Nach der Operation war sie ein verängstigter Mensch gewesen, der Schmerzen gehabt und vor lauter Furcht ohne Unterlass gezittert hatte. Sie hatte einfach von Matt hören wollen, dass alles wieder gut würde und dass er sie liebte, weil sie diejenige war, die sie war, und nicht, dass er sie nur liebte, weil sie Brüste hatte. Sie hatte hören wollen, dass sich zwischen ihnen nichts verändert hatte. Doch er hatte nichts von alledem gesagt, sondern mit bedauernder Miene an ihrem Bett gestanden und gestammelt, dass er es nicht ertragen könne, sie anzusehen, und dass er nicht glaube, es jemals über sich zu bringen, sie wieder anzufassen.

Sarah war verwirrt gewesen und hatte hilflos gestottert, dass sie immer noch Babys kriegen könne und dass die Chirurgen ihre Brüste aufbauen würden. Doch für Matt hatte dies keinen Unterschied gemacht.

Heute war sie nicht einmal wütend auf ihn, schließlich wusste sie aus ihrem Berufsleben, dass nicht wenige Männer so reagierten, aber damals war eine Welt für sie zusammengebrochen. Matt war der Grund, weshalb sie sich davor fürchtete, wieder eine Beziehung einzugehen. Sarah war klar, dass ihre Gedanken purer Unsinn waren, aber sie wurde das Gefühl nicht los, einem Mann nichts mehr bieten zu können, weil sie keine vollwertige Frau mehr war.

Bei diesen Gedankengängen war es kein Wunder, dass sie in den ersten Minuten so steif wie ein Brett neben Dupree in seinem Auto saß und sich den Kopf zerbrach, wie sie sich verhalten sollte.

Auch er war ziemlich ruhig, was bei Dupree jedoch manchmal vorkam und nichts Weltbewegendes zu bedeuten hatte.

„Das hätte ich fast vergessen", lachte er plötzlich und nahm sein Handy von der Mittelkonsole, um es ihr in die Hand zu drücken, während er in eine Straße abbog. „Poppy und Pippa haben mit Zoey, Jilian und Brianna gespielt. Ich habe ein Video gemacht – du wirst dich vor Lachen krümmen", versprach er glucksend.

„Das klingt nett", erwiderte sie wenig geistreich und hielt das Handy zweifelnd in der Hand.

„Schau es dir an", munterte er sie auf und schloss per Knopfdruck das Fenster an seiner Seite. „Ich habe es bei den Videos abgespeichert."

Sein Handy zu durchsuchen, bedeutete für sie einen ziemlichen Eingriff in seine Privatsphäre, weshalb sie vorsichtig die Datei öffnete und sehr schnell das Video fand.

„Nein, Liebling ... du darfst den Hund nicht ärgern ... nur streicheln. Genauso."

„Dund! Dund!"

„Nein, Brianna, das heißt Hund. H-U-N-D!"

Zoeys piepsige Stimme erschien in dem Video um ein Vielfaches lispelnder. Sarah musste lachen, als sie auf dem Handymonitor erkannte, wie die drei Mädchen um Poppy und Pippa herumsaßen und die beiden Welpen streichelten. Als Zoey anfing, die beiden jüngeren Mädchen über Pipimänner aufzuklären, biss sich Sarah auf die Innenseite ihrer Wange, da sie ansonsten in ein haltloses Lachen ausgebrochen wäre. Wenigstens Pippa schien sich nicht daran zu stören, dass Zoey über seinen Pipimann berichtete, da er sich auf ihrem Schoß zurechtgekuschelt hatte. Erst Zoeys Kreischen brachte wieder Leben in die Bude. Wie es schien, hatte Pippa die Gunst der Stunde genutzt und in Ruhe Pipi gemacht. Das heillose Durcheinander war einfach zu süß.

„Arme Zoey."

„Ach, Zoey, hatte schnell wieder vergessen, dass sie angepinkelt wurde, nachdem sie beim Softballspiel mitmachen durfte."

„Wo stecken Poppy und Pippa jetzt?"

Lächelnd setzte er einen Blinker. „Bei meinem Teamkollegen Eddie. Ich bin wirklich gespannt, was sie bei ihm anstellen werden."

„So schlimm sind sie gar nicht", verteidigte Sarah die beiden Bulldoggenwelpen.

„Oh doch, das sind sie", lachte Dupree trocken auf. „Gestern haben sie es fertig gebracht, alle meine Kopfkissen zu zerrupfen, als ich im Badezimmer war. Mein Schlafzimmer sah wie das Wohnzimmer von Frau Holle aus. Außerdem habe ich mir den Nacken verrenkt, da ich ohne Kissen schlafen musste.

„Oh ... armes Baby ..." Lächelnd sah sie ihn von der Seite an und hatte einen gespielt bedauernswerten Ton benutzt. Automatisch fuhr ihre Hand zu seinem Nacken, um diesen tröstend zu massieren. Erst als sie die warme Haut seines Halses berührte, fiel ihr ein, dass es für solche Berührungen vielleicht etwas zu früh war. Unsicher ließ sie ihre Hand auf seinem Nacken liegen und berührte mit den Fingerspitzen seine warme Haut. Die einzige Reaktion, die von Dupree kam, war ein vorsichtiges Lächeln, das ihr auffiel, während sie sein Profil betrachtete.

Erst als sie die Einfahrt zum Autokino auf Staten Island erreichten, zog sie die Hand wieder weg und legte sie in ihren Schoß. Sie beobachtete, wie Dupree bezahlte, einen Stellplatz zugewiesen bekam und eine kleine Lautsprecherbox in Empfang nahm, bevor er zum Drive-In fuhr, bei dem er Getränke, Popcorn und allen möglichen Süßkram bestellte. Als sich die Bestellungen auf ihrem Schoß türmten, fragte sich Sarah, wer das alles essen sollte, und nahm einen Schluck Limonade.

Sehr gemütlich ruckelten sie über das Gelände und fanden sofort den Stellplatz, in den Dupree das Auto lenkte und dort parkte. Während Dupree die Becher in die Getränkehalter stellte und ihr das Popcorn abnahm, betrachtete Sarah ihn eingehend und bemerkte das nervöse Herzflattern in ihrer Brust. Noch vor einigen Wochen hätte sie nicht gedacht, dass dieser ruppig wirkende Footballspieler ihr dermaßen ans Herz hätte wachsen können. Aber es stimmte. Dupree war ein sehr liebenswerter Mann, den man einfach gern haben musste. Als er ihr kurz ins Gesicht sah und dabei lächelte, schluckte sie und gestand sich ein, dass er außerdem ein verflucht gutaussehender Typ war, der nicht nur einen beeindruckenden Körper vorweisen konnte, sondern das mit Abstand attraktivste Gesicht hatte, das sie kannte.

Ihr Exfreund war nicht sehr viel größer gewesen als sie. Matt war von der schmächtigen Sorte gewesen, der höchstens Schach als Sportart gewählt hätte und seine sonstigen sportlichen Interessen auf Fernsehübertragungen von Schwimmwettbewerben eingegrenzt hatte.

Dupree dagegen war in seinem Inneren zwar ein sensibler Mann mit einer sanften Art, die Sarah sehr an ihm schätzte, doch auch sein Äußeres ließ sie nicht unbeteiligt. Es hatte etwas für sich, wenn man sich an einen großen, kräftigen Mann schmiegen konnte, der sie problemlos zu beschützen vermochte. In seiner Gegenwart kam sie sich stets geborgen und sicher vor.

„Woran denkst du?“

In ihren Gedanken unterbrochen sah sie zu ihm auf und lächelte schief. „Ertappt. Ich habe an dich gedacht."

„Oh."

Angesichts seiner Verlegenheit hätte sie am liebsten losgeprustet, doch sie wollte ihm nicht das Gefühl vermitteln, auf seine Kosten Späße zu machen. „Ich habe in den letzten Tagen oft an dich gedacht," fuhr sie daher ernsthaft fort.

„Und zu welcher Schlussfolgerung bist du gelangt?", wollte er leichthin wissen.

„Das war sehr einfach. Ich musste den Kopf darüber schütteln, dass es tatsächlich Menschen geben soll, die Angst vor dir haben."

Er drehte den Oberkörper in ihre Richtung. „Hey, ich bin Profifootballspieler."

„Umso unerklärlicher." Sarah lehnte ihre linke Seite gegen das Polster ihres Sitzes und forschte in seinen dunklen Augen. „Ich kann mir nicht vorstellen, dass du anderen Menschen wehtun kannst."

Er lächelte schwach. „Beim Football geht es nicht darum, seinen Gegnern Schmerzen zuzufügen."

„Sondern?"

Amüsiert nahm er ihre Hand und verschränkte seine Finger mit ihren. Plötzlich schien es ihr, als leide sie unter akuter Atemnot.

„Es geht darum, sein Team zu beschützen. Jedenfalls ist das meine Aufgabe."

„Das kannst du sehr gut ... das Beschützen."

„Wenn du glaubst, dass ich das besonders gut kann, hast du noch nie mein Brunswick-Stew mit selbstgemachtem Maisbrot probiert."

Sarah stieß einen entzückten Laut aus. „Du kannst kochen?“

„Nicht viel“, schränkte er ein zuckte mit seiner breiten Schulter.

„Aber ein klassisches Brunswick-Stew kriegst du hin?“

Gespielt empört schnaubte er auf. „Hinkriegen? Es schmeckt so köstlich, dass es einem auf der Zunge zergeht.“

„Das Maisbrot natürlich auch“, erwiderte sie ernst und schenkte ihm gleichzeitig einen belustigten Blick.

„Mein Maisbrot treibt dir vor lauter Genuss die Tränen in die Augen“, prophezeite er.

Lachend drückte sie seine Hand. „Wieso kannst du kochen?“

„Ich habe fünf jüngere Geschwister, die ständig quengelten, weil sie Hunger hatten. Wenn meine Mutter arbeiten gegangen ist, musste ich kochen. Außerdem habe ich ihr gerne geholfen, wenn sie in der Küche stand.“

„Kochen kannst du auch noch“, seufzte sie voller Begeisterung.

„Das wäre doch eine tolle Idee für unser zweites Date“, merkte er an. „Du kommst zu mir und ich koche etwas.“

Mit einem Kloß im Hals nickte sie.

Eine Frage brannte ihr seit Tagen in der Kehle, also wisperte sie. „Dupree? Warum ... warum gehst du mit mir aus?“

Seine dunklen Augenbrauen hoben sich ein Stück. „Wie meinst du das?“

„Ich weiß nicht“, hilflos verzog sie das Gesicht.

„Dann haben wir ein Problem", flüsterte er ebenfalls. „Denn ich frage mich, warum du ausgerechnet mit mir ausgehen willst."

„Das ist leicht zu beantworten", entgegnete sie sofort. „Ich gehe mit dir aus, weil ich dich mag. Weil ich dich sehr mag. Und weil ich dich anziehend finde."

„Ach?" Das rang ihm ein kleines Lächeln ab. Nun lehnte auch er den Kopf gegen seinen Sitz und schaute ihr voll ins Gesicht. „Das sind die gleichen Gründe, aus denen ich mit dir ausgehen will."

„Und du bist sicher, dass du nicht nur aus Mitleid mit mir ausgehst?" Vielleicht war die Frage unfair, aber Sarah hegte die Befürchtung, dass Dupree, gerade weil er ein herzensguter Mensch war, sie mit einer Ablehnung nicht verletzen wollte.

„Nein", er sah ihr fest in die Augen. „Ich gehe mit dir aus, weil ich verliebt in dich bin."

Das hatte sie nicht erwartet und sah ihm mit großen Augen ins Gesicht.

Dupree schien sein Geständnis peinlich zu sein, da er den Kopf nach vorne drehen wollte.

„Nicht", flüsterte sie und legte ihre freie Hand an seine Wange.

„Aber ich habe mich lächerlich gemacht ..."

„Das hast du nicht", widersprach sie sanft und mit einem glücklichen Lächeln auf den Lippen. „Überhaupt nicht, denn ich glaube, dass auch ich mich in dich verliebt habe."

Sein fassungsloser Ausdruck tat ihr in der Seele weh. Wie konnte Dupree denken, dass es ein Ding der Unmöglichkeit war, sich in ihn zu verlieben. Es war sogar ausgesprochen einfach gewesen, ihn in ihr Herz zu lassen.

Sarah beugte sich zu ihm und gab ihm einen Kuss auf den Mund, der all das ausdrücken sollte, was sie für ihn empfand. Als er den sanften Kuss erwiderte, spürte sie eine Woge der absoluten Erleichterung und Freude in ihrem Inneren.

„Worauf hast du Lust?“, flüsterte er leise an ihren Lippen, nachdem sie den Kuss beendet hatten und der Vorspann des Filmes abgespielt wurde. „Chips? Popcorn?“

„Wenn es dir nichts ausmachen würde“, wisperte sie und legte ihre Hand auf seine Brust, „würde ich mich gerne an dich kuscheln.“

Es war zwar nicht besonders einfach, auf seinen Schoß zu klettern, aber dafür war es umso gemütlicher, sich an ihn zu schmiegen und den Kopf gegen seinen Hals zu lehnen, während er beide Arme um sie schlang.

12. Kapitel

Dupree war niemals zuvor in einer Selbsthilfegruppe gewesen und kannte solche Treffen nur aus dem Fernsehen. In Filmen liefen Treffen der anonymen Alkoholiker meistens nach einem bestimmten Schema ab, aber hier war es etwas anders. Erstens gab es keinen Stuhlkreis, sondern ein Podium, auf dem ein Referent stand, während die Teilnehmer in Reihen davor saßen, und zweitens musste sich nicht jeder Teilnehmer vorstellen, um seine Lebensgeschichte zu erzählen.

Dass er lediglich stummer Zuschauer war und nichts sagen musste, beruhigte ihn über alle Maßen, schließlich war er nicht wirklich ein Betroffener.

Als er vor dem Saal das Veranstaltungsschild gelesen hatte, war er ein wenig zusammengezuckt, weil er sich geschämt hatte. Die anderen anwesenden Männer waren tatsächlich bereits betroffen gewesen. Er war es glücklicherweise nicht.

„Meine Frau hat Brustkrebs."
Leben, Umgang und Sexualität mit der Krankheit.

In den vergangenen Tagen hatte er Bücher zu dem Thema gelesen und das Internet durchforstet. Sarahs Zurückhaltung und ihre ernstgemeinte Frage, warum er mit ihr ausgehen wolle, gingen ihm nicht aus dem Kopf. Er wollte alles richtig machen und ihr zeigen, wie attraktiv er sie fand und dass er mit ihr zusammen sein wollte. Leider hätte er selbst unter normalen Umständen nicht gewusst, wie er ihr deutlich zu verstehen geben könnte, wie schön sie war und wie nervös er wurde, wenn er mit ihr zusammen war, einfach weil sie derart kostbar für ihn war.

Ihre Operation war für seine Gefühle bedeutungslos ... nein, das stimmte auch wieder nicht. Tatsächlich war die Operation ein weiterer Grund, weshalb er sie bewunderte. Eine dermaßen kleine und zarte Frau wie sie hatte großen Mut bewiesen und lebte nun mit diesen Folgen. Sein Respekt ihr gegenüber war um ein Vielfaches gestiegen, nachdem sie ihm davon berichtet hatte. Körperlich betrachtet fand er sie nicht weniger attraktiv, weil sie Narben hatte oder ihre ursprüngliche Brust entfernt worden war. Wieso sollte er sich dadurch weniger zu ihr hingezogen fühlen? Allein wenn er an ihre lächelnden Lippen oder ihre strahlenden Augen dachte, hatte er das Gefühl, vor Freude explodieren zu müssen.

Der einzige Grund, weshalb er sich danach erkundigte, wie Männer mit dem Thema Brustkrebs bei ihren Frauen umgingen, hatte damit zu tun, dass er Sarah nicht verletzen wollte. Sie sollte sich bei ihm wohlfühlen und wissen, dass er sie für die schönste Frau auf der Welt hielt.

Morgen wollte er für sie kochen und hatte sie in seine Wohnung eingeladen. Zwar plante er keine wilden Knutschorgien auf seinem Sofa, dennoch beschäftigte ihn die Frage, wie er sich am besten verhalten sollte, wenn es irgendwann soweit war.

Der Referent war ein grauhaariger Mann, der sich als Sexualtherapeut vorstellte und erzählte, dass seine

Frau vor zehn Jahren an Brustkrebs gelitten habe. Wie auch die anderen Männer im Raum hatte er die fünfzig Jahre längst überschritten. Lediglich Dupree und ein anderer Mann, der durch sein blasses Gesicht auffiel, waren bedeutend jünger.

Als der Referent seinen Einführungsvortrag hielt, ging es vor allem um die vielen Nebenwirkungen der Krebstherapien. Er beschrieb, was die betroffenen Frauen durchmachten und wie die Ehemänner ihnen am besten helfen konnten. Die ausführlichen Beschreibungen von Chemotherapien und Bestrahlungen lösten in Dupree den Wunsch aus, sich die Ohren zu zuhalten, auch wenn dies kindisch klingen mochte. Da war er seit zwei Jahren das prominente Aushängeschild der New Yorker Brustkrebshilfe und bekam erst jetzt einen wirklichen Eindruck von dieser Krankheit. Bislang hatte er sich mit dem Thema nicht beschäftigt und hatte die Chemotherapie für ein vorübergehendes Übel gehalten, das etwas Erbrechen und Haarverlust verursachen konnte, aber bei den Risiken wie Herzstillstand und Organversagen drehte sich ihm der Magen um.

Sobald der Referent sie um Fragen bat, ging die Hand eines älteren Mannes hoch. Er stand auf und erklärte stockend. „Meine Frau hatte vor sieben Jahren Brustkrebs. Anschließend wurde sie für geheilt erklärt. Vor einem Monat bekam sie die Diagnose, dass der Krebs wieder ausgebrochen sei.“ Er hielt inne und schüttelte fassungslos den Kopf. „Sie weigert sich, auch nur über eine Therapie nachzudenken! Dabei ist sie erst einundsechzig und hat drei Kinder ... ich kann nicht verstehen, weshalb

... weshalb sie sich weigert, eine Chemotherapie zu machen!“

Der arme Mann schien kurz vor einem Tränenausbruch zu stehen. Dupree sah betroffen zu ihm hinüber und musste angesichts des verzweifelten Mannes schlucken.

„Lassen Sie ihr ein bisschen Zeit“, erklärte der Referent und nickte verständnisvoll. „Krebstherapien bedeuten eine unglaublich anstrengende Belastung. Nicht nur für den Körper, sondern auch für die Seele. Ich kenne viele Fälle aus der Praxis, in denen die Patientinnen dermaßen schlimme Nebenwirkungen hatten, dass sie die Therapien abbrechen wollten. Einige tun es tatsächlich. Vor allem die Bestrahlung nach der Chemotherapie wird als besonders schlimm beschrieben. Viele der Frauen denken, dass sie nach der Chemo erst einmal durchatmen können, aber dann kommt die Bestrahlung und raubt ihnen den letzten Rest ihrer Energie. Ich kann Ihnen nur raten, sich zusammen mit Ihrer Frau informieren zu lassen. Es gibt mittlerweile Therapien, die es vor sieben Jahren noch nicht gab und die den Körper nicht mehr derart belasten. Zeigen Sie Ihrer Frau, dass sie nicht allein gegen den Krebs kämpfen muss, aber setzen Sie sie nicht übermäßig unter Druck.

Ein anderer Mann stand auf und fuhr sich ungelenk durchs Haar, während er auf den Boden vor sich starrte. „Meine Frau hat ihre Therapie vor einem halben Jahr beendet, aber trotz der guten Prognosen geht es ihr immer schlechter.“

Als der Mann stockte, fragte der Referent nach: „Was meinen Sie damit? Geht es ihr körperlich schlecht?“

Der Mann mit der Halbglatze und dem gemütlichen Bauch schüttelte den Kopf. „Sie hat schlimme Depressionen. Als sie durch die Chemo ihre Haare verlor, haben wir noch Witze gemacht, dass wir bald im Partnerlook gehen könnten“, er deutete selbstironisch auf seine schwindende Haarpracht. „Sie war zwar traurig, dass ihre Locken ausfielen, tröstete sich jedoch, dass die Haare wieder nachwachsen würden. Doch das taten sie nicht. Ihre Ärztin sagte, dass es manchmal vorkommen könnte, dass die Haare nach einer Chemo nicht mehr nachwachsen. Bei meiner Linda ist das der Fall. Sie liegt nur noch im Bett und weint. Ich ... ich weiß nicht, was ich ihr sagen soll. Alles, was ich sage, scheint sie falsch zu verstehen, dabei will ich sie doch nur trösten.“

„In solchen Fällen rate ich ganz klar zu einem Therapeuten, der sich auf dieses Thema spezialisiert hat“, der Referent hatte eine ernste Miene aufgesetzt. „Es ist gut, dass Sie für Ihre Frau da sind und sie trösten wollen, aber oft kommt es vor, dass die Frauen nach einer Behandlung unter so massiven Minderwertigkeitsgefühlen leiden, dass alles, was Sie sagen, bedeutungslos wird.“

Der Mann wirkte unglücklich und seufzte schwer. „Früher war sie immer lustig und hat viele Späße gemacht. Doch so ist sie schon lange nicht mehr. Vor ein paar Tagen hat sie bitterlich geweint und von mir verlangt, die Scheidung einzureichen. Ich dachte, sie meinte es nicht ernst, also habe ich gelacht und gesagt, dass ich sie auch mit ihrer neuen Frisur liebe. Als sie nur noch mehr weinte, sagte ich, dass ich keine Scheidung einreichen würde, schließlich habe sie sich ja auch nicht von mir wegen meines Schnarchens getrennt.“

Dupree runzelte bedrückt die Stirn und faltete die Hände im Schoß zusammen, während er an Sarah dachte. Sie war mit dem Wissen aufgewachsen, dass ihre Mom an Brustkrebs gestorben war und die Krankheit auch bei ihr ausbrechen könnte. Außerdem arbeitete ihre Stiefmutter als Ärztin und kümmerte sich um Brustkrebspatientinnen. Daher musste sie unfreiwillig jedes Detail über den Krebs erfahren haben. Inzwischen verstand er, welche Todesangst sie ausgestanden haben musste, als ihr gesagt worden war, dass sie dieses Gen in sich trug. Wenn er sich die Geschichten anhörte, die die Männer erzählten, konnte er nur froh sein, dass sie sich zu einer Brustoperation entschieden hatte. Die bedauernswerten Ehemänner litten ebenfalls an der Krankheit und kamen ihm sehr hilflos vor.

„Meine Frau und ich haben uns vor einem Jahr dazu entschieden, ein Baby zu bekommen“, der junge Mann hatte nun das Wort ergriffen. „Als sie zu ihrem Frauenarzt ging, um sich untersuchen zu lassen, ertastete er den Knoten. Die Ärzte operierten sofort und wollten durch eine Chemotherapie alle eventuellen Krebszellen zerstören. Sie ist auf dem Weg der Besserung, aber die Ärzte denken nicht, dass sich unser Babywunsch erfüllen wird.“ Der knapp dreißigjährige Mann rang um Fassung. „Ich habe meiner Frau gesagt, dass ich glücklich bin, solange sie bei mir ist, aber sie hat mir vorgeschlagen, mich von ihr zu trennen und mich nach einer anderen Frau umzuschauen, mit der ich Kinder kriegen könnte.

Selbst mein ehemals bester Freund hat mir dazu geraten. Ist denn die ganze Welt verrückt geworden?“

Als der Mann in Tränen ausbrach, rutschte Dupree unruhig auf seinem Stuhl umher und war froh, dass ein älterer Mann den Weinenden tröstete.

Der Referent reichte eine Box mit Taschentüchern nach hinten und erklärte ruhig. „Was Ihren Freund betrifft, muss ich Ihnen Recht geben. Bei Ihrer Frau würde ich sofort auf eine Depression schließen. Das passiert sehr häufig bei jungen Patientinnen, die durch die Therapie in die Wechseljahre kommen. Lassen Sie sich nicht entmutigen, sondern gehen zusammen mit ihr zu einem Therapeuten. Sie müssen verstehen, dass Ihre Frau existenzielle Ängste durchlebt hat. Nun geht es ihr zwar besser, aber die Nachricht über die Kinderlosigkeit hat ihr jegliches Gefühl von Lebensqualität genommen. Es braucht seine Zeit, um darüber hinwegzukommen.“

Auch wenn Dupree vor lauter Nervosität ganz übel war, meldete er sich und stand auf. Mit unsicherer Stimme erzählte er: „Meine Freundin hat sich vorsorglich beide Brüste abnehmen lassen, weil ihre Mutter und andere Verwandte an Brustkrebs gestorben sind. Sie hat sich testen lassen und erhielt die Bestätigung, dass sie das Brustkrebsgen ebenfalls besitzt.“

Der Referent nickte. „Ein mutiger Schritt.“

„Das finde ich auch“, Dupree seufzte. „Ich habe Angst, dass sie ... dass sie deswegen vor mir zurückschreckt. Ein paar Mal hat sie Andeutungen gemacht, dass sie sich nicht mehr wie eine richtige Frau fühlt.“

„Darf ich Sie fragen, was Sie ihr daraufhin geantwortet haben?"

Er kämpfte kurz gegen die Verlegenheit an, vor den anderen Männern über seine Beziehung zu Sarah zu reden, und erklärte ruhig. „Ich habe ihr gesagt, dass das Unsinn sei und dass ich sie für eine mutige Frau halte, weil sie die Operation vornehmen lassen hat."

Der Referent trat nach vorne und stützte sich mit einem Ellenbogen am Podium ab. „Das war schon einmal wichtig. Besonders bei Patientinnen, die ihre Brüste verloren haben, stellt sich ein gemindertes Selbstwertgefühl ein. Sie fühlen sich nicht mehr attraktiv und stellen ihre Weiblichkeit infrage. Ich kann allen Männern, deren Frauen in dieser Situation sind, nur raten, besonders sensibel zu sein. Zeigen Sie ihnen, dass Sie sie immer noch für attraktiv halten, und seien Sie verständnisvoll."

Der Mann mit der Halbglatze, der anfangs von den Depressionen seiner Frau berichtet hatte, erhob sich wieder und schaute ausgerechnet Dupree dankbar an. „Ich bin froh, dass du das Thema zur Sprache gebracht hast. Bei meiner Frau verhält es sich ganz ähnlich, denn sie fühlt sich nicht mehr wie eine Frau. Immer wieder habe ich versucht, ihr zu zeigen, dass ich sie trotz allem begehrenswert finde, aber sie ... mhh ... sie will einfach keinen Sex mehr haben."

Dupree setzte sich wieder abrupt zurück auf seinen Stuhl. Ihm war es lieber, bei diesem heiklen Thema zu sitzen und nicht vor allen Augen auf seinen Beinen zu stehen.

„Das ist eine völlig normale Reaktion", ein anderer Mann, der bisher keinen Ton von sich gegeben hatte, stand ebenfalls auf. „Meine Frau wollte mich monatelang nicht einmal anfassen, geschweige denn sich anfassen lassen. Aber nachdem die Therapie beendet war und etwas Zeit vergangen war, blühte auch unser Sexleben wieder auf.“

„Sie haben Recht.“ Der Referent schob seine Brille wieder nach oben. „Durch die vielen Medikamente verlieren die meisten Frauen ihre Libido und können durch den Hormonentzug sogar Schmerzen beim Geschlechtsverkehr haben. Daher sollten Sie in dieser Zeit keine Ansprüche an sie stellen. Trotzdem müssen Sie ihnen zeigen, dass sie immer noch attraktiv auf Sie wirken.“

Für Dupree klang das in der Theorie leichter als in der Praxis und er fragte sich ganz ernsthaft, wie er Sarah dies zeigen konnte, wenn er ansonsten auch kaum in der Lage war, sich ihr zu nähern, ohne wie ein Trottel dazustehen.

Im Autokino hatten sie sich ein bisschen geküsst, aber diese Küsse waren leicht und harmlos im Vergleich zu dem heißen Kuss in seiner Wohnung gewesen. Wenn er daran dachte, sie wieder zu küssen und es bei zärtlichen Küssen zu belassen, bekam er keine Schweißausbrüche. Beim Gedanken an heiße Küsse und nackte Haut jedoch sah es ganz anders aus. Selbst unter normalen Umständen wäre er nervös gewesen, aber die Tatsache, dass Sarah aufgrund ihrer Operation womöglich vor ihm zurückschrecken könnte, belastete ihn sehr.

Als Sarah Duprees Wohnung betrat, stürmten Poppy und Pippa auf sie zu, während ein verlockender Geruch in ihre Nase strömte und ihr regelrechtes Heimweh verursachte. Er hatte ihr versprochen, Brunswick-Stew zu kochen, und das, was sie roch, erinnerte sie stark an die Küche aus ihrer Heimat. Genau das brauchte sie heute Abend, entschied sie gut gelaunt, während sie sich hinunterbeugte, um die beiden Welpen, die unglaublich schnell wuchsen, zu kraulen und sich die Hände ablecken zu lassen. Welpenliebe, gutes Südstaatenessen und ein Lächeln von ihrem Freund, mehr brauchte es wirklich nicht, um sie glücklich zu machen.

Zwar wusste sie nicht, ob *Freund* die offizielle Bezeichnung für Dupree war, aber für Sarah fühlte es sich so an, als sei er ihr Freund.

Sie schloss die Wohnungstür hinter sich, die bereits geöffnet gewesen war, da er ihr Klingeln gehört haben musste, und hing ihre Tasche an die Garderobe. Als sie in den Flur trat, steckte er seinen Kopf aus der Küche und lächelte sie warm an. „Da bist du ja schon."

„Ich habe früher Schluss gemacht, weil ich so großen Hunger hatte." Sobald sie vor ihm zum Stehen kam, legte sie den Kopf in den Nacken und grinste. „Hi."

„Hi." Vorsichtig senkte er den Kopf und gab ihr einen zaghaften Kuss auf den Mund.

„Noch einen", protestierte sie leise, als er den Kontakt zu ihren Lippen abbrach.

Sein verhaltenes Lachen ließ sie wohlig erschauern, während er ihr einen weiteren Kuss auf den Mund presste.

„Jetzt lass mich lieber nach dem Brot schauen, sonst brennt es an“, flüsterte er an ihren Lippen, bevor er wieder in der Küche verschwand.

Schweigend folgte sie ihm und ignorierte die tobenden Welpen zwischen ihren Füßen. „Das riecht toll. Ich musste sofort an Zuhause denken.“

„Ehrlich?“

„Natürlich“, erwiderte sie fröhlich und lehnte sich gegen den Kühlschrank, um ihn dabei zu beobachten, wie er in einem großen Topf rührte. „Ich liebe Stew.“

„Zum Nachtisch habe ich Bananenpudding gemacht. Damit er richtig gut schmeckt, habe ich ihn schon heute Morgen zubereitet.“

„Ich liebe Bananenpudding“, seufzte sie ekstatisch und drängte ihn mit ihrer Hüfte ein Stück beiseite, um mit einem Löffel das Stew zu probieren.

„Schmeckt’s?“

Vor Wohlgefallen verdrehte sie die Augen und hörte sein Lachen. „Es ist zum Niederknien.“

„Du bist sehr einfach zufriedenzustellen, Sarah Matthews.“

„Ich weiß“, lächelnd legte sie den Löffel beiseite und gab der Versuchung nach, sich an ihn zu schmiegen.

„Ist etwas auf der Arbeit passiert?“, fragte er in einem sorgenvollen Flüsterton, während er mit seiner linken Hand über ihren Rücken fuhr.

„Nein“, murmelte sie gegen das Material seines Shirts. „Ich wollte dich einfach berühren.“

Sein Mund vergrub sich in ihrem Haar, als er undeutlich meinte. „Das kannst du ruhig öfter tun.“

Leider wurde die Zweisamkeit von Poppy und Pippa gestört, die unter lautem Radau an der Tischdecke gezogen hatten, woraufhin zwei Töpfe auf den Boden fielen und einen enormen Krach verursachten.

Während Dupree die beiden Welpen aus der Küche verbannte, hob Sarah die Töpfe auf und verstaute sie in einem Schrank. Als sie aufsah und Dupree entdeckte, der die Küche wieder betrat, fiel ihr Blick auf die beiden kleinen Hunde, die mit gesenkten Köpfen vor der Küche saßen. Angesichts der mitleidigen Mienen verzog sie das Gesicht zu einer grinsenden Grimasse und wandte schnell den Blick ab, um nicht weich zu werden.

„Erstaunlich, wie gut die beiden auf dich hören."

„Das täuscht", erwiderte er lachend und holte das Geschirr aus den Schränken. „Sie tanzen mir auf der Nase herum."

Ihr Ton triefte beinahe vor amüsierter Ironie. „Du klingst zutiefst betroffen von diesem Umstand."

„Und wie", schnaubte er und übergab ihr das Geschirr, während er das Brot aus dem Ofen holte. „Deckst du den Tisch?"

„Natürlich", sie lief ins Wohnzimmer und ignorierte das Fiepen der beiden Hunde.

Sie hatte gerade zwei Plätze gedeckt, als Dupree den Suppentopf auf den Tisch stellte.

„Ich hole das Brot", bot sie an und eilte zurück in die Küche, um das warme Brot und eine Flasche Wasser zu holen.

Als sie zusammen am Tisch saßen, schenkte Sarah beiden Wasser ein, während Dupree Eintopf auf die Teller verteilte. Angesichts der großen Portion vor sich gluckste Sarah los.

„Die Hälfte würde mir schon reichen."

„Aber du hast doch Hunger, oder nicht?"

Sarah nahm sich ein Stück Brot und legte es an den Rand des Tellers. „Das schon, aber ich bin nicht ausgehungert."

„Du musst entschuldigen, aber wir Sportler sind andere Portionen gewöhnt."

„Das habe ich gesehen", schnaubte Sarah und reichte ihm das Brot. „Vor lauter Staunen habe ich beim Essen während eures Trainingslagers den Mund kaum mehr zubekommen!"

„Dann solltest du Eddie mal am Büffet erleben."

Sie konnte sehen, wie er sie beobachtete, als sie das Brot in den Eintopf tunkte und dann zum Mund führte. Kauend zog sie beide Augenbrauen in die Höhe.

„Ich wollte nur wissen, ob es dir schmeckt."

Sarah schluckte den Bissen hinunter und nickte enthusiastisch. „Sehr gut. Du solltest öfter kochen, wenn ich von der Arbeit komme."

Lächelnd nahm er selbst einen Bissen.

„Männer, die kochen können, haben etwas für sich", erklärte sie. „Bei uns zu Hause hat meistens mein Dad gekocht. Vielleicht ist das der Grund, weshalb meine Mom immer noch in ihn verliebt ist."

„Arbeitet deine Mom in einem Krankenhaus?"

Sie nickte und lächelte schwach, während sie mit ihrem Löffel spielte. „Für Außenstehende klingt die Geschichte meistens komisch."

„Welche Geschichte?“ Interessiert schaute er in ihr Gesicht und schob seinen Teller ein Stück beiseite, um ihr seine volle Aufmerksamkeit zu schenken.

„Die Geschichte, wie mein Dad meine Stiefmutter kennengelernt hat.“ Wieder schenkte sie ihm ein schwaches Lächeln. „Meine Stiefmutter war nämlich die Ärztin meiner Mutter.“

„Oh.“ Die Überraschung war ihm anzusehen.

Sarah nickte. „Damals war sie noch Assistenzärztin und auch erst Mitte zwanzig. Natürlich kenne ich die Geschichte nur aus Erzählungen meiner Eltern, schließlich war ich noch ein Baby.“

„Haben sie sich verliebt, als deine Mom ... als sie im Sterben lag?“

Sein zurückhaltender Ton ließ sie dankbar seufzen. „Nein ... das passierte erst später. Mein Dad kannte meine Stiefmutter durch den Krankenhausaufenthalt meiner Mutter. Als sie tot war, ging er mit mir immer in das gleiche Krankenhaus, wenn ich zum Kinderarzt musste. So haben sie sich wiedergesehen. Ich denke, dass sie anfangs Mitleid mit ihm hatte, da er Witwer war und ein kleines Kind hatte. Sie half ihm manchmal aus und so kamen sie sich näher.“

„Du klingst so normal, wenn du darüber sprichst ...“

„Normal?“ Glucksend rümpfte Sarah die Nase. „Wie sollte ich denn sonst klingen?“

„Ich weiß nicht“, gab er ratlos zu und zog verlegen an seinem dunkelblauen T-Shirt herum, auf dem *Superbowl 2013* stand. „Viele Kinder akzeptieren es nicht, wenn ihre Eltern wieder heiraten."

„Das mag schon stimmen, aber meine Stiefmutter ist die einzige Mutter, die ich kenne. Ich bin damit aufgewachsen, dass meine Mom biologisch betrachtet nicht meine Mutter ist, aber das hat nie eine Rolle gespielt. Sie ist meine Mom."

„Hast du es nie bedauert, deine Mutter – also deine biologische Mutter – kennengelernt zu haben?"

„Natürlich", Sarah verzog den Mund zu einem traurigen Lächeln, während sie auf ihren Teller sah. „Es ist schade und macht mich traurig, dass ich sie nicht kennenlernen durfte. Aber da ich niemals zwischen meinen beiden Müttern wählen musste, habe ich auch nicht das Gefühl, mich zwischen ihnen entscheiden zu müssen."

„Sehen deine Brüder dir ähnlich?"

Der plötzliche Themenwechsel verwunderte sie nicht nur, sondern ließ sie lachen. Wenn sie an ihre beiden *kleinen* Brüder dachte, die trotz des Altersunterschieds problemlos auf Sarahs Kopf hätten spucken können, konnte sie nicht anders, als amüsiert zu grinsen. „Nein, nicht die Bohne. Die beiden kommen ganz klar nach meiner Stiefmutter." Sie deutete auf ihn. „Erzähl du ein bisschen von deiner Familie. Sehen deine Geschwister dir ähnlich?"

„Ich schlage ein wenig aus der Reihe", gestand er. „Meine drei Brüder sind kleiner und weniger stämmig. Mirjam und Tabitha sind zwei kleine Elfen und nur unbedeutend größer als du."

„Du sagst das so, als wäre ich ein Winzling", beschwerte sich Sarah und schenkte ihm einen mürrischen Blick, den er lediglich mit einem belustigten Funkeln in den Augen erwiderte.

„Dazu schweige ich lieber."

„Wäre vermutlich besser." Sie wurde wieder etwas ernster und fragte ihn sanft. „Was ist mit deinem Vater?"

Als sich Dupree zurücklehnte und die Lippen zu einem Strich zusammenpresste, ahnte sie Böses.

„Du musst nicht darüber reden, wenn du nicht willst."

„Schon gut", winkte er ab und stieß einen tiefen Seufzer aus. „Mein Vater hat uns verlassen, als ich neun Jahre alt war. Ich denke nicht, dass uns der Verlust besonders getroffen hat, schließlich hatte meine Mutter bereits vorher den Großteil des Geldes herangeschafft."

„Deine Mom tut mir leid."

„Das muss sie nicht", entschied er tröstend. „Sie sollte froh sein, dass sie meinen Vater los ist. Er war ein Faulpelz und ein Trinker. Glaube mir, ohne ihn waren wir besser dran."

„Hast du gar keinen Kontakt mehr zu ihm?"

Er schüttelte den Kopf. „Bis vor ein paar Monaten hatte ich seit über fünfzehn Jahren nichts von ihm gehört, aber seit ich mit den Titans den Superbowl gewonnen habe, bekomme ich alle paar Wochen eine Mail von ihm, in der er mich um Geld anpumpen will."

„Hast du ihm geantwortet?"

„Nein", entgegnete er fest. „Ich lese seine neuesten Mails auch gar nicht. Er hat seine Familie im Stich gelassen und sich nicht einmal in der ersten

Mail an mich nach seinen anderen Kindern oder seiner Frau erkundigt."

„Ich verstehe dich."

Dupree starrte mit grimmiger Miene auf den Teller vor sich. „So ein Vater kann mir gestohlen bleiben."

Ein wenig mitleidig nickte sie und rührte trostlos in ihrem Eintopf herum. Die Geschichte über seinen Vater hatte sie traurig werden lassen, weil sie sich denken konnte, wie schwierig es für den jungen Dupree gewesen sein musste, als ältester Bruder ständig Verantwortung zu übernehmen.

„Wechseln wir lieber das Thema", er grinste ihr zu. „Was macht deine Reportage über mich? Ist sie schon fertig? Wann kann ich sie lesen?"

„Nicht so ungeduldig", schalt Sarah ihn und musste lachen.

„Lässt du mich hineinschauen, wenn ich dir gleich Bananenpudding gebe?"

„Mhh", sie wackelte mit den Augenbrauen. „Wenn du die Portion größer ausfallen lässt, dann lese ich dir das, was ich schon habe, auf der Couch vor."

„Das nenne ich einen tollen Deal!"

Wenig später saßen sie nebeneinander auf der Couch und schauten sich die vielen Fotos an, die Sarah in ihrer Mappe mit sich herum trug. Bisher hatte sie noch nicht ausgewählt, welche der Fotos sie nehmen wollte. Ihrer Meinung nach waren sie alle großartig.

„Und was hast du schon geschrieben?"

„Ich bin noch nicht fertig", protestierte sie, als er ihren Notizblock an sich nahm und diesen aufschlug. „Dupree ... da steht nur Unsinn drin!"

Alle Versuche, ihm den Block wegzunehmen, scheiterten an seiner Entschlossenheit, unbedingt lesen zu wollen, was sie bisher über ihn geschrieben hatte.

Verlegen biss sich Sarah auf die Unterlippe und faltete die Hände im Schoß, während sie sein Gesicht beobachtete, das sich ein wenig nach vorne gebeugt hatte, um ihre Notizen zu lesen. „Dir ist bestimmt klar, dass mir das peinlich ist“, klagte sie. „Das solltest du nicht lesen! Das ist nur ... nur mein Exposé.“

Er antwortete nicht, sondern las vertieft weiter und streckte gleichzeitig seine rechte Hand aus, um beruhigend über ihre Schulter zu streicheln.

Frustriert seufzte sie auf und kämpfte gegen das Verlangen an, ihm den Block zu entreißen. Wenn sie sich Notizen machte, schrieb sie jeden möglichen Unsinn auf, den sie später in einen vernünftigen Text umwandelte. Viele der Stichpunkte ließ sie dann auch außer Acht, weil sie nicht mehr relevant waren, aber Dupree konnte nun genau sehen, was sie während der letzten Wochen über ihn gedacht hatte. Dies war beinahe so, als würde er ihr Tagebuch lesen können.

Als er plötzlich heiser lachte, wäre sie vor Scham am liebsten im Boden versunken.

„Du schreibst, dass ich wie ein Möchtegern-Rapper herumlaufe?“

„Hey!“ Wieder wollte sie nach dem Block greifen, aber er hielt ihn außer ihrer Reichweite. „Bitte, Dupree! Das ist nicht komisch.“

„Interessant, interessant. Außerdem beklagst du dich über meinen Zahnschmuck?“

„Das habe ich nicht!“ Protestierend schnalzte sie mit der Zunge. „Wo soll ich denn das geschrieben haben?“

Er deutete auf eine Stelle und las vor. „*Dupree Williams hat ein schönes, breites Lächeln, das man erst dann bemerkt, wenn er seinen protzigen Zahnschmuck ablegt. Beim Anblick seines Lächelns fällt es schwer zu glauben, dass er als gefährlichster Tackle der NFL gilt.*“

Sarah schüttelte den Kopf. „Es soll nicht heißen, dass ich deinen Zahnschmuck nicht mag. Ich finde nur, dass du ohne ihn sehr viel besser aussiehst.“

„Aha“, er deutete auf eine andere Stelle. „Hier erklärst du, dass du nicht verstehst, warum ich für die Brustkrebshilfe Werbung mache.“

Beschämt fuhr sie sich durch ihren Pony. „Das habe ich geschrieben, bevor du zum ersten Mal in mein Büro gekommen bist. Nach unserem Treffen in der Bar und dem Wiedersehen auf dem Spendenlauf hielt ich dich für ... für einen Aufschneider und einen Sexisten. Mittlerweile weiß ich es besser.“

„Sarah ...“

Mit flehender Stimme unterbrach sie ihn. „Kannst du die Notizen bitte weglegen?“

„In Ordnung“, lächelnd klappte er den Block zu und legte ihn auf den Couchtisch.

„Bist du mir jetzt böse?“

Verwundert blickte er sie an und schüttelte den Kopf. „Überhaupt nicht. Ich weiß nur nicht, was ich davon halten soll, dass du mich anscheinend wie einen Softie darstellen willst.“

„Wie einen Softie?“

Seine Hand streichelte wieder über ihre Schulter und löste damit eine Flut an prickelnden Gefühlen in ihr auf. Gebannt sah sie in sein Gesicht, als er nah an sie heranrutschte.

„Ja, ein Softie. Du schreibst über meine Kinderliebe, über meine Tierliebe ...“

„Aber du bist kinderlieb! Außerdem hast du zwei kleine Welpen adoptiert.“

Mit einem schmerzlichen Grinsen sagte er. „Du wirst mich wie einen weichherzigen Riesen erscheinen lassen und meinem Ruf als knallharten Footballspieler schaden.“

„Unsinn“, Sarah schmiegte ihre Wange gegen seinen Oberarm. „Ich schreibe es nur so, wie es ist. Du bist ein liebenswerter Mensch, der sich für unsere Organisation einsetzt. Deinem Ruf wird meine Reportage bestimmt nicht schaden.“

Mit ernster Miene sah er ihr in die Augen. „Das ist es ja, Sarah. Zwar spiele ich seit zwei Jahren das Werbegesicht eurer Organisation, aber bislang habe ich nicht einmal gewusst, welche Folgen der Brustkrebs für die Betroffenen hat. Ich schäme mich richtig, dass ich mich nicht früher informiert habe ...“

„Du hast dich informiert? Worüber?“ Erstaunt zwinkerte sie und nahm wahr, wie er ihre Hand in seine nahm.

Seufzend verzog er das Gesicht. „Irgendwie dachte ich immer, dass Brustkrebs nur die Frauen anginge, aber letztendlich ist das sehr falsch. Deine Geschichte hat mich nachdenklich werden lassen, also habe ich mich ein bisschen erkundigt.“

„Das finde ich sehr lieb“, flüsterte sie und lächelte ihm aufmunternd zu.

„Es war überfällig“, gab er zu. „Wenn es dir nichts ausmacht, würde ich gerne mehr über deine Arbeit erfahren und dich irgendwann einen Tag lang begleiten. Wäre das möglich?“

Ihr ging das Herz auf, während sie seine ernste Miene betrachtete, und sie nickte schweigend. Er konnte nicht wissen, wie sehr seine Frage sie berührt hatte.

„Und können wir uns noch einmal über dieses Foto unterhalten?“ Er nahm ein Bild vom Couchtisch und hielt es ihr hin. „Die Jungs werden mich auslachen, wenn sie das sehen.“

„Okay“, stimmte sie murmelnd zu. „Ich werde es nicht veröffentlichen, sondern rahme es und stelle es mir auf den Schreibtisch.“

Sein inbrünstiges Stöhnen klang wie Musik in ihren Ohren. „Muss das sein, Sarah?“

„Oh ja“, sie nahm es ihm ab, schaute kurz drauf und legte es zurück auf den Tisch. „Es ist zu süß, wie dir Poppy und Pippa das Gesicht ablecken und du dich vor Lachen nicht einkriegst. Immer wenn ich es sehe, muss ich lächeln.“

Seine dunklen Augen brannten sich in ihre, während er gespielt ironisch fragte. „Selbst mit meinen Rapper-Klamotten?“

„Ich habe nichts gegen deine Klamotten gesagt“, klärte sie ihn ehrlich auf und betrachtete sein heutiges Outfit, das aus Jeans und dem Titans-Shirt bestand. „Ich mochte dich auch schon mit Zahnschmuck, Goldketten und Pitbulls auf deinen T-Shirts.“

„Ist das so?“

Sarah nickte und beugte sich zu ihm, um ihn zu küssen.

Mit Herzrasen, Schwindel und Gänsehaut am ganzen Körper schmiegte sie sich an ihn, schloss die Augen und bekam einen Kuss, der sie von den Socken haute. Aufreizend presste er seine Lippen auf ihre, fuhr mit der Zungenspitze über ihre Unterlippe und schmeckte ein wenig nach dem Tabasco, das er in sein Stew getan hatte. Sie wusste nicht, ob ihre Lippen wegen des Gewürzes oder wegen seines Kusses prickelten, aber das war egal, da sie seinen Kuss hemmungslos erwiderte. Dupree war ein derart guter Küsser, dass sie dahinschmolz und kaum fassen konnte, dass er darin kaum Erfahrung haben sollte.

Wohlig seufzte sie auf und fühlte sich wie eine Puppe, als er sie umfasste und auf sich zog, während er sich nach hinten legte. Obwohl sie ganz und gar auf ihm lag, schien ihn dies nichts auszumachen. Im Gegenteil, denn er schlang beide Arme um ihren Rücken und streichelte ihre Hüften. Das Gefühl, das in ihr aufstieg, war so intensiv, dass sie erschauerte und sich fest an ihn presste.

Seine Küsse ließen sie alles um sich herum vergessen und sich nur noch auf seinen Mund konzentrieren, der zärtlich an ihren Lippen saugte. Normalerweise hätte sie sich Gedanken darum gemacht, dass sie ihm wehtun könnte, da sie mit ihrem ganzen Körper auf ihm lag, aber Dupree fühlte sich alles andere als zerbrechlich unter ihr an. Es hatte etwas für sich, auf einem starken Männerkörper zu liegen, der einen mühelos in die Höhe stemmen konnte, ohne dabei auch nur ins Schwitzen zu geraten. Außerdem fühlten sich seine großen Hände wundervoll an, die ihren unteren Rücken und ihre Hüften streichelte.

Sarah schob ihre rechte Hand zwischen seinen Nacken und das Couchkissen und fuhr durch sein kurz geschnittenes, krauses Haar an seinem Hinterkopf. Der Unterschied zwischen ihren glatten Haaren und seinen kurzen, krausen Locken war einzigartig.

Ein wenig atemlos lösten sie ihre Lippen, um wieder zu Luft zu kommen. Als sie den Kopf etwas hob, um in sein Gesicht hinabzusehen, erkannte sie seinen glasigen Blick und leckte sich unbewusst über die Lippen. Unter sich spürte sie seinen harten Körper, die festen Muskeln und eine überwältigende Hitze, die von ihm ausging. Sehr langsam fuhren seine Hände ihren Rücken hinauf und wieder hinab, bis sie kurz vor ihrem Po stoppten und wieder hinauffuhren. Seine Berührungen hinterließen in ihrem Körper ein Echo, dem sie nicht widerstehen konnte. Unbeabsichtigt rieb sie sich an seinem Körper und erntete sofort einen heißen Blick aus seinen Augen. Durch den Stoff ihres Rocks spürte sie an ihrem Schenkel, dass er nicht unbeteiligt war.

Sie wollte es tun. Sie wollte sich nackt an seinen nackten Körper schmiegen und alles bekommen, was er ihr zu geben hatte. Sie wollte seine nackte Haut schmecken und seinen heißen Mund auf ihrer nackten Haut spüren. Aber dafür hätte sie sich ausziehen müssen.

Sarah schluckte und bohrte automatisch ihre Finger in seinen Nacken.

„Sarah“, flüsterte er und streichelte beruhigend ihren Rücken.

Sie schenkte ihm ein nervöses Lachen und löste ihre Finger auf seinem malträtierten Nacken. Bei

Dupree fühlte sie sich wohl. Er war kein Arschloch, sondern ein wundervoller Mann. Ein Mann, den sie nicht verlieren wollte. Wenn er erst einmal gesehen hatte, wie sie nackt aussah, dann ...

„Schon gut", erklärte er ruhig und gelassen. „Wir müssen nicht ..."

„Aber ich will", wehrte sie verzweifelt ab. „Es ist nur so ... ich habe Angst, dass du ... dass du mich nicht schön findest." Beißende Tränen stiegen in ihr auf.

Seine linke Hand ließ ihren Rücken los und legte sich auf ihre brennende Wange, bevor er ihr das Haar hinter das Ohr strich. „Wie sollte ich dich nicht schön finden können? Du siehst aus wie ein Engel."

„Ich bin kein Engel."

„Da muss ich dir widersprechen, Sarah."

Lächelnd berührte Dupree mit seinem Daumen ihre Unterlippe und strich anschließend über ihr Kinn. „Du bist von innen und von außen schön. Du bist perfekt."

Am liebsten hätte sie sich verflucht, weil eine heiße Träne über ihre Wange rollte. Er strich über die Spur, die die Träne hinterlassen hatte, und wisperte. „Du bist die schönste Frau, die ich kenne."

Bevor sie sein Kompliment abwehren wollte, fügte er sanft hinzu. „Es gibt keine liebenswertere Frau als dich. Vielleicht bin ich nicht gut in so etwas und kann dir nicht richtig erklären, was ich empfinde, aber du sollst wissen, dass du schön bist – genauso wie du bist."

Verschwommen sah sie ihn an. „Dupree ..."

„Und es wird nichts auf der Welt geben, dass meine Meinung ändern kann."

„Jetzt habe ich die ganze Stimmung versaut", klagte sie mit schwacher Stimme.

Lächelnd legte er den Kopf schief und fixierte sie. „Wenn ich in den nächsten Stunden hier liegenbleiben und mich mit dir unterhalten kann, während du auf mir liegst, bin ich ein glücklicher Mann."

Sarah atmete kurz durch, blinzelte die Tränen weg und bat ihn. „Kannst du dein T-Shirt ausziehen?"

„Mein T-Shirt?"

Sie nickte. „Bitte."

„Okay." Dupree fragte nicht weiter, sondern setzte sich ein Stückchen auf, um sich sein T-Shirt über den Kopf zu ziehen. Sarah war von seiner Hüfte gerutscht und hatte sich neben ihn auf die Couch gekniet, während sie beobachtete, wie er das Shirt auszog und nun neben sich auf den Boden fallen ließ.

Angesichts seiner Perfektion wurde sie noch nervöser. Unter seiner dunklen Haut verbargen sich ebenmäßige Muskeln, die stark ausgeprägt waren und selbst im diesigen Licht des abgedunkelten Wohnzimmers gut zu erkennen waren. Alles an ihm war als gewaltig zu beschreiben – angefangen von seinem kräftigen Hals, den breiten Schultern, den starken Armen bis hin zu seinem gewaltigen Brustkorb, auf dem sich wahre Muskelberge türmten, sowie dem flachen Bauch, der durch ein buchstäbliches Sixpack definiert wurde.

„Und nun?"

Mit zitternden Fingern wollte sie ihre Bluse aufknöpfen und spürte seinen Blick auf sich ruhen. Obwohl sie unter der Bluse ein winziges Top trug, bekam sie bei dem Gedanken daran, sich vor seinen

Augen die Bluse auszuziehen, Schweißausbrüche und unterdrückte eine aufsteigende Panik. Außer ihren Ärzten und ihrer Mom hatte niemand sie nach der Operation mit nacktem Oberkörper gesehen.

Als ihre zitternden Finger auch beim zweiten Anlauf den dritten Knopf nicht öffnen konnten, umfasste Dupree plötzlich ihre Hand und drückte einen Kuss auf ihre Fingerspitzen.

„Komm her.“ Er zog sie wieder auf seinen Körper und presste ihren Kopf gegen seinen Hals.

An seinen kraftvollen Oberkörper geschmiegt stieß sie einen frustrierten Ton aus und genoss gleichzeitig die Wärme, die von seiner glatten Haut ausging.

„Es tut mir leid.“

Dupree küsste sie auf die Stirn. „Nichts muss dir leid tun.“

Seufzend vergrub sie die Nase unter seinem Kinn und murmelte gegen seinen Hals. „Ich schäme mich vor dir wegen ... wegen meiner Narben.“

Mit einem Stöhnen zog er ihren Arm über seine Brust. „Das darfst du nicht tun, Sarah. Du solltest stolz auf dich sein, anstatt so etwas zu denken.“

„Ich weiß ...“, wieder musste sie kurz schlucken, bevor sie leise erklärte. „Seit Matt zu mir sagte, dass ... dass er mich nicht mehr berühren könne, habe ich dieses Minderwertigkeitsgefühl. Männer ... Männer wollen nun einmal schöne Brüste an Frauen sehen.“

Als er einen Moment schwieg, machte sich der schmerzende Eisklumpen in ihrem Magen bemerkbar, der jedoch verschwand, als Dupree leise erwiderte. „Ich kann nur für mich sprechen, Sarah ... aber ich will eine Frau, die lebt und nicht an Brustkrebs sterben muss. Wenn das bedeutet, dass sie sich dafür die Brüste entfernen lassen muss, würde ich während der ganzen Operation bei ihr bleiben, damit ich die letzte Person bin, die sie vor der Narkose sieht, und auch die erste Person bin, der sie ins Gesicht schaut, wenn sie wieder aufwacht."

„Das hättest du gemacht?"

Dupree umfasste ihr Kinn und zog es sanft in die Höhe, um ihr in die Augen schauen zu können. „Ich bereue es, dass ich es nicht konnte."

Gerührt streichelte sie seine Wange und gab ihm einen zärtlichen Kuss.

13. Kapitel

Als es an Teddys Bürotür klopfte und gleich darauf Dupree seinen Kopf hineinsteckte, legte sie überrascht den Kopf schief.

„Hast du eine Minute?“

„Sicher“, sie ließ den Stift fallen und beobachtete, wie ihr Footballspieler die Tür hinter sich schloss und mit einem unsicheren Gesichtsausdruck näher trat, bevor er sich auf den Stuhl vor ihrem Schreibtisch setzte.

„Hat Brian schon wieder etwas angestellt, für das du dich entschuldigen sollst?“

Da er ernst den Kopf schüttelte, verging ihr das Lachen sofort wieder. „Alles okay?“

„Ja ... ja. Mir geht es gut. Ich bräuchte nur mal deinen Rat.“

„Gut“, sie stützte sich mit beiden Ellbogen auf der Tischplatte ab und schenkte ihm ihre volle Aufmerksamkeit. „Aber ich sollte dich warnen. Brian meint, dass ich momentan ein wenig launisch bin, also wäre ich froh, wenn du mir keine Beschwerden über Blake mitteilst.“

„Nein, es geht nicht um Blake“, er schnitt eine Grimasse. „Es geht um Sarah.“

„Um Sarah?“ Teddy runzelte die Stirn und kniff den Mund zusammen. „Meinst du Sarah Matthews?“

„Genau.“

Mit Dupree zu sprechen war manchmal ein wenig ermüdend, weil man ihm alles aus der Nase ziehen musste. Seufzend fragte sie daher. „Geht es um diese Reportage, die sie über dich schreibt?“

„Nein“, er zögerte einen Moment und brach anschließend den Blickkontakt zu ihr ab. „Es geht um ... nun ... Sarah und ich treffen uns.“ Auf ihren fragenden Blick erklärte er knapp. „Wir haben Dates.“

Das war mal eine Nachricht! Mit offenem Mund starrte sie Dupree an und konnte nicht glauben, was sie gerade gehört hatte. So viel sie wusste, hatte er noch nie eine Freundin gehabt, jedenfalls erzählten sich das die Jungs. Da Brian eine Quatschtante par excellence war, konnte er nie etwas für sich behalten. Das einzige Mal, dass er tatsächlich den Rand gehalten hatte, war vor ein paar Monaten gewesen, als sie um den Ausgang des Spendenlaufs gewettet hatten. Selbst Julian, sein bester Freund, wusste bis heute nicht, worum sie gewettet hatten. Brians pausenloses Genörgel, dass sie ein Baby bekommen sollten, hatte sie dazu gebracht, eine kleine Wette abzuschließen. Damals hatte er nicht gewusst, dass sie die Pille schon vor dem Hawaii-Urlaub abgesetzt hatte. Trotzdem hatte sie ihm die Wette vorgeschlagen, um zu sehen, wie ehrgeizig er tatsächlich war.

„Teddy?“ Dupree riss sie aus ihren Gedanken heraus.

„Entschuldige“, sie schüttelte den Kopf. „Also bist du jetzt mit Sarah Matthews zusammen?“

Er errötete, als fühle er sich ertappt. „Ich wäre dir dankbar, wenn du Brian nicht von unserem Gespräch erzählen würdest.“

Teddy schnaubte. „Keine Sorge, bevor ich ihm irgendetwas erzähle, kann ich es gleich in die *Times* setzen.“

„Gut, es ist nämlich etwas persönlich."

„Ich kenne sie nicht besonders gut", sie zuckte kurz mit der Schulter. „Bist du sicher, dass ich dir helfen kann?"

Unschlüssig hob er seine Hände in die Höhe. „Ehrlicherweise weiß ich es nicht, aber da ich nicht weiter weiß, nehme ich jeden Ratschlag an, den ich bekommen kann."

Teddy lachte trocken auf. „Besonders viel Vertrauen scheinst du nicht in mich zu haben."

Er verdrehte die Augen. „Ich brauche einfach einen weiblichen Standpunkt zu einer Sache."

„Und da kommst du zu mir?" Sie zwinkerte ihm zu. „Ich hätte eher gedacht, dass du Liv ansprechen würdest ... ach so, ich verstehe. Weil Liv vor drei Tagen das Baby bekommen hat, kannst du sie natürlich nicht ansprechen."

„Oh Mann", er zerrte vor lauter Verlegenheit an dem Kragen seines Sweatshirts herum. „Vermutlich hätte ich doch lieber bei einer Telefon-Hotline anrufen sollen."

„Das ist dir also schon in den Sinn gekommen?"

„Nicht nur das", Dupree biss sich kurz auf den Mund. „Ich habe mich bereits im Internet informiert und war auch bei einer Selbsthilfegruppe."

„Selbsthilfegruppe?"

„Ja, ich habe gehofft, dass sie mir da entscheidende Tipps geben können."

„Aber das haben sie nicht?"

Dupree bewegte den Kopf kurz von links nach rechts. „Doch ... es war sehr informativ, aber helfen konnte es mir auch nicht."

„Okay“, Teddy schob die Ärmel ihres Pullis nach oben. „Wenn ich dir helfen kann, versuche ich es gerne. Und ganz sicher werde ich keinem von unserem Gespräch erzählen. Versprochen.“

„Danke“, murmelte er. „Es ist nämlich ein ziemlich privates Problem. Ich weiß von Sarah, dass niemand außerhalb ihrer Familie davon weiß. Selbst ihren Arbeitskolleginnen hat sie nichts davon erzählt.“

„Aber dir hat sie davon berichtet?“

„Ja“, er nickte.

„Dupree“, lächelnd deutete sie auf ihn. „Das bedeutet, dass sie dich mögen muss. Außerdem scheint sie dir zu vertrauen.“

Angesichts seines Errötens musste ihm dieser Umstand gefallen, schoss es Teddy entzückt durch den Kopf.

„Ich hoffe es“, er holte tief Luft und erklärte halblaut. „In Sarahs Familie gab es viele Fälle von Brustkrebs. Ihre Mom ist daran gestorben, genauso wie ihre Großmutter und ihre Tante.“

Mitleidig verzog Teddy das Gesicht. „Oh ... das tut mir sehr leid. Arbeitet sie deshalb bei der Brustkrebshilfe?“

„Ich schätze schon ... aber das ist noch nicht alles.“ Wieder zögerte er einen kurzen Moment, hob beide Hände kurz hoch und ließ sie wieder sinken. „Vor zwei Jahren hat sie sich testen lassen und bekam die Nachricht, dass sie das Gen, das für Brustkrebs verantwortlich ist, ebenfalls besitzt. Daraufhin hat sie sich beide Brüste entfernen lassen.“

Schockiert saß Teddy auf ihrem Stuhl und blickte Dupree in fassungslosem Schrecken an. „Gott ... Dupree, die arme Sarah!“

Er sagte nichts, sondern saß auf seinem Stuhl und blickte ins Leere.

„Wie geht es ihr damit?“, wollte Teddy vorsichtig wissen.

„Eigentlich ganz gut, würde ich sagen.“

Der Abstand zwischen ihnen kam Teddy plötzlich albern vor, also erhob sie sich von ihrem Stuhl und lief um den Schreibtisch herum, bevor sie sich direkt vor ihn auf die Schreibtischkante setzte. „Wie hast du reagiert, als sie dir davon erzählt hat?“

Gequält seufzte er und blinzelte sie an. „Ich sage ihr immer und immer wieder, dass ich ihren Mut bewundere ... dass ihre Operation mir nichts ausmacht ... und dass ich sie so mag, wie sie ist.“

„Aber sie glaubt dir nicht“, mutmaßte sie.

„Doch, das ist ja der Punkt“, aufgebracht lehnte er sich zurück und fuhr sich über das Gesicht. „Sie weiß, dass ich sie nicht anlüge.“

„Und wo ist das Problem?“

„Das Ganze wäre einfacher, wenn du ein Kerl wärst ...“

„Oh je“, murmelte sie. „Geht es um Sex?“

Sobald sie das Wort nur ausgesprochen hatte, vertiefte sich die Röte in seinem Gesicht.

„Es geht also um Sex“, sie zwang sich dazu, nicht zu lächeln oder ihm ihre Belustigung zu zeigen.

„Nicht nur“, antwortete er angespannt. „Aber auch um Sex, ja. Der Therapeut in der Selbsthilfegruppe ...“

„Du warst tatsächlich in einer Selbsthilfegruppe?“

„Ja, es war eine Selbsthilfegruppe für Männer, deren Frauen Brustkrebs haben.“

„Dupree, das ist so süß von dir“, wisperte sie und bekam gleich darauf feuchte Augen.

Anscheinend hatte er sich eine andere Reaktion erhofft, da er brummte. „Immer nennt ihr mich süß.“

„Wir?“

„Ihr Frauen“, erklärte er mit einem leicht genervten Ton. „Auch Sarah meint ständig, dass ich süß wäre.“

„Aber das bist du ja auch“, sie schnitt eine Grimasse. „Du solltest froh darüber sein. Blake wird nie süß genannt. Meistens fallen Worte wie *nervig*, *ungehobelt* oder *Arschloch*, wenn Frauen über ihn sprechen. *Süß* dagegen ist ein Kompliment.“

„Ja“, schnaubte er. „Das ist ein Kompliment, bei dem ich mir wie ein dressierter Gorilla vorkomme. Den findet man auch *süß*.“

„Jetzt gib mal Ruhe“, wies sie ihn amüsiert in die Schranken, um dann wieder ernster zu werden. „Du hast gesagt, dass es auch um Sex geht. Worum geht es denn noch?“

Sie konnte ihm ansehen, dass er nach den passenden Worten suchte. Irgendwann zuckte er mit der Schulter und erwiderte dumpf. „Beim Küssen ist alles wunderbar ... doch sobald ... du weißt schon ... wird sie total zurückhaltend und geht irgendwie auf Distanz. Dieser Therapeut in der Gruppe erklärte, dass man sehr einfühlsam und geduldig sein muss, was ich auch verstanden habe, aber mittlerweile wird es schlimmer, befürchte ich.“

Auch Teddy war es ein bisschen unangenehm, Dupree gegenüber zu sitzen, während er von seinem Sexleben sprach, aber da musste sie anscheinend durch. „Schlimmer?“

Er nickte deprimiert. „Manchmal habe ich das Gefühl, dass sie schon bei einem ganz normalen Kuss zurückschreckt, weil sie Angst hat, ich könnte auf die Idee kommen, sie auszuziehen.“

„Dupree“, ihre Wangen brannten, als sie in seine fragenden Augen sah. „*Hast* du sie denn schon nackt gesehen?“

Er schüttelte den Kopf. „Nein ... ich will sie nicht drängen oder unter Druck setzen.“

Nachdenklich kratzte sich Teddy am Kopf. „Bist du schon einmal auf die Idee gekommen, dass es daran liegt?“

„Du meinst, ich soll sie drängen?“

„Ich meine, dass Sarah sicherlich eine Heidenangst davor hat, wie du reagierst, wenn du sie zum ersten Mal nackt siehst. In ihrer Vorstellung bauscht sie das Thema bestimmt furchtbar aus und malt sich alle möglichen Horrorszenarien aus. Deshalb steigert sich ihre Nervosität jedes Mal, wenn du ihr nahe bist.“

„Bist du sicher?“ Er atmete laut aus. „Ich wollte sie nicht noch mehr ängstigen, sondern ihr Zeit geben.“

Mit vor der Brust verschränkten Armen nickte sie verständnisvoll. „Das kann ich gut nachvollziehen, aber vielleicht kann es ja sein, dass sich Sarah nicht traut, über ihren Schatten zu springen und den ersten Schritt zu machen.“

Er dachte einige Zeit darüber nach, jedenfalls schien es Teddy so, bevor er schwer seufzte. „In der Theorie klingt das alles so leicht.“

„Da stimme ich dir voll und ganz zu.“

Verlegen fuhr er sich über die Stirn. „Was Sex betrifft, habe ich sowieso nicht viel Erfahrung ... wie kann ich sicher sein, dass ich nicht alles falsch mache und Sarah völlig traumatisiere?“

Es kam nicht oft vor, dass ein Mann sich zu solchen Geständnissen hinreißen ließ. Teddy ging das Herz angesichts des scheinbar ruppigen Footballspielers auf, der mit der verzweifelten Miene eines Mannes vor ihr saß, der nicht wusste, wie er sich der Frau, die ihm sehr am Herzen zu liegen schien, gegenüber verhalten sollte.

„Das wirst du nicht“, sprach sie ihm Mut zu. „Du wirst instinktiv alles richtig machen.“

Dupree schien noch nicht überzeugt zu sein, da er auf einen Punkt auf dem Boden starrte.

„Bring ihr Blumen mit“, schlug Teddy vor. „Frauen lieben Blumen.“

„Hat Brian dir schon einmal Blumen mitgebracht?“ Zweifelnd sah er nun wieder auf.

Lächelnd neigte sie den Kopf hinab. „Stimmt, das hat er noch nie. Vergiss, was ich gesagt habe.“

„Also soll ich ihr nichts mitbringen?“

„Doch, aber suche dir lieber etwas Persönlicheres aus als ein paar Blumen.“

Neugierig ruhte sein Blick auf ihrem erröteten Gesicht. „Was hat Brian dir denn mitgebracht, um dir eine Freude zu machen?“

„Das“, erklärte sie mit einem heiseren Lachen, „geht dich gar nichts an, mein Freund.“

14. Kapitel

„Nein, Mom“, lachte Sarah in den Hörer und betrat ihre Küche. „Ich werde dir nicht sagen, wie er küsst!“

„Du wirst deiner Mutter doch nicht verübeln, dass sie neugierig ist, oder?“

„Und du wirst deiner Tochter doch nicht verübeln, dass sie einige Dinge privat behandeln will?“, flötete sie los und goss sich ein Glas Wasser ein. „Ich werde dir ganz sicher nicht erzählen, wie Dupree küsst, und bevor du fragst: nein, ich werde dir auch nicht erzählen, wie er nackt aussieht.“

„Also hast du ihn schon nackt gesehen?“

„Mom!“ Empört riss sie die Augen auf.

„Du hast damit angefangen“, lachte ihre Mutter los.

„Wehe, du erzählst Dad irgendetwas davon.“

„Dein Vater ist ein aufgeklärter Mann und wird sicherlich wissen, dass du schon Sex hattest.“

Sie seufzte als Antwort lediglich in den Hörer hinein und trank anschließend einen Schluck. Das war genau das richtige Thema für einen Samstagabend, entschied Sarah in Gedanken.

„Liebling“, erklang die Stimme ihrer Mutter nun eine Spur besorgter. „Hast du es ihm schon erzählt?“

„Ja, das habe ich“, antwortete sie und sah sich in ihrer kleinen Küche um. Eigentlich konnte sie mit ihrer Mutter über alles sprechen, was mit der Operation zu tun hatte, schließlich war sie Ärztin und auf dieses Gebiet spezialisiert, dennoch konnte ihre Mom nicht nachempfinden, wie sich Sarah manchmal fühlte. Vielleicht hatte die Operation ihr das Leben gerettet, allein deshalb war sie dankbar, aber dennoch fiel es ihr schwer, Haltung zu bewahren, wenn es um ihre Weiblichkeit ging.

„Was hat er dazu gesagt?“

„Für ihn ist es kein Problem.“

Erleichtert lachte ihre Mutter in den Hörer. „Siehst du, mein Schatz! Habe ich dir nicht gesagt, dass ...“

„Mom“, unterbrach sie ihre Ausschweifungen kurzangebunden. „Er hat es noch nicht gesehen.“

„Warum denn nicht?“

„Weil wir vielleicht noch keinen Sex hatten?!“

„Aber wieso das denn nicht?“

„Mom!“

So viel zum Thema Privatsphäre!

Genervt stellte sie das leere Glas in die Spüle, schaltete das Licht in der Küche aus und lief in ihr Badezimmer, um dort heißes Wasser in die Badewanne laufen zu lassen. Sie tat ein bisschen nach Maracuja riechendes Duschgel hinein und betrat anschließend ihr Schlafzimmer.

Währenddessen hatte ihre Mutter einen Monolog über ein verändertes Körpergefühl nach einer Brustamputation, über das Lustempfinden von wieder aufgebauten Brüsten und über die sexuelle Akzeptanz der Partner gehalten. Kurzum, sie sprach genau die Themen an, mit denen man gerne mit der eigenen Mutter sprach.

„Mom ... könntest du bitte das Thema wechseln?“ Sie hielt den Telefonhörer zwischen Ohr und Schulter geklemmt, während sie aus ihrer Hose und ihrem Slip schlüpfte.

„Schätzchen, du musst dir keine Sorgen um deine neue Brust machen.“

Sarah schnitt eine Grimasse, schaltete auf den Lautsprechermodus und warf den Hörer aufs Bett. „Vielleicht können wir das Thema auch auf dem nächsten Familienfest besprechen?“, schlug sie halb scherzend, halb ironisch vor.

„Ich bin deine Mom und ich bin Ärztin, Sarah. Kein Grund, nicht darüber zu reden.“

Während Sarah ihre Bluse, ihr Top und ihren BH auszog, erklärte sie genervt. „Das mag schon sein, Mom, aber ich kann mir ein schöneres Thema für unser Telefonat vorstellen.“ Sie nahm ihren weißen Morgenmantel von einem Kleiderbügel und wollte ihn gerade überziehen, als ihr Blick in den Spiegel fiel.

Völlig nackt stand sie ihrem Spiegelbild gegenüber und musterte ihre Brüste. Es hatte mehrerer Operationen bedurft, um ihre Brust zu rekonstruieren. Sie war niemals besonders vollbusig gewesen, daher störte sie sich auch nicht an ihrer aktuellen Oberweite, die ziemlich klein ausfiel. Da sie künstliche Implantate abgelehnt hatte, schließlich wollte sie kein Silikon im Körper haben, hatten die Chirurgen mit Eigengewebe aus Sarahs Rücken- und Bauchmuskeln gearbeitet. Das Ergebnis war wirklich passabel, jedoch waren einige Narben zu sehen, die zwar verblasst, aber immer noch deutlich zu erkennen waren. Unsicher fuhr sie mit den Fingerspitzen über die weißen Striche an den Außenseiten ihrer Brüste.

„Du willst mir doch nicht sagen, dass du dich vor Dupree wegen deiner Brüste schämst“, empörte sich ihre Mutter.

„Mom ...“ Sarah schlüpfte in ihren Morgenmantel und knotete diesen zu.

„Deine neuen Brüste sehen völlig natürlich aus.“

„Dir ist doch klar, dass mir das peinlich ist“, jammerte sie und band sich das Haar zu einem Dutt, während sie zum Telefonhörer auf ihrem Bett schaute.

Ihre Mutter seufzte laut und vernehmlich auf. „Dir muss gar nichts peinlich sein. Du bist eine schöne Frau.“

„Danke, Mom“, lachte sie.

„Ich meine es ernst“, antwortete ihre Mutter in diesem ruhigen Ton, mit dem sie auch mit ihren Patientinnen sprach. „Es sind zwei Jahre her. Allem Anschein nach ist Dupree ein netter Mann. Hat dir Dr. Sinclair nicht erzählt, dass dein Sexleben auch mit den aufgebauten Brüsten völlig normal sein wird?“

Mit einem Stöhnen ließ Sarah den Kopf nach vorne fallen. Allein mit ihrer Mom über ihr vermeintliches Sexleben zu reden, war so erregend wie Homer Simpson in Unterhosen.

„Ja, das hat er. Hör mal, Mom, ich muss jetzt auflegen, weil mein Badewasser sonst überläuft.“

„Okay, Liebling. Aber überlege dir, ob du nicht ...“

„Ja, ja“, sie nahm den Hörer wieder hoch und hielt ihn sich ans Ohr. „Sobald ich mit ihm geschlafen habe, rufe ich dich umgehend an und werde berichten.“

Auch wenn ihre Mutter sie nerven konnte, tat es doch gut, mit ihr zu sprechen. Daher musste sie auch grinsen, als folgender Kommentar kam. „Mir reicht es schon, wenn du mir erzählst, wie er nackt aussieht.“

„Tschüss, Mom.“ Lachend legte sie auf und stellte das Telefon in die Ladestation, bevor sie ins Badezimmer schlenderte und dort das Wasser abstellte.

Gerade als sie ihren Morgenmantel ausziehen wollte, klingelte es an ihrer Haustür.

Da sie keinen Besuch erwartete, lief sie verwirrt durch den Flur und schaute durch den Spion nach draußen.

Verwundert über Duprees Anblick öffnete sie die Tür, nachdem sie den Morgenmantel wieder ordnungsgemäß geschlossen hatte.

„Hi.“

„Hi“, sie trat automatisch einen Schritt zurück, als er wie selbstverständlich ihre Wohnung betrat, nachdem er ihr einen Begrüßungskuss gegeben hatte.

Sarah beobachtete, wie er seine Sporttasche in ihrem Flur abstellte, und schloss die Wohnungstür. „Wie war das Spiel?“

„Sehr gut“, er drehte sich zu ihr um und grinste angesichts ihrer Kleidung.

Mit einem aufgeregten Pochen im Bauch verschränkte sie einen Arm vor ihrem Körper und griff sich mit der anderen Hand an den Hals. „Ich ... ich dachte, wir wollten uns morgen treffen. Du sagtest, dass du nach dem Spiel direkt nach Hause fahren wolltest.“

„Ich habe es mir anders überlegt“, er beugte sich wieder hinunter und zog aus seiner Tasche ein Geschenk hervor.

Überrascht schaute sie ihn an.

„Los, nimm es.“

Sarah war dermaßen verwirrt über sein plötzliches Auftauchen, dass sie zögernd einen Schritt nach vorne trat und das Geschenk vorsichtig entgegennahm. „Wie komme ich zu der Ehre?"

„Darf ich meiner Freundin nicht etwas schenken?"

Errötend sah sie ihn an und senkte den Blick zu dem hübsch verpackten Geschenk in ihrer Hand.

„Mach es auf", forderte er sie belustigt auf und trat neben sie, um einen Arm um ihre Taille zu schlingen und seinen Mund in ihren freien Nacken zu pressen.

Seine Nähe war überwältigend, daher zitterten ihre Finger ein klein wenig, als sie das Geschenkpapier löste und ein altes Buch in den Händen hielt, bei dessen Titel sie fröhlich auflachte und sofort den Buchdeckel aufschlug.

„Oh mein Gott!" Fassungslos weiteten sich ihre Augen, als sie die Signatur entdeckte. „Das ist eine signierte Ausgabe!"

„Von 1908. Die Erstausgabe."

Gerührt und unendlich glücklich presste sie das Buch gegen ihre Brust und lehnte sich an Dupree. „*Anne auf Green Gables* war während meiner Kindheit mein Lieblingsbuch ..."

„Das weiß ich doch", er küsste sie auf die Schläfe. „Vor einiger Zeit hast du mir davon erzählt. Ich musste ein wenig suchen und habe schließlich in Toronto ein Antiquariat gefunden, das eine signierte Erstausgabe besaß."

Vor lauter Fassungslosigkeit schüttelte sie den Kopf und starrte ihm ins Gesicht. „Das ... ich ... ich weiß gar nicht, was ich sagen soll!"

Grinsend beugte er den Kopf und küsste sie sanft auf den Mund. „Das hatte ich beabsichtigt“, murmelte er gegen ihre Lippen, bevor er sich langsam wieder löste.

Dankbar nahm sie seine Hand und drückte ihm einen Kuss in die Handfläche. „Danke.“

„Sehr gern geschehen.“ Mit einem Blick auf ihren Morgenmantel fragte er. „Störe ich dich gerade?“

„Nein, nein ... schon gut. Ich habe mir Badewasser einlaufen lassen, aber ...“

„Das ist doch eine super Idee!“

Bevor sie wusste, wie ihr geschah, hatte er ihr das Buch aus den Händen genommen, dieses beiseite gelegt und sie hinter sich her in Richtung Badezimmer gezerrt.

„Dupree“, keuchte sie, als sie in ihrem Bad standen und die dampfende Badewanne betrachteten.

„Hm“, er schnüffelte ein wenig. „Was ist das für ein Geruch?“

„Maracuja-Duschgel“, antwortete sie zögerlich und war unsicher, was er vorhatte.

„Riecht super“, er ließ ihre Hand los und zog sich vor ihren Augen aus.

Überrumpelt öffnete sie den Mund und beobachtete fassungslos, wie Dupree sich Sweatshirt, T-Shirt und Schuhe auszog.

„Was ... was machst du da?“

„Ich ziehe mich aus“, erwiderte er wie selbstverständlich. „Zwar habe ich nach dem Spiel geduscht, aber ein gemütliches Bad ist viel entspannender.“

Als er seine Jeans auszog und nur noch in Boxershorts vor ihr stand, schluckte sie und stotterte. „Soll ... soll ich dir etwas zu essen machen?“

„Vielleicht später“, ungeniert zog er auch seine Boxershorts hinunter.

Sarah schaute abrupt nach oben und betrachtete ihr Wandregal, in dem sie alle möglichen Tiegel und Tuben verwahrte.

„Ich sehe dich so gerne mit offenen Haaren“, flüsterte er, als er sich direkt vor sie stellte und ihr somit die Sicht auf das Wandregal nahm. Stattdessen blickte sie geradewegs auf seine breite Brust und die kräftige Schulter. Hilflos blinzelte sie, als er hinter sie griff und ihre Haare aus dem Dutt löste, die sofort über ihren Rücken fielen.

Neben der unglaublichen Hitze, die sie in ihrem Bauch spürte, seitdem er sich ausgezogen hatte, gab es da eine nervöse Stimme in ihrem Kopf, die ihr riet, so schnell wie möglich Land zu gewinnen, bevor er auf die Idee kam, dass auch sie sich ausziehen sollte.

„Ich liebe deinen Geruch“, wisperte er gegen ihre Wange und streichelte mit einer Hand durch ihr Haar. Gleichzeitig presste er sich an sie und nahm ihre Hand in seine, um sie an seine Brust zu ziehen.

Fasziniert starrte sie auf ihre helle Hand, die sich von seiner dunklen Haut abhob. Unter ihrer Handfläche spürte sie seinen Herzschlag und wölbte die Hand über seinen Brustmuskeln. Sie konnte gar nicht anders, als über seine steinharte Muskulatur zu streicheln und immer wieder den wunderschönen Kontrast zwischen beiden Hautfarben anzustarren.

Als er den Kopf senkte, um ihre Halsbeuge zu küssen, schluckte sie und war zwischen Erregung und

Scheu hin und hergerissen. Seufzend schloss sie die Augen und beugte den Kopf ein Stück zur Seite, damit er besser an die sensiblen Stellen ihres Halses kommen konnte. Sie merkte, wie er den Saum des Bademantels ein Stück zur Seite schob und ihr Schlüsselbein küsste.

„Lass uns das ausziehen ...“

Sarah wollte protestieren, aber das ließ er nicht zu, sondern küsste sie ausgiebig, während er den Knoten des Mantels öffnete und den losen Stoff anschließend langsam nach unten gleiten ließ.

Die aufsteigende Panik wurde nicht einmal durch seinen Kuss vertrieben. Hektisch überlegte sie, was sie tun sollte, als er seine Arme um ihren nackten Rücken schlang und sie eng an sich presste.

Zitternd löste sie ihre Lippen von seinen und presste sie gegen sein Schlüsselbein.

Beruhigend streichelte Dupree ihr Rückgrat und murmelte liebevoll. „Das ist doch viel besser, nicht wahr?“

Dieser verdammte Kloß in ihrem Hals war eine Plage, entschied Sarah und drückte sich eng an Dupree. Seinen starken, nackten Körper direkt an ihrer nackten Haut zu spüren, wäre wunderbar gewesen, wenn sie sich keine Gedanken um ihre Brüste hätte machen müssen. Einerseits hätte sie eine Ewigkeit hier stehen bleiben können und wäre zufrieden gewesen, ihm einfach nur nah sein zu dürfen, andererseits wollte sie ihm so nah kommen, wie man einem Menschen nur kommen konnte, doch dafür müsste sie sich ihm in aller Nacktheit zeigen.

„Ich habe noch einmal nachgedacht“, flüsterte er in ihr Ohr.

Vorsichtig öffnete sie die Augen und sah seine nackte Schulter vor sich. „Worüber?"

„Über Brüste", erwiderte er schlicht.

„Oh."

„Ja, denn ich kann Männer nicht verstehen, die auf große Brüste stehen ..."

„Was?" Sarah wusste nicht, ob sie lachen oder weinen sollte. Mit einem unsicheren Gesicht lehnte sie sich ein paar Zentimeter zurück, um ihm in die Augen sehen zu können.

Dupree nickte mit ernster Miene. „Du bist einfach perfekt. Und weißt du auch, weshalb?"

Ahnungslos schüttelte sie den Kopf und nagte an ihrer Unterlippe.

Seine Hände an ihrem Rücken pressten sie vorsichtig an seinen Körper. Zwar stand sie nun wieder eng an ihn gelehnt dort, musste jedoch den Kopf in den Nacken legen, um ihm ins Gesicht schauen zu können.

„Genau so kann ich dein Herz an meiner Brust schlagen fühlen."

In seinen Augen sah sie, dass er die Wahrheit sagte.

Mit zittriger Hand griff sie nach seiner Rechten und zog sie zu ihren Brüsten. Vorsichtig umschloss er eine Brust und streichelte mit zarten Fingern über ihre Haut, bevor er sie zärtlich erkundete.

„Du musst mir sagen, wenn dir etwas weh tut", flüsterte er.

Sarah antwortete nicht, sondern strich mit ihrer linken Hand über seinen starken Oberarm, während die andere Hand noch immer über seine Brust streichelte. Währenddessen senkte er den Mund und drückte feuchte Küsse auf ihren Hals, die sie stöhnen ließen. Verwirrt und erregt ließ sie zu, dass er ihre Brüste erforschte, bevor er dazu überging, seinen Mund tiefer wandern zu lassen. Sarah stockte der Atem, als seine Lippen ihren Brustansatz fanden. Automatisch griff sie in sein Haar, um ihn davon abzuhalten. Die Narben würden ihn sicherlich stören, schoss es ihr durch den Kopf, doch von ihrem gemurmelten Protest ließ er sich nicht abhalten, sondern fiel voller Enthusiasmus über ihre Brüste her, bis Sarah an gar nichts mehr dachte und sich an seiner Schulter festklammern musste, um wegen ihrer weichen Knie nicht umzufallen.

„Lass uns das Bad verschieben“, flüsterte er und hob sie hoch, als wäre sie eine Feder.

Während er sie ins angrenzende Schlafzimmer trug, schlang sie ihm die Arme um den Nacken und küsste ihn auf den Hals. Seine Haut war warm und verströmte einen angenehmen Geruch, bei dem Sarah ein Schauer über den gesamten Körper fuhr.

Sobald er sie auf das Bett gelegt hatte, bekam sie die Möglichkeit, ihn zu betrachten. Ihre Augen glitten über seine hochgewachsene Gestalt und verweilten auf seinen starken Armen, bevor sie tiefer wanderten und ungeniert zwischen seinen Schenkeln hängen blieben.

Plötzlich lag er neben ihr und streichelte über ihren Oberarm, während er ihr ins Gesicht sah. Ein Schatten von Unsicherheit lag auf seiner Miene.

Sarah streckte die Hand aus und strich mit ihren Fingerspitzen über seine Wange, bevor sie über seinen Hals streichelte, seine Brust berührte und anschließend seine muskulöse Hüfte ertastete. Sie leckte sich über die Lippen und erwiderte seinen Blick, bevor seine Augen tiefer fuhren und über ihren nackten Körper glitten. Nervös rieb sie ihre Knie aneinander, als Dupree nun seine Hand ausstreckte und ihren Bauch erforschte, um anschließend mit der Hand ein Stück tiefer zu fahren und sie vorsichtig zu berühren. Augenblicklich stockte ihr der Atem und sie hob ihm den Unterkörper entgegen.

Als er näher rückte und den Mund senkte, um ihre Brüste zu küssen, während er vorsichtig zwei Finger in sie schob, stöhnte Sarah unweigerlich auf. Er war ein Stück nach unten gerückt, woraufhin sie mit der Hand zu seiner Schulter fuhr und sich in diese krallte.

Am liebsten hätte sie sich vor lauter Erregung auf ihn gestürzt oder sich wenigstens an ihm gerieben wie eine Katze. Weil ihre Lippen ganz trocken waren, leckte sie darüber und hätte ihn beinahe angebettelt, sie zu küssen, doch noch immer war er mit ihren Brüsten beschäftigt und schien nicht daran zu denken, in den nächsten Minuten von ihnen zu lassen. Sie hätte ihn gerne angefasst und seine Erregung gespürt, doch in dieser Position war dies ganz unmöglich.

Ihre eigene Erregung steigerte sich immer mehr. Unabsichtlich presste sie die Schenkel zusammen und hielt so seine Hand dazwischen gefangen. Endlich rutschte er nah an sie heran und küsste sich eine Spur hinauf zu ihrem Hals, bevor er ihr einen tiefen Zungenkuss gab, der sie laut stöhnen ließ. Sie hatte beide Hände frei, um ihn anfassen zu können. Und das tat sie auch. Mit der linken Hand krallte sie sich in seiner stahlharten Brust fest, während die rechte Hand nach unten wanderte und seinen Penis umfasste.

Dass er augenblicklich in ihren Mund stöhnte, ließ sie zufrieden lächeln, während sie seinen leidenschaftlichen Kuss erwiderte. Erregt tastete sie seine Länge ab und rieb über die Spitze.

Keuchend löste er seinen Mund von ihrem und krächzte atemlos. „Ich will dir nicht wehtun."

Sarah schlang ihm ein Bein über die Hüfte und flüsterte heiser. „Fühlt sich das an, als hätte ich Schmerzen?"

Wieder stöhnte er auf und rieb seinen Oberkörper an ihrem, bevor er schnell atmend erklärte. „Du bist so zart ... und ich weiß nicht, ob ich alles richtig mache ..."

Sie schluckte und konnte kaum klar denken, weil sie am ganzen Körper zitterte, obwohl ihr unbeschreiblich heiß war. „Denk nicht nach."

„Aber ..."

Sie schnitt ihm das Wort mit einem Kuss ab und legte beide Hände auf seine Schultern, um ihn dazu zu bewegen, sich auf sie zu legen. Vorsichtig glitt er tatsächlich über sie, stützte sich jedoch mit seinen Händen neben ihr ab, so dass sie den Kopf heben musste, um ihn wieder zu küssen. Beide Arme schlang sie um seinen Hals und hätte am liebsten triumphierend gelacht, als er sich endlich auf sie legte. Doch alle Gedanken verpufften, als sie seine harte Erregung auf ihrem Bauch spürte.

Sein Mund zog seine Spur über ihre Wange zu ihrem Ohr und er flüsterte ihr ins Ohr. „Brauchen wir ein Kondom?"

Sie öffnete den Mund, um ihm zu sagen, dass sie verhütete, aber nur ein erstickter Laut kam heraus, also schüttelte sie einfach den Kopf.

„Mit mir ist alles in Ordnung“, murmelte er ernsthaft. „Aber wenn du ...“

Sarah legte eine Hand auf seine Wange und lächelte ihm sanft zu. Er sollte wissen, dass sie ihm vertraute, also streichelte ihr Daumen seinen Mundwinkel.

Sie schluckte und rieb sich an ihm. „Bitte.“

Zu gerne hätte sie ihm die Anspannung genommen, die sich in ihm bemerkbar machte, als er sich zwischen ihre Schenkel legte. Also flüsterte sie ihm belangloses Zeug zu, das von ihrem eigenen Stöhnen unterbrochen wurde, als er in sie eindrang.

„Alles okay?“

Wieder stöhnte sie zur Antwort und hob sich ihm entgegen. Ihre Hände berührten seine glatten Schultern und krallten sich an ihnen fest, als Dupree sich bewegte. Der erste Stoß hatte sich in ihrem Inneren wie ein Stromschlag angefühlt, aber auch die folgenden waren nicht weniger intensiv.

Bei jedem Stoß hielt Dupree kurz inne und sah auf sie hinab. Hinter ihren brennenden Augen erkannte sie seinen besorgten Blick und flüsterte jedes Mal, dass es ihr gut ging. Sobald er endlich merkte, dass sie nicht auseinanderbrach, glättete sich seine besorgte Stirn und er hielt sich nicht länger zurück. Sarah schrie auf, als sich die Spirale ihrer Erregung immer höher drehte. Ihre Hände glitten von seiner schweißnassen Schulter ab und blieben neben ihrem Kopf liegen. Einzig ihre Beine schlang sie um seine schmalen Hüften und wälzte den Kopf auf dem Kissen hin und her.

Als er sich zu ihr hinabbeugte und ihre Hände mit seinen umklammerte, während seine Brust über ihre

Brüste rieb, kam Sarah mit einem inbrünstigen Schrei und verlor darüber beinahe das Bewusstsein. Erst als Dupree halb auf ihr lag und gegen ihren Hals keuchte, kam sie wieder zu sich.

Schwer atmend lagen sie beieinander und bemühten sich darum, zu Atem zu kommen.

Sie war wie berauscht von seinem Duft und drehte den Kopf nach rechts, um ihr Gesicht in seinen rauen Haaren vergraben zu können.

„Mhh", seufzte er und legte seinen rechten Arm über ihre Brust. „Alles okay?"

Nach allem, was gerade zwischen ihnen in diesem Bett geschehen war, mochte es vielleicht lächerlich sein, aber Sarah musste sich bemühen, nicht zusammenzuzucken, als er ihre Brust berührte. Doch gleich darauf entspannte sie sich, weil seine Hand federleicht über ihre Haut streichelte, während er ein entzücktes Seufzen von sich gab.

„Alles wunderbar", erwiderte sie ehrlich und kuschelte sich eng an ihn, damit er sie richtig umarmen konnte.

Dupree küsste sie auf die Nasenspitze und anschließend zärtlich auf den Mund. „Ich wusste, dass es sich lohnen würde."

„Was würde sich lohnen?" Gähnend schmiegte sie ihren Kopf auf seinen Oberarm.

„Mit dem Sex zu warten, bis man die Frau trifft, in die man verliebt ist."

Errötend schaute sie ihm in die Augen. „Und hat es sich gelohnt?"

„Definitiv", erwiderte er mit heiserer Stimme und zog die warme Bettdecke über sie beide.

Als Sarah wach wurde, hatte Dupree sie schon eine Weile beim Schlafen beobachtet und lächelte nun, als sie die Augen aufschlug und gegen das Sonnenlicht blinzelte.

„Guten Morgen."

„Mhh", murmelte sie lediglich und wälzte sich herum, bis sie ihr Gesicht an seine Brust presste und ein Bein zwischen seine schob.

Dupree schluckte und legte eine Hand auf ihren nackten Rücken, den er behutsam streichelte. Das heiße Glücksgefühl, das er kannte, seit sie ihn das erste Mal angelächelt hatte, kam wieder und breitete sich in seiner Brust aus. Er musste sich geradezu dazu zwingen, ein aufgeregtes Zittern seiner Hände zu unterdrücken, als er über die seidenweiche Haut ihrer Hüfte streichelte. Niemals zuvor hatte er etwas so Weiches berührt, entschied er und legte den Kopf auf das Kissen zurück. Gleichzeitig streichelte er sie weiter und genoss ihren warmen Atem auf seiner Haut.

Bei den Gedanken an den gestrigen Abend wurde er noch immer ein wenig verlegen. Er hatte sich Teddys Ratschlag zu Herzen genommen und die Gunst der Stunde genutzt, als er sie in ihrem Morgenmantel gesehen hatte. Beinahe wäre ihm vor Nervosität das Herz aus dem Hals gesprungen, aber seine eigenen Unsicherheiten hatte er einfach verdrängt und sich allein darauf konzentriert, dass sich Sarah wohlfühlte.

Bisher hatte er nicht glauben können, dass er nackt neben einer Frau liegen würde und sich dabei entspannen könnte, doch wie er nun merkte, war das ganz leicht. Seine erste Erfahrung mit Sex hatte ihn dermaßen verkorkst, dass er ein großes Problem mit Nähe bekommen hatte. Aus Angst vor erneuten Zurückweisungen und spöttischen Bemerkungen zu seinen sexuellen Leistungen war er ganz einfach ein zurückhaltender Mann geworden, der bei dem Gedanken an Sex bereits nervös wurde.

Daher hatte es ihn gestern einige Überwindung gekostet, sich Sarah nackt zu zeigen. Äußerlich jedoch hatte er sich keine Unsicherheit anmerken lassen, weil er nicht gewollt hatte, dass Sarah diese eventuell auf sich selbst bezog. Sobald sie in seiner Umarmung gestanden und ihn berührt hatte, waren alle Gedanken an seine schlechte Erfahrung sowieso verpufft. Er hatte nur noch an Sarah denken können und daran, wie gerne er ihr nah sein wollte.

Gähnend kuschelte sie sich enger an ihn und streichelte langsam seinen Unterarm.

„Wie viel Uhr ist es?“, nuschelte sie verschlafen.

„Erst halb sieben“, antwortete er und küsste sie auf den Scheitel.

„Mhh ... wo sind eigentlich Poppy und Pippa?“

„Bei einer Hundesitterin“, erwiderte er amüsiert, weil ihre ersten Gedanken seinen Welpen galten.

„Oh ... gut.“ Ihre Hand suchte nach der Bettdecke, die nach unten gerutscht war, und zog sie wieder hoch, um sie beide damit zu bedecken.

Dupree musste gestehen, dass es tatsächlich etwas für sich hatte, sich nackt mit seiner ebenfalls nackten Freundin unter die Decke zu kuscheln. Über diesen Gedanken und Sarahs regelmäßigen Atemzügen schloss er die Augen und schlief wieder ein.

Zwei Stunden später lernte er, dass Sex bei hellem Tageslicht ebenfalls etwas für sich hatte, vor allem wenn er dabei auf dem Rücken lag und jede faszinierende Stelle an ihrem Körper betrachten konnte. Seine Hände hatten sich auf ihre schlanken Oberschenkel gelegt, während seine Augen jeden Zoll ihres Körpers verschlangen. Ihr heller, süß duftender Körper zog seine Blicke magisch an. Wie unter Zwang starrte er auf den schlanken Hals, die glatten Oberarme, die Brüste, den flachen Bauch, den kleinen Nabel und schließlich auf die Stelle, an der sie miteinander verbunden waren. Stöhnend massierte er das Fleisch ihrer Schenkel und biss die Zähne zusammen, während er ihren Blick einfing. Die leichte Sorge in ihren Augen schmerzte ihn, also ließ er ihre Oberschenkel los und glitt mit beiden Händen nach oben.

Sanft bedeckte er die Narben an Sarahs Brüsten mit seinen Fingern und sah zu ihr auf. Mit geröteten Wangen, blitzenden Augen und zerzausten Haaren erwiderte sie seinen Blick und beugte sich hinunter, um ihn zu küssen, während sie sich auf ihm bewegte. Wenn Dupree nicht längst in sie verliebt gewesen wäre, hätte er spätestens jetzt gemerkt, dass er ohne diese Frau nie wieder sein wollte.

Als sie kurze Zeit später auf ihm lag und heftig atmete, hörte er nicht auf, über ihren Körper zu streicheln, während er selbst nach Luft rang.

Nichts hätte diesen Moment stören können.

Nichts außer seinem knurrenden Magen, was Sarah anscheinend zum Totlachen fand.

Kurze Zeit später fand er sich mit seinen Boxershorts bekleidet in Sarahs winziger Küche wieder und beobachtete sie, wie sie Eier und Speck briet. Sie hatte wieder ihren weißen Morgenmantel an und das Haar zu einem Pferdeschwanz gebunden.

„Wann musst du Poppy und Pippa abholen?“

„Gegen Mittag.“ Dupree lehnte sich gegen einen Küchenschrank. „Die beiden sind ganz vernarrt in die Hundesitterin. Dort sind meistens auch noch andere Hunde, mit denen sie spielen können.“

Glucksend drehte sie den Kopf in seine Richtung.

„Was ist?“, wollte er irritiert wissen.

„Du klingst wie ein besorgter Vater“, amüsierte sie sich.

Dass sie ihn foppte, machte ihm gar nichts aus. „Ach?“ Er verschränkte die Arme vor der Brust. „Bin ich mal wieder *süß*?“

„Zuckersüß“, erwiderte sie und blickte zurück in die Pfanne.

„Gut zu wissen“, schnaubte Dupree gespielt gekränkt. „Sollten Freundinnen ihre Freunde nicht für männlich und stark anstatt für süß halten?“

„Ich habe nicht gesagt, dass ich dich nicht für männlich und stark halte“, sie deutete mit dem Kopf nach rechts. „Holst du bitte Teller aus dem Schrank?“

„Ja, Ma’am.“

Sobald er neben ihr stand und ihr die Teller reichen wollte, überraschte sie ihn, indem sie seinen Hintern tätschelte. „Oh ja, sehr süß.“

„Sarah“, beschwerte er sich lachend. „Die Teller.“

„Schon gut, du Spielverderber.“

Dupree beobachtete amüsiert, wie sie ihm eine riesige Portion auf den Teller gab, und beugte sich zu ihr, um sie auf den Scheitel zu küssen, bevor er beide

Teller in ihr gemütliches Wohnzimmer trug. Anstatt sich an den runden Tisch zu setzen, machten sie es sich auf ihrem Sofa bequem und verspeisten dort das Frühstück.

Als sein Handy aus den Tiefen seiner Sporttasche klingelte, musste er Sarahs Beine, die sie über seine Oberschenkel ausgestreckt hatte, beiseite schieben und stand auf, um den Anruf anzunehmen. Wie nicht anders zu erwarten, war es seine Mutter, die anrief, weil sie ihm vom sonntäglichen Gottesdienst berichten wollte, von dem sie gerade kam.

„Wo bist du überhaupt? Ich habe es schon zweimal bei dir Zuhause probiert."

Mit nackten Füßen tapste er zurück ins Wohnzimmer und begegnete Sarahs fragendem Blick, mit dem sie ihn über die Sofalehne bedachte.

„Ich bin unterwegs, Mama."

„Unterwegs?"

„Ja", erwiderte er genervt. Seine Mutter wäre sicher hochentzückt, wenn sie wüsste, dass er eine Freundin hätte, aber dass er an einem Sonntagmorgen in der Wohnung seiner Freundin war, würde für sie bedeuten, dass sie Sex hatten, ohne dass sie verheiratet waren. Wie er aus eigener Erfahrung wusste, war dies ein rotes Tuch für sie. Wochenlang hatte sie über nichts anderes als über die Tochter eines Gemeindemitglieds gelästert, die schwanger vor den Traualtar getreten war.

„Du musst mir nichts vormachen", blökte sie in den Hörer hinein. „Tabitha hat mir gesagt, dass du ihr gestern erzählt hast, dass du eine Freundin hast!"

„Mama!" Er merkte, dass er rot wurde.

Neugierig legte Sarah den Kopf schief und musterte ihn eindringlich.

„Ich finde es schade, dass ich das nicht von dir erfahren habe. Wann bringst du sie mit nach Hause, damit ich sie kennenlernen kann?"

„Äh", völlig verwirrt blinzelte er und kam sich wie ein Idiot vor. „Was? Ich meine ... was hat Tabitha dir denn erzählt?"

Die Stimme seiner Mutter wurde einen Ton fröhlicher. „Sie hat mir erzählt, dass du eine nette Freundin hast. Eine Weiße ..."

„Mama", brummte Dupree und kratzte sich an der Stirn. „Das hat doch nichts ..."

„Wie heißt sie denn?"

Seufzend ließ er den Kopf ein Stück nach hinten fallen. „Sarah."

Als ihr Name ertönte, schaute sie ihn amüsiert an und deutete auf sich.

Dupree legte seine Hand über die Sprechmuschel. „Meine kleine Schwester hat gepetzt. Jetzt will mich meine Mutter ausquetschen."

„Oh je", lachte sie und hielt sich eine Hand vor den Mund.

Wieder ertönte die Stimme seiner Mutter. „Das ist ein guter Name. Ist sie denn nett?"

„Sehr nett, Mama", antwortete er geduldig und sah, wie Sarah sich auf dem Sofa aufrichtete und die Hand ausstreckte.

Als er die Hand über sein Handy legte, forderte sie ihn auf. „Gib sie mir mal."

„Was?" Er riss seine Augen auf und schüttelte den Kopf. „Sie wird dich bestimmt nerven und ..."

„Du hast doch nur Angst, dass sie entdecken könnte, dass wir miteinander schlafen." Natürlich traf sie den Nagel direkt auf den Kopf. Stotternd wollte er verneinen, doch Sarah schenkte ihm einen wissenden Blick und deutete auf das Handy.

Seufzend zog er seine Hand vom Telefon weg und unterbrach die Ausführungen seiner Mom zu netten Mädchen, die brav in die Kirche gingen. „Mama, Sarah will mit dir sprechen."

Hastig übergab er ihr das Telefon und trat automatisch einen Schritt zurück.

Lächelnd blickte sie ihm in die Augen und hielt sich dabei das Handy ans Ohr. „Hallo, Mrs. Williams. Hier spricht Sarah. Ja ... das kann ich mir denken."

Skeptisch beobachtete er nun, wie sie mit seiner Mutter plauderte, charmante Antworten gab, immer wieder hell auflachte und ihm zwischendurch warme Blicke schenkte. Er kam sich ein wenig überflüssig vor und entschied sich nach ein paar Minuten, sein Frühstück zu beenden.

Anstatt ihm den Hörer zurückzugeben, verabschiedete sie sich von seiner Mutter, die anscheinend kein Interesse mehr daran hatte, mit ihm zu sprechen. „Das sage ich ihm, Mrs. Williams. Ihnen auch noch einen schönen Sonntag!"

Fragend zog er beide Augenbrauen in die Höhe.

Lächelnd gab sie ihm das Handy wieder. „Deine Mom lässt dich grüßen und sie sagt, dass du mich bald mit nach Alabama nehmen sollst."

„Ach?"

Sie nickte fröhlich. „Außerdem glaube ich, dass sie sehr wohl weiß, dass du mit mir schläfst."

„Ach!“ Er schluckte und fragte möglichst unbeteiligt. „Wie kommst du denn darauf?“

Grinsend zuckte sie mit der Schulter und blieb ihm eine Antwort schuldig.

„Sarah ...“

„Eigentlich finde ich die Idee sehr schön, nach Alabama zu fahren. Wir könnten auch einen Abstecher nach Pensacola machen und meine Familie besuchen. Jamie und Harry werden durchdrehen, wenn sie dich kennenlernen.“

Dupree antwortete mit einem zögerlichen Laut und lächelte schwach. „Klar ... klar.“

„Oh“, sie verzog kurz den Mund. „Entschuldige ... ich wollte nicht voreilig sein.“

„Nein, das ist echt nicht“, er griff nach ihrer Hand und hielt sie fest. „Es ist nur so, dass ich nicht weiß, wie deine Eltern auf mich reagieren werden.“

Ihr schönes Gesicht verzog sich fragend. „Was meinst du?“

Unsicher legte er den Kopf schief. „Nun ... ich bin Footballspieler ...“

„Erst gestern habe ich mit meiner Mom telefoniert und ihr von dir erzählt“, beruhigte sie ihn.

„Und was hat sie gesagt?“

„Sie wollte alle Details wissen“, Sarah rutschte zu ihm und setzte sich auf seinen Schoß. „Als ich ihr sagte, dass du ein unglaublich netter Kerl bist, riet sie mir dazu, mit dir zu schlafen.“

Erschrocken schaute er ihr ins Gesicht und erntete zum Dank ein entzücktes Gelächter.

„Du nimmst mich auf den Arm“, warf er ihr vor.

„Überhaupt nicht“, gluckste sie. „So ist meine Mom.“

Er suchte nach den richtigen Worten, um ihr seine Bedenken zu erklären, und streichelte gedankenverloren ihre Hüften. „Aber was ist mit deinem Dad? Wird er nichts dagegen haben, dass wir zusammen sind?“

„Warum sollte er?“, fragte sie ehrlich erstaunt.

Himmel, dachte er frustriert. Sie kam aus den Südstaaten und war weißer als der Zuckerguss auf Hochzeitstorten, während er dunkler als Kaffee war. Sie musste doch wissen, dass ihre Beziehung für Aufsehen sorgen würde. Im negativen Sinne.

„Weil ich schwarz bin“, seufzte er laut auf.

„Du denkst, dass mein Dad etwas gegen dich haben könnte, weil du schwarz bist?“

Zu seiner absoluten Überraschung kicherte sie los und glitt von seinem Schoß.

„Sarah ...“

Sie verschwand hinter ihm und lief zu einem Tischchen, um einen Fotorahmen zu nehmen, den sie ihm in die Hand drückte, bevor sie sich wieder auf seinen Schoß setzte.

„Wer ist das?“ Verwirrt schaute er auf ein Bild, auf dem Sarah mit vier anderen Personen zu sehen war. Ein älterer hochgewachsener Mann mit kurzen blonden Haaren, sowie eine schlanke Frau mit sehr dunkler Haut und zwei junge Männer mit ebenfalls dunkler Hautfarbe, die ein Quäntchen heller als die der Frau war, standen zusammen und lachten in die Kamera.

„Das ist mein Dad“, erklärte sie und deutete auf den Mann mit dem Schnäuzer, der einen Arm um die Frau neben ihm gelegt hatte. „Das ist meine Mom und das sind meine Brüder, Jamie und Harry.“

Fassungslos fragte er nach. „Deine Stiefmutter ist schwarz?!"

„Ja", gluckste sie.

„Aber du kommst aus Florida!"

Sarah schien sich königlich über ihn zu amüsieren. „Du bist vielleicht voreingenommen."

Verblüfft starrte er auf das Bild und schüttelte den Kopf. „Wieso hast du mir das denn nie erzählt?"

„Weil es keine Rolle spielt", seufzte sie und kuschelte sich an ihn.

15. Kapitel

Obwohl Sarah Duprees Teamkollegen kannte, war sie ein wenig nervös, als er sie mit zu einer Party seines Kumpels Julian Scott nahm. Ihre Beziehung war noch so frisch und sie wollte vor seinen Freunden und deren Frauen einen guten Eindruck machen.

„Kannst du mir noch einmal den Namen sagen?“, fragte sie ihn, als sie vor der Treppe standen, die zum einem gepflegten Backsteinhaus führte.

„Levi“, erwiderte er lächelnd und übergab ihr Pippa, bevor er Poppy auf den Arm nahm. „Das Baby heißt Levi und ist drei Wochen alt.“

„Okay“, murmelte sie und vergrub kurz die Nase im weichen Fell der kleinen Bulldogge. „Das kann ich mir merken.“

Tatsächlich erinnerte sie das Chaos im Inneren des Hauses an das Mittagessen während des Trainingslagers. Überall standen bullige Footballspieler herum, die an Bierflaschen nuckelten oder irgendwelche Snacks vertilgten. Angesichts der Vielzahl von Menschen war sie sich nicht sicher, ob sie die Hunde nicht lieber Zuhause oder bei der Hundesitterin gelassen hätten, aber Dupree ließ Poppy einfach hinunter und entfernte die Leine. Sobald Pippa sah, dass sein Bruder eilig das Weite suchte, zappelte er wie wild auf Sarahs Arm, so dass ihr nichts übrig blieb, als den kleinen Hund ebenfalls abzusetzen.

„Bist du sicher, dass die beiden nichts anstellen?“

„Keine Sorge“, er legte ihr einen Arm um die Schulter. „Julian und Liv macht das nichts aus.

„Wenn du meinst“, murmelte sie besorgt und ließ sich von ihm ins Wohnzimmer führen. Ehrlicherweise war sie weniger optimistisch als Dupree.

In der letzten Woche hatte Poppy seinen Superbowlring verschluckt und ihnen dadurch eine schlaflose Nacht bereitet. Sie waren mit beiden Hunden spazieren gewesen und hatten die zwei anschließend in die Badewanne gepackt, weil die Welpen es total lustig gefunden hatten, sich in Vogelkacke zu wälzen. Weniger lustig hatten sie das Bad gefunden und eine wahre Überschwemmung verursacht. Anschließend hatten Dupree und Sarah das Badezimmer wieder gesäubert und zusammen geduscht, um den widerlichen Geruch abzuwaschen. Im Gegensatz zu den Hunden hatte Sarah ihre gemeinsame Dusche mit Dupree sehr genossen und war mit wackeligen Beinen und in ein Handtuch gehüllt ins Schlafzimmer gelaufen. Dort hatte sie gerade noch sehen können, wie Poppy und Pippa das offene Schmuckkästchen und den am Boden liegenden Superbowlring umkreist hatten, bevor sich Poppy – verfressen wie er war – auf den Ring gestürzt und in Null Komma Nichts verschluckt hatte. Sie waren sofort zum Tierarzt gefahren, der den protestierenden Poppy geröntgt und ihm abschließend ein Abführmittel gespritzt hatte. Wenn Sarah gedacht hatte, dass der Geruch von Vogelkacke widerlich sei, war sie eines Besseren belehrt worden. Nichts auf der Welt kam dem Geruch von Welpendurchfall gleich. Rein gar nichts! Ob Dupree seinen inzwischen gesäuberten Ring jemals wieder tragen würde, war ebenfalls zweifelhaft.

„Hallo, ihr beiden“, Teddy MacLachlan-Palmer kam auf sie zu und grinste breit. „Es wurde Zeit, dass dich Dupree mal mitbringt.“

„Danke“, murmelte sie und lächelte verlegen.

„Liv ist schon total gespannt, dich kennenzulernen. Sie ist mit dem Baby gerade oben und wechselt ihm die Windeln.“

„Nein, ich bin wieder da.“

Sie drehten sich um und entdeckten die Hausherrin, die ein Bündel im Arm trug und durch ihre strahlenden grünen Augen auffiel. Die braunhaarige Frau mit dem glücklichen Gesicht schenkte Sarah ein freundliches Lächeln und warf Dupree einen Luftkuss zu.

„Das ging ja schnell“, kommentierte Teddy.

„Übung macht den Meister“, sie deutete auf Dupree und reichte ihm das Baby. „Hier, nimm du ihn mal.“

Dupree ließ Sarah los und nahm den Säugling mit höchster Professionalität entgegen, bevor er mit tiefer Stimme dem Kleinen etwas ins Öhrchen murmelte.

„Du musst Sarah sein“, Liv drückte ihr kurz die Hand und deutete entschuldigend auf das Chaos in ihrem Haus. „Entschuldige, dass es heute ein wenig chaotisch ist, aber fühl dich ganz wie Zuhause. Dupree kann dir alles zeigen. Essen und Getränke gibt es in der Küche und ... Mist! Ich habe den Ofen vergessen! Entschuldigt ihr mich?“

Sie eilte davon und ließ ihr Baby bei Dupree zurück.

Verschwörerisch beugte sich Teddy zu Sarah und flüsterte. „Sie kann nicht wirklich kochen. Halte dich am besten von den Würstchen im Schlafrock fern.“

Sarah verschluckte ein Lachen. „Oh ... danke für die Warnung."

„Gern geschehen."

Sarah drehte sich wieder zu Dupree um und stellte sich auf die Zehenspitzen, um in das Gesicht des Babys schauen zu können.

„Ist er nicht süß?", flüsterte Teddy.

Da konnte Sarah ihr nur zustimmen und verzog den Mund zu einem entzückten Lächeln, als der Kleine gähnte.

„Er ist absolut niedlich", stimmte sie ihr zu.

Auch Dupree war der gleichen Meinung und nickte grinsend. „Ein sehr hübscher Kerl."

„Ganz der Vater", Julian Scott tauchte hinter Dupree auf und klopfte ihm auf die Schulter, bevor er Sarah ein Willkommenslächeln schenkte.

„Hallo, Sarah. Schön, dass du da bist."

„Danke für die Einladung." Sie deutete auf das Baby. „Herzlichen Glückwunsch. Er ist entzückend."

„Danke", breit grinsend schaute er auf seinen Sohn. „Ich sage ja, dass er ganz nach mir kommt."

„Oh je", seufzte Teddy. „Männer und ihr Testosteron."

„Das wirst du auch noch erleben, wenn es bei euch soweit ist. Brian wird wie ein Gockel herumlaufen ..."

„Das tut er ja jetzt schon", schnaubte die junge Frau und nahm Sarahs Arm. „Komm, Sarah, lassen wir die Herren der Schöpfung mal allein und holen uns etwas zu trinken."

Über ihre Schulter sah sie Dupree grinsen, als sie von Teddy einfach beschlagnahmt und in die Küche geführt wurde, in der sich bereits Poppy und Pippa eingefunden hatten, um nach Leckerchen zu betteln. Liv, die am Herd stand, schien dies jedoch nichts auszumachen. Doch als Zoey und ein anderes kleines Mädchen, das Sarah als die kleine Brianna von Duprees Video identifizierte, auftauchten und sich freudestrahlend auf die kleinen Bulldoggen werfen wollten, verbannte Liv die Kinder und die Hunde in den Garten.

Mit der Begründung, dass sie ein wenig Luft schnappen wolle, zog Teddy Sarah mit in den Garten, in dem beide ein Auge auf die spielende Meute hatten. Selbstverständlich begann Duprees Chefin sogleich mit einem regelrechten Verhör, in dem es um Dupree und Sarah ging.

Als Teddy Dupree mehrfach als *lieb* und *süß* bezeichnete, musste Sarah lachen.

„Warum lachst du?"

Sie schüttelte den Kopf und gluckste. „Weil er es überhaupt nicht mag, wenn er lieb und süß genannt wird."

„Stimmt ja", auch Teddy musste lachen. „Dabei ist er so lieb und süß."

„Ich weiß, aber vielleicht sollten wir es doch für uns behalten", schlug Sarah vor.

Die andere Frau verdrehte nur die Augen. „Der Mann hat zwei kleine Bulldoggen, Sarah! Ich denke nicht, dass sein Geheimnis lange im Verborgenen bleibt."

„Das denke ich auch nicht."

Dupree musste sich schon seit einigen Minuten zügeln und war kurz davor, Blake umzubringen. Und das nicht im metaphorischen Sinn, sondern wirklich buchstäblich. Eigentlich hätte er an die dämlichen Späße seines Kumpels gewöhnt sein müssen, aber seitdem er Sarahs Geschichte kannte, vertrug er Witze über *Titten*, *Möpse* oder *Hupen* nicht mehr. Auch Blakes ständige Bemerkungen, weshalb Liv den Kleinen in ihrem Schlafzimmer gestillt und es nicht im Wohnzimmer getan hatte, hinterließen einen bitteren Nachgeschmack. Er war nur froh, dass Sarah nicht im Wohnzimmer war und Blake zuhören musste, der von einem Porno erzählte, dessen Darstellerin angeblich sein größter Fan wäre und ihm ständig Nacktfotos schickte. Bei Blake konnte man sich nie sicher sein, ob er keinen Unsinn quatschte, aber nach Duprees Erfahrungen in der Online-Dating-Welt glaubte er ihm aufs Wort, dass es solche verrückten Nymphomaninnen gab. Leider war keine der Ehefrauen anwesend, die Blake gezwungen hätten, die Klappe zu halten, daher sah er sich dem dummen Gequatschte des Runningbacks ausgeliefert.

„Hast du dich eigentlich schon um Toms Junggesellenabschied gekümmert?“

„Müssen wir das jetzt besprechen?“ Er ahnte, dass Blake ausrasten würde, wenn er erfuhr, dass es keine Stripperinnen geben würde, also hatte Dupree wenig Lust, ausgerechnet heute mit ihm darüber zu streiten.

„Tom und Erin sind noch unterwegs. Einen besseren Zeitpunkt gibt es wohl nicht“, entgegnete Blake.

Seufzend hob Dupree beide Hände in die Höhe. „Ich habe mit ihm gesprochen, aber er will nicht nach Las Vegas, Blake."

„Unsinn", schnaubte der Runningback. „Natürlich will er nach Las Vegas!"

„Nein, will er nicht", erwiderte er entschlossen und biss die Zähne zusammen. „Er hat gesagt, dass ein Trip nach Las Vegas viel zu stressig wäre."

„Vegas ist nie zu stressig."

„Blake", Julian hielt seinen Sohn an der Schulter und tätschelte den gepolsterten Hintern des Säuglings. „Wir haben in der Woche davor ein Spiel, zwischendurch Training und dann feiern Tom und Erin auch schon ihre Hochzeit."

„Trotzdem sollten zwei Tage Vegas ja noch drin sein", beschwerte sich der schwarzhaarige Blake, bevor er Dupree fixierte. „Was hast du denn im Sinn?"

Er verdrehte die Augen und gab mit einem Stoßseufzer zum Himmel von sich. „Ich habe Karten für die Knicks in der ersten Reihe besorgt und Tische im Steakhaus von *Peter Luger* reserviert."

„Was?!"

Blake schüttelte sich vor Entsetzen, während Brian interessiert fragte. „Wo hast du denn die Karten für die *Knicks* her?"

Dupree zuckte mit der Schulter. „Quinns Agentin hat sie beschafft."

„Die Frau ist mit Gold nicht aufzuwiegen", stimmte Brian ihm zu. „Wenn Teddy mir nicht gedroht hätte, die Scheidung einzureichen, würde ich meinen Agenten feuern und zu Bobby wechseln."

„Ihr kommt vom Thema ab“, beschwerte sich Blake und war seltsamerweise wie eine Tomate errötet.

„Wieso sind wir vom Thema abgekommen?“ Eddie, der bisher geschwiegen hatte, puhlte an seinen Fingernägeln herum. „Du bist doch total verknallt in Quinns Agentin.“

„Bin ich nicht!“ Die übermäßige Hitze in Blakes Gesicht sagte jedoch etwas anderes. „Ich finde sie scharf und hätte nichts dagegen, mit ihr zu vögeln ...“

„Halt’ Levi lieber mal die Ohren zu“, schlug Brian seinem besten Freund vor, während er in eine Schale mit Erdnüssen griff. „Blakes Mundwerk ist nicht jugendfrei und nicht für Babys geeignet.“

„Soll ich ihn etwa rauswerfen?“, fragte Julian amüsiert.

Auch Dupree hatte heute einmal zu oft das Wort *Vögeln* aus Blakes Mund gehört und knurrte kurz auf. „Was ist an meinen Plänen für Toms Junggesellenabschied falsch?“

„Du machst einen Kindergeburtstag draus!“

„Ein Basketballspiel und die besten Steaks der Stadt klingen für mich ziemlich genial“, sprang Julian in die Bresche und küsste seinen Sohn aufs Köpfchen.

„Es klingt schwul“, Blake schüttelte den Kopf. „Ich kenne Tom gut ... er will ein paar heiße Mädels, einen kleinen Lapdance ...“

„Das willst vielleicht du“, Brian kaute geräuschvoll auf den Erdnüssen herum. „Tom braucht keinen Striptease, Blake.“

„Das hat er doch nur gesagt, weil Hanna ihm gedroht hat, einen Stripper für Erin zu besorgen“, klagte er aufgebracht.

„Ja“, pragmatisch zuckte Dupree mit der Schulter. „Für ihn war das Thema gegessen. Kein Stripper für Erin und keine Stripperin für Tom.“

„Dozer, halt’ die Klappe“, beschied Blake wütend. „Tom sollte sich noch einmal austoben ...“

Julian gluckste fröhlich auf. „Blake, hast du dir Erin mal angesehen? Ich glaube, dass Tom alles Zuhause hat, wovon er nur träumen kann. Deine künstlichen Stripperinnen werden ihm ziemlich egal sein.“

Dankbar für Julians Zuspruch nickte Dupree. „Ich stimme dir voll und ganz zu.“

„Was weißt du denn schon?“ Blakes Gesicht verzog sich mürrisch. „Endlich hast du ein bisschen Sex und spielst jetzt hier den Experten, oder was?!“

Bevor Dupree aufspringen konnte, mischte sich Julian ein. „Wohoo, Jungs. Nicht in meinem Wohnzimmer. Liv sieht Blutspuren an den Wänden nicht gerne, wie ihr wisst.“

„Sein Getue geht mir tierisch auf den Keks!“, verteidigte sich Blake.

„Und du gehst mir tierisch auf den Keks“, erwiderte Dupree bissig.

Der gelassene Eddie stöhnte laut auf. „Da geht es dir nicht anders als uns allen, Dozer.“

„Ist ja klar, dass ihr euch mal wieder auf seine Seite stellt“, klagte Blake. „Aber wisst ihr was ... auf den Welpenschutz habe ich keinen Bock mehr!“

„Was für ein Welpenschutz?“

Blake zeigte mit dem Finger auf ihn. „Ständig nehmen wir Rücksicht auf deine Befindlichkeiten, schließlich könnte der arme, kleine Dupree traumatisiert werden, wenn wir über nackte Weiber und Sex sprechen“, höhnte er.

„Falls ihr es vergesst, wir feiern hier eine Babyparty“, mischte sich Brian ein.

„Genau, eine Babyparty“, Dupree blitzte Blake wütend an und ballte die Hände zu Fäusten. „Niemand hat Bock mit dir darüber zu diskutieren, welcher denn nun dein Lieblingsporno ist oder welche Stellung du am liebsten hast! Und falls du es noch nicht bemerkt hast, außer dir ist keiner der Jungs scharf darauf, eine abgehalfterte Stripperin für Tom zu engagieren!“

„Seit wann regst du dich denn so künstlich auf?“ Blake schaute ihn mit gerunzelter Stirn an. „Von einem Mann, der endlich mal zum Vögeln kommt, würde ich eine gelassenere Stimmung erwarten ...“

„Es reicht jetzt, Blake“, Brian boxte ihm gegen die Brust und sah Dupree entschuldigend an.

Angesichts der alarmierten Miene seines Quarterbacks stutzte Dupree und fragte ihn nervös. „Hat Teddy es dir etwa erzählt?“

„Ja.“

„Scheiße.“

Brian schluckte und legte den Kopf schief. „Aber das hat sie nur gesagt, weil sie nicht sicher war ...“

„Wovon redet ihr überhaupt?“ Julian blickte nachdenklich zwischen beiden hin und her.

„Von nichts“, antworteten sie unisono.

Blake verstand wieder einmal nicht, wann er sich lieber raushalten sollte, und quakte los. „Geht es um Duprees Standfestigkeit im Bett?“

„Halt’ deine Schnauze, Blake“, Brian boxte noch einmal nach.

„Aua! Was soll der Scheiß?!“

„Liv bringt euch um, wenn irgendetwas zu Bruch geht oder wenn ihr das Baby aufweckt“, warnte Julian.

„Musstest du ihn aufklären, oder was?“

Dupree sprang wütend auf. „Was willst du damit sagen?“

„Sei jetzt endlich ruhig, Blake“, entschied Julian mit autoritärer Stimme.

„Ich weiß überhaupt nicht, was die beiden haben“, Blake rieb über seinen Oberarm. „Was soll ich dafür können, wenn keiner mal ein bisschen Spaß versteht?“

„Dein Spaß ist selten komisch“, entgegnete Eddie von seinem Sitz aus.

„Das sehen die Ladys anders.“

„Weil du sie bezahlst“, schnaubte Brian.

„Wenn du meinst“, er sah wieder zu Dupree. „Was hast du ihm denn jetzt erzählt?“

„Das geht dich nichts an!“

Dupree sah zu Brian, der ein zerknirschtes Gesicht machte, und überlegte fieberhaft, wie er es wieder gut machen sollte, falls Sarah herausfand, dass er jemandem über ihre Brustoperation erzählt hatte. Mist, sie war so empfindlich, was das Thema anging ...

„Wenn es mich nichts angeht, muss es dir peinlich sein“, bohrte Blake sofort nach.

„Können wir bitte das Thema wechseln?“ Brian stieß Julian an, der nur die Augen verdrehte.

„Das hättest du gerne!“ Feixend schaute Blake wieder Dupree an. „Hast du dir Beziehungstipps geholt?“

„Ich wüsste nicht, was dich das anginge?"

Blake zuckte mit der Schulter und ächzte lässig. „Du erstaunst mich immer wieder. Erst schaffst du dir zwei Welpen an und plötzlich tauchst du mit der Kleinen im Schlepptau auf. Aber ich will nichts sagen, schließlich ist sie echt niedlich."

„Könnt ihr euch bitte wieder vertragen?" Julian lehnte sich zurück und wiegte Levi in seinen Armen, der anscheinend aus seinem Verdauungsschlaf erwachte.

„Von mir aus", Dupree nickte Blake zu, der ihm mit seiner Flasche zuprostete.

„Na, komm schon, Dozer! Du weißt doch, dass ich dich liebe, Mann. Außerdem ist es echt süß, dass du endlich eine Freundin hast."

„Okay. Danke."

Halbwegs versöhnt wollte er sich gerade hinsetzen, als Blake grinste. „Na ja ... vielleicht ist sie obenrum etwas flach, aber das hat Brian bei Teddy ja auch nicht gestört."

Er wusste, dass es Blake nicht böse gemeint hatte, dennoch war ihm das in diesem Moment scheißegal. Außer sich vor Zorn sprang er auf Blake zu und ignorierte die Gläser, die zu Boden fielen, sowie das Gebrüll seiner Kollegen. Der Runningback hatte anscheinend nicht damit gerechnet, dass Dupree ausrasten würde, da er vor lauter Schreck seine Bierflasche losließ, die mit einem lauten Knall ebenfalls auf dem Fußboden zerbrach.

Dupree sah rot und schlug seinem Kumpel die Faust auf die Nase.

„Nicht schon wieder auf die Nase", schrie Blake auf und boxte Dupree hart gegen die Brust, damit er ihn losließ, was dieser auch sofort tat.

Keuchend hielt sich Dupree die Faust, die ein paar Blutspritzer abbekommen hatte, und sah zu, wie sein Teamkollege seine malträtierte Nase befühlte und jammerte.

„Du hast mir die Nase gebrochen, du Arsch!"

Nur am Rande nahm er war, dass Levi aus Leibeskräften zu brüllen begonnen hatte und alle aufgesprungen waren, um die beiden notfalls auseinanderzubringen.

„Was habe ich denn Schlimmes gesagt, zum Teufel?!"

„Verdammt, Dupree", brüllte nun auch Julian und tätschelte seinen ebenfalls brüllenden Sohn. „Musste das sein? Das Sofa war gerade neu bezogen worden!"

„Hier halte dir das an die Nase. Das kühlt", Brian gab Blake eine kalte Flasche Bier und warf Dupree einen besorgten Blick zu.

Blake schaute stöhnend auf. „Die Nase war gerade erst von Toms Schlag verheilt, Dozer! Was ist nur in dich gefahren?!"

„Ja, er hat gar nichts Schlimmes gesagt", stimmte ihm Eddie zu.

„Es geht um Sarah", erklärte Brian und ignorierte Duprees warnenden Blick.

Blake seufzte auf und betastete seine Nase. „Schämt sie sich wegen ihrer kleinen Brust, oder was?"

Bevor Dupree einen erneuten Schritt nach vorne machen konnte, bellte Brian los. „Du unsensibles

Arschloch! Schon mal was von einer Brustamputation gehört?"

„Brian!" Der erschrockene Ausruf kam von hinten und stammte von Teddy.

Als sich Dupree umdrehte, entdeckte er Sarah neben Teddy, die totenbleich geworden war und ihn fassungslos ansah.

„Scheiße", murmelte Brian. Es schien, als wolle er etwas sagen, aber Sarah ließ ihn nicht zu Wort kommen, sondern rannte mit einem erstickten Schluchzen an ihnen vorbei zur Haustür.

16. Kapitel

New Yorker Brustkrebshilfe
Das Magazin mit der rosafarbenen Schleife
Oktober 2013
Von Sarah M. Matthews

Dupree Williams

Der Mann mit der knallharten Schale und dem zuckersüßen Kern

Als ich Dupree Williams kennenlernte, wusste ich nicht, dass er der Repräsentant der New Yorker Brustkrebshilfe war. Ich wusste nur, dass er ein Profifootballspieler war und in einem Musikvideo hätte mitspielen können, nachdem ich einen Blick auf sein Äußeres geworfen hatte. Außerdem wollte mir nicht in den Sinn, weshalb ein Mann wie Dupree Williams sich für unsere Organisation einsetzen wollte. Brustkrebs ist nun einmal eine Krankheit, über die Männer nicht gerne sprechen, sondern sie so weit wie möglich von sich schieben. Dass ein Mann wie Dupree Williams den Betroffenen dieser schlimmen Krankheit durch sein Engagement Aufmerksamkeit schenkt, ist nicht nur beachtlich und erfreulich, sondern höchst lobenswert.

Doch sprechen wir einmal über den Mann, von dem viele von Ihnen nicht mehr wissen, als dass er der beliebteste Tackle der New York Titans ist.

Dupree Williams ist ein Sohn des Südens. Er ist in Mobile, Alabama, aufgewachsen und hat auf der Junior High mit dem Footballspielen angefangen. Als überragend talentiert wurde er schon damals bezeichnet und legte so den Grundstein für seine spätere Karriere. Dennoch war ihm die Familie immer wichtiger als der Sport. Noch heute hat er sehr enge Bindungen zu seiner in Mobile lebenden Familie. Mir hat er beispielsweise verraten, dass er vor jedem Footballspiel mit seiner jüngsten Schwester telefoniert. Gewissermaßen sei dies eine Tradition, erklärte er mir mit seiner typisch zurückhaltenden und bescheidenen Art. Außerdem lernte er von seiner Mutter das Kochen und kann die traditionellen Gerichte des Südens zubereiten, was wohl die wenigsten von ihm erwartet hätten.

Die größte Überraschung ist jedoch, dass er eine sehr sanfte Seite besitzt, die er nur wenigen Menschen zeigt. Während unserer Berichterstattung adoptierte er zwei Welpen von der Straße und gab ihnen ein wundervolles Zuhause. Die beiden kleinen Hunde verehren den Tackle geradezu und folgen ihm überallhin, als wüssten sie genau, dass er sich bedingungslos um sie kümmern würde. Er gab beiden Rüden die Namen Poppy und Pippa, nachdem die Tochter eines Teamkollegen ihm den Vorschlag unterbreitete. Ich jedenfalls kenne kein Hundepaar, das umsorgter und liebevoller behandelt wird als die beiden.

Neben seinen Welpen und seinem Beruf gibt es eine weitere Leidenschaft, die Dupree Williams gerne unterschlägt. Er ist eine Leseratte und besitzt mehr

Bücher, als eine Schulbibliothek fassen kann. Viele unserer Gespräche drehten sich um Bücher ...

„Hey, Sarah!“

Sarah sah von ihrem Artikel auf und entdeckte ihre Chefin, die in der Tür zu ihrem Büro stand und ebendiesen Artikel in den Händen hielt.

„Ja?“

Die pummelige Mitfünfzigerin lächelte verschmitzt. „Ich wollte dir nur noch einmal zu deinem Artikel gratulieren.“

„Danke“, errötend senkte sie den Kopf. Wenn Sandy gewusst hätte, wie schwer es ihr gefallen war, die richtigen Worte zu finden, hätte sie ihr nicht gratuliert, sondern sie wegen der vielen schlaflosen Nächte bemitleidet, in denen sie über dem Artikel gehockt und sich den Kopf zerbrochen hatte.

„Gern geschehen. Ach, bevor ich es vergesse ... ständig rufen Frauen an und fragen, ob die Autorin des Artikels heimlich in Dupree Williams verliebt sei.“

Erschrocken sah sie wieder auf. „Was?“

Grinsend zuckte Sandy mit der Schulter. „Es ist nicht besonders schwer, dahinterzukommen.“

„Sandy“, seufzte sie protestierend auf, doch ihre Chefin war schon wieder verschwunden.

Mit einem Kloß im Hals wandte sie sich von der Tür ab und schaute aus dem Fenster. In den letzten zwei Wochen war sie sich wie eine Idiotin vorgekommen, weil sie gewusst hatte, dass sie sich gegenüber Dupree falsch verhalten hatte. Es war unfair gewesen, ihm Vorwürfe gemacht zu haben, dass er Teddy von ihrer Operation erzählt hatte. Mittlerweile kannte sie die ganze Geschichte, da nicht nur die Besitzerin der Titans sie angerufen, sondern auch ihr Mann sich bei ihr gemeldet hatte, um sich zu entschuldigen. Dupree hatte sich nicht verplappert oder seinen Kumpels brühwarm von Sarahs Vorgeschichte berichtet, sondern bei Teddy Rat gesucht, weil er sich um Sarah gesorgt hatte. Dass er sogar eine Selbsthilfegruppe aufgesucht hatte, um alles richtig zu machen, hatte Sarah an sich selbst zweifeln lassen, denn alle seine Kontaktversuche hatte sie rigoros abgelehnt und sich lieber hinter einem Berg von Arbeit verschanzt. Seine entschuldigenden Textnachrichten und seine süßen Mails hatte sie nie beantwortet, sondern gelöscht, nachdem sie diese gelesen hatte.

Mittlerweile hatte sie ein furchtbar schlechtes Gewissen und wollte sich entschuldigen, weil sie ihm vorgeworfen hatte, ihr Vertrauen missbraucht zu haben, was er nie getan hatte. Wenn sie daran dachte, dass er überhaupt nichts verbrochen, sondern alles getan hatte, um dafür zu sorgen, dass sie sich bei ihm wohlfühlte, brannten ihre Wangen vor Scham. Außerdem durfte sie nicht vergessen, dass Dupree nicht minder von ihr enttäuscht sein musste, schließlich kannte sie die Geschichte aus seiner Collegezeit. Ihr tat es schrecklich leid, dass sie einfach abgehauen war und ihm keine Chance gegeben hatte, ihr die ganze Sache zu erklären.

Leider wusste sie nicht, wie sie es bewerkstelligen sollte, sich bei ihm zu entschuldigen, ohne die Gefahr einzugehen, dass er sie abblitzen ließ. Sie hätte es ihm nicht verübeln können, wenn er zu verletzt war, um sie wiederzusehen.

Sie drehte sich zu ihrem Schreibtisch um und klappte den Artikel in der monatlichen Ausgabe des Magazins wieder auf. Beim Anblick der Fotos musste sie lächeln und betrachtete sein Gesicht auf der größten Abbildung, die auf der ersten Seite des Berichts abgedruckt war. Darunter stand: *Meine Aufgabe ist es, mein Team zu beschützen.*

Seufzend legte sie den Kopf zurück.

... und als ich ihn fragte, weshalb er sich für unsere Organisation einsetze, antwortete er schlicht: „Brustkrebs geht uns alle an. Er zerstört nicht nur Familien, indem er ihnen die Mütter nimmt, sondern stiehlt den betroffenen Frauen Selbstbewusstsein sowie die Liebe zum eigenen Körper. Daher möchte ich die Männer auf die Auswirkungen dieser Krankheit aufmerksam machen und den Frauen Mut zusprechen." Angesichts dieser klaren Worte, die so viel Wahres beinhalten, musste ich nicht nur meine Meinung über Footballspieler revidieren, sondern sah außerdem ein, dass es falsch ist, davon auszugehen, dass Männer sich mit Brustkrebs nicht auseinandersetzen. Nicht nur Frauen sind von Brustkrebs betroffen, sondern auch die Ehemänner und Söhne sind es, die oftmals nicht wissen, wie sie sich verhalten sollen, schließlich gibt es nur wenige Anlaufstellen, die ihnen helfen können, mit der ungewohnten Situation umzugehen. Dass Dupree

Williams sich genau mit diesem Aspekt beschäftigt hat, zeigt, dass ein zweiter Blick nicht schaden kann. Manchmal steckt hinter einer knallharten Schale ein wirklich weicher Kern.

Dupree ließ das Magazin sinken und legte es zurück in seinen Spind.

Eigentlich war er davon ausgegangen, dass Sarah sich weigern würde, den Artikel zu schreiben, nachdem sie in den letzten beiden Wochen weder auf seine Textnachrichten noch auf seine Mails geantwortet hatte. Es herrschte absolute Funkstille zwischen ihnen, was ihm heftig auf den Magen schlug. Mehrmals hatte er versucht, sich bei ihr zu entschuldigen und ihr zu erklären, wie es zu dieser dämlichen Situation gekommen war, aber sie hatte ihm keine Möglichkeit dazu gegeben.

Dass sie nun einen dermaßen netten Artikel, in dem er peinlicherweise wie ein Heiliger beschrieben wurde, herausgebracht hatte, verwirrte ihn völlig. Hoffnungsvoll fragte er sich, ob sie ihm verziehen hatte, während die pessimistische Seite in ihm flüsterte, dass sie Profi war und Gefühle ausblenden konnte, wenn es um ihren Job ging.

„Hast du den Artikel schon gelesen?“ Julian schlug ihm aufmunternd auf die Schulter.

Er nickte und knöpfte sein Jeanshemd zu. „Habe ich.“

„Liv hat ihn auch sofort gelesen. Sie meint, dass Sarah längst nicht mehr böse ist.“

„Mhh“, brummte er.

„Mal ehrlich, Dupree ... die Frau ist so verliebt in dich, dass es jeder Leser spätestens nach dem ersten Absatz weiß."

Auch wenn er sich freute, das zu hören, blieb der Zweifel an ihm haften, dass Sarah gar nicht meinte, was sie schrieb. Wenn sie ihm tatsächlich nicht mehr böse war, warum hatte sie sich dann noch nicht gemeldet?

„Hey, Dozer", Blake lehnte sich mit bedrückter Miene neben ihn gegen den Spind. Er war bereits angezogen und hatte beide Arme vor der Brust verschränkt. Der Bruch an seiner Nase war noch deutlich zu sehen, auch wenn die blauen Verfärbungen langsam verblassten.

Seitdem Dupree ihm das Nasenbein gebrochen hatte, herrschte auch zwischen ihnen eine gewisse Funkstille, da der Runningback so vorsichtig um ihn herumschlich wie ein Hund um ein Stinktier. Zwar war Dupree von Natur aus nicht nachtragend, aber momentan hatte er wenig Lust, sich mit seinem Kumpel wieder zu vertragen.

„Hey, Blake."

Julian klopfte ihm noch einmal auf den Rücken, bevor er wieder verschwand.

„Sag mal ... herrscht immer noch Knatsch zwischen dir und Sarah?"

„Ja", erwiderte er knapp und zog seine Armbanduhr an.

„Oh Mann, das tut mir leid." Er räusperte sich. „Das wollte ich nicht ... ehrlich."

„Schon okay", seufzte Dupree und holte seine Sporttasche heraus. „Früher oder später wäre so etwas sowieso passiert."

„Verdammt, Dozer“, Blake schlug mit seiner Faust kurz gegen den Spind. „Du kennst mich doch. Ich habe es nicht so gemeint.“

Dupree schnitt eine Grimasse und stopfte seine Klamotten in die Tasche. „Das weiß ich, aber das ändert nichts dran, dass deine Sprüche unter die Gürtellinie gehen können.“

„Ja ... ich weiß. Aber wenn ich gewusst hätte, dass Sarah ... dass Sarah eine Brustoperation hatte, hätte ich die Klappe gehalten!“

Dupree schloss seinen Spind und schulterte seine Tasche, bevor er den unglücklichen Blake fixierte. „Darum geht es, Blake. Du kannst es nicht immer wissen.“

„Was meinst du denn damit?“

Mit gerunzelter Stirn schüttelte er den Kopf. „Bevor du dumme Sprüche reißt, solltest du vielleicht genau nachdenken, ob du nicht jemanden damit verletzen könntest.“

Da er kein Arsch sein wollte, boxte er ihn freundschaftlich gegen den Oberarm und verließ die Umkleidekabine, um nach Hause zu fahren. Er hatte Poppy und Pippa zum ersten Mal für ein paar Stunden alleine gelassen, während er zum Training gefahren war, und fragte sich, was die beiden wohl wieder angestellt haben mochten.

Sobald er die Umkleidekabinen verließ und in den Flur trat, starrte er verblüfft auf Sarah, die an der gegenüberliegenden Seite stand und mit John zu plaudern schien.

„Hi, Dupree!“ Sein Trainer winkte ihm zu. „Wie es aussieht, hast du Besuch.“

„Ja, danke“, brummte er und trat näher, während sich John verabschiedete und Sarah noch einmal zu ihrem *großartigen Artikel* beglückwünschte.

Als sie allein waren, starrte er sie schweigend an und ließ seine Tasche zu Boden sinken. Dass sie ihn zögerlich anlächelte, hielt er für ein gutes Zeichen und entkrampfte seine Muskulatur ein wenig. Heute fand er sie besonders hübsch, da sie ihr Haar offen trug und ein lässiges Shirt mit einer bequemen Strickjacke sowie einem Paar Jeans angezogen hatte. Außerdem hielt sie ein Geschenk vor den Körper gedrückt und sah ihm mit dem gleichen hoffnungsvollen Ausdruck in den Augen an, den er vermutlich auch aufgesetzt hatte.

„Hi“, flüsterte sie. „Störe ich dich?“

„Du störst mich nie“, erwiderte er ehrlich.

„Ich ...“

Hinter ihnen wurde es lauter, da die Tür zu den Umkleiden geöffnet wurde, bevor Blakes Stimme ertönte.

„Oh ... hallo, Sarah.“

„Hallo“, erwiderte sie und sah ihn neugierig an. „Was macht die Nase?“

Dupree drehte den Kopf zur Seite, um Blake anzuschauen, der verlegen an seiner immer noch geschwollenen Nase herumfummelte und gequält grinste. „Mein Doc hat gesagt, dass ich mir beim nächsten Bruch eine neue Nase kaufen kann.“

Liebenswürdig nickte sie und meinte zuckersüß. „Dann solltest du dich am besten aus jedem Ärger heraushalten.“

„Äh ... genau.“ Er wechselte einen Blick mit Dupree. „Ich lasse euch dann mal wieder allein.“

„Tschüß", rief sie ihm noch zu und grinste anschließend Dupree an. „Er ist ja geradezu handzahm geworden."

„Vermutlich ist es nur eine Phase", mutmaßte er. „Ich habe deinen Artikel gelesen."

„Und ich habe deine Nachrichten gelesen", erwiderte sie und schluckte. Plötzlich glich ihr Gesicht einer bedauernswerten Miene. „Ich möchte dir so viel sagen, Dupree ..."

Anstatt weiterzusprechen, hielt sie ihm das Geschenk hin.

„Jetzt nimm' es schon", murmelte sie sanft, als er es einfach nur schweigend angeschaut hatte.

Mit beiden Händen griff er nach dem flachen Paket und öffnete es zögernd. Zum Vorschein kam ein gerahmtes Schwarzweißfoto, auf dem er zu sehen war, wie er sich lachend von Poppy und Pippa das Gesicht ablecken ließ. Er erkannte das Foto sofort wieder. Er hatte sie gebeten, dieses Bild nicht abzudrucken, weil er um seinen Ruf gefürchtet hatte.

„Ich habe es nicht abgedruckt", flüsterte sie.

„Ich weiß. Danke", erwiderte er und sah von der Fotografie auf.

Sarah trat einen Schritt näher und hätte ihn beinahe berühren können, wenn sie sich ein Stückchen nach vorne gelehnt hätte. „Dafür habe ich beim Schreiben des Artikels immer auf das Foto schauen müssen", gestand sie ihm ein.

„Ach ja?"

Sie nickte und schluckte, wie er erkannte. „Anfangs wusste ich nicht, was ich schreiben sollte ... ich war verletzt und hatte Angst, dass du mein Vertrauen missbraucht hättest ... aber nach einem

Blick auf das Bild wusste ich bereits, dass das Unsinn war."

„Warum?"

Ihre Augen wurden feucht und sie gestand mit zitternder Stimme. „Weil der Mann auf dem Bild, der sich von zwei Welpen ablecken lässt, es bedauert, dass er meine Hand nicht halten konnte, als ich operiert wurde."

Auch Dupree schluckte. „Das stimmt."

„Ich weiß."

Er holte tief Luft. „Und dann wusstest du, was du schreiben solltest?"

„Ja, dann war es ganz leicht. Das Problem ist nur ..."

„Ist nur?"

Sie leckte sich über die Lippen und trat einen weiteren Schritt nach vorne, bis sie sich an ihn lehnte und beide Hände auf seine Wangen legte. „Das Problem ist nur, dass jetzt ganz New York zu wissen scheint, dass ich in dich verliebt bin."

Er schlang beide Hände um ihre Taille und hielt hinter ihrem Rücken das Bild fest. „Wenn du mich fragst, ist das gar nicht schlimm."

„Warum?" Gebannt starrte sie in seine Augen.

„Weil sich dann niemand wundern wird, wenn wir zu zweit mit Poppy und Pippa durch den Central Park spazieren gehen, während ich dich verliebt ansehe." Er senkte langsam den Kopf und küsste sie sanft auf die Lippen. „Und weil sich dann niemand wundern wird, wenn ich meine schöne Freundin küsse."

Footballspieler, die in Smokings zu dem Song *Shout* von den Isley Brothers tanzten oder sich am Macarena versuchten, waren ein Bild für die Götter.

Jedenfalls fand das Sarah, die lachend an der Bar stand und zwei Gläser alkoholfreie Bowle bestellte, während sie beobachtete, wie Dupree auf der Tanzfläche abging und Zoey auf den Schultern trug. Das Mädchen kreischte vor Vergnügen und hielt sich an seinem Kopf fest, als er auf und ab hüpfte. Das frisch verheiratete Paar tanzte gleich daneben und schien einen Western zu imitieren, da Erin hinter ihrem Göttergatten stand und eine imaginäre Peitsche über sein Hinterteil schwang. Sarah fragte sich ganz ernsthaft, ob Erins alte Tanten, die an einem separaten Tisch saßen, nicht bald einen Herzinfarkt angesichts der nicht jugendfreien Possen des Hochzeitspaares bekommen würden.

Das leicht alkoholisierte Ehepaar hatte auf einen klassischen Hochzeitstanz verzichtet, sondern ein HipHop-Lied auflegen lassen, zu dem es getanzt hatte. Generell war die Hochzeit wunderbar unkonventionell, sehr laut und überhaupt nicht förmlich, wie Sarah befürchtet hatte, als Dupree sie gebeten hatte, ihn zu begleiten. Es war gerade einmal drei Wochen her, seit sie sich versöhnt hatten und auch vorher waren sie noch nicht lange ein Paar gewesen, dennoch war es für ihn ganz selbstverständlich gewesen, dass sie ihn begleiten sollte.

Wenn Sarah ehrlich war, war sie innerlich vor Freude verglüht, als er gefragt hatte, ob sie ihn begleiten wolle.

Langsam schlenderte sie zurück zu ihrem Tisch und gab Teddy ein Glas Bowle.

„Danke, Sarah“, durstig setzte diese das Glas an.

„Gerne.“ Sie setzte sich auf ihren Stuhl und passte dabei auf, das Kleid nicht zu zerknittern, das sie sich vor ein paar Tagen für das große Ereignis gekauft hatte. Dupree war der Meinung, dass sie den gleichen Grauton erwischt hatte, den auch ihre Augen besaßen, und hatte ihr Kleid förmlich mit seinen Blicken verschlungen, als sie fertig angezogen vor ihm gestanden hatte. Den zärtlichen Handkuss nach seiner Musterung spürte sie immer noch auf ihrer Haut.

„Mein Mann ist auch zu nichts zu gebrauchen“, stöhnte die schwangere Teddy und streckte ihren verstauchten Knöchel von sich. „Wenn man ihn mal braucht, ist er nicht da.“

Grinsend deutete Sarah auf die Tanzfläche, auf der Brian stand und seine Smokingjacke über seinem Kopf herumwirbelte. „Was macht er denn da? Strippt er?“

„Das wäre nicht das erste Mal“, stöhnte die Titans-Besitzerin und stellte das Glas wieder auf den Tisch.

„Jetzt erzähl noch mal! Wie hast du dir den Knöchel verstaucht?“

Beschämt spielte Teddy mit ihrer Stoffserviette herum und murmelte. „Ich wollte Brian treten und habe versehentlich den Schrank getroffen.“

Glucksend hielt sich Sarah die Hand vor den Mund. „Du hast *was* getan?“

Hilflos hob Teddy die Hände in die Luft. „Momentan weiß ich selbst nicht, was mit mir los ist! Es ging um irgendeinen Unsinn, aber er hat mich mit seiner ruhigen Art so auf die Palme getrieben, dass ich ihn einfach nur noch treten wollte.“

„Oh je.“

„Genau, der Abend endete im Krankenhaus und ich bekam zwei Krücken.“

„Das sind bestimmt die Hormone“, tröstete Sarah sie.

Teddy nickte mit einem Seufzen. „Das sagt meine Ärztin auch. Ich wünschte nur, ich könnte mich bald wieder normal fühlen und nicht wie ein Pulverfass, das jederzeit explodieren kann.“

Als die atemlose Braut an ihren Tisch kam und sich kurz zu ihnen setzte, fragte Sarah sie. „Tom scheint etwas betrunken zu sein, oder?“

„Mhh“, Erin grinste. „Nur ein bisschen.“

Sowohl Bräutigam als auch Braut schienen an ihrer Hochzeit großen Spaß zu finden und zusammen ein paar Gläser Champagner getrunken zu haben.

Teddy schnalzte mit der Zunge. „Pass auf, dass du nicht auf deine Hochzeitsnacht verzichten musst, wenn er so weiter trinkt.“

Die Braut schnaubte und zog wenig damenhaft am Ausschnitt ihres Kleides herum. „Keine Sorge, Tom und ich feiern jede Nacht Hochzeitsnacht, falls ihr versteht“, nuschelte sie und erweckte den Eindruck, als würde sie bald zu lallen anfangen.

„Aha ...“ Teddy grinste Sarah an, die sich auf die Lippen biss, um ihr Lachen zu unterdrücken.

Erin stöhnte wohlig auf. „Ja ... dieser Mann ist ein Tier, wenn er erst einmal anfängt ..."

„Das scheint mein Stichwort zu sein", Blake war mit einem Glas Scotch herangetreten und stellte sich grinsend direkt vor den Tisch. „Meine Damen ..."

„Sei lieb", nuschelte Erin und deutete warnend auf ihn. „Sonst bricht dir Tom noch einmal die Nase und irgendwann fällt sie dir ab ... wie Michael Jackson!"

Blake runzelte finster die Stirn. „Vielen Dank, Erin."

„Keine Ursache", erwiderte sie freundlich und lehnte sich geschafft zurück.

„Das war ironisch gemeint", klärte er sie auf. „Außerdem kann ich ihm gerne sagen, dass du ihn für ein Tier im Bett hältst."

„Tu dir keinen Zwang an", entgegnete sie großzügig. „Das sage ich ihm sowieso ständig."

Teddy und Sarah lachten angesichts Blakes verstörten Gesichts und kicherten immer noch, als er schon längst das Weite gesucht hatte.

Auch Erin stand auf. „Apropos Tier ... ich glaube, ich habe meinem Mann noch keinen Kuss gegeben."

Sobald sie außer Hörweite war, lachte Teddy wieder auf. „Vielleicht sollten wir alle anderen warnen, sich in den nächsten Minuten von der Besenkammer fernzuhalten."

„Was ist hier denn so lustig?" Dupree stand plötzlich hinter ihr und legte beide Hände auf ihre halbnackten Schultern.

Sarah lehnte den Kopf zurück und flüsterte ihm zu. „Erin ist ein wenig betrunken."

„Genau wie Tom.“ Er zog sich einen Stuhl heran und setzte sich direkt hinter sie, nachdem er ihr einen Kuss auf den Nacken gedrückt hatte.

„Ihr zwei seid so süß“, kommentierte Teddy seufzend, als sie sah, wie Dupree Sarahs Schulter streichelte.

„Das liegt nur an ihr“, klärte Dupree seine Chefin auf. „Mich würde niemand jemals süß nennen.“

„Niemals“, schwor Teddy lachend und blickte zur Tanzfläche. „Wie es scheint, hat Erin Tom doch nicht in die Besenkammer locken können. Anscheinend will sie den Brautstrauß werfen.“

Tatsächlich nahm Erins Schwester das Mikro in die Hand und bat alle nichtverheirateten Frauen auf die Tanzfläche. Da Sarah diesem Brauch so gar nichts abgewinnen konnte, blieb sie brav auf ihrem Stuhl sitzen und sagte sich, dass die anderen Junggesellinnen das schon erledigen würden.

Als nach mehrmaliger Aufforderung die Tanzfläche immer noch leer blieb, schaute Teddy sie demonstrativ an. „Na, los! Wie es scheint, bist du als einzige Frau unter den Gästen noch unverheiratet.“

„Nein“, wehrte sie mit roten Wangen ab und spürte Duprees Blick an ihrem Hinterkopf.

Auch Erin schien den gleichen Gedanken wie Teddy zu haben, da sie ihrer Schwester das Mikro aus der Hand nahm und in dieses hineinlallte. „Sarah? Wo bist du?“

„Das ist dein Stichwort, würde ich sagen.“

„Bloß nicht“, sie schüttelte den Kopf und schwor sich, den Stuhl unter keinen Umständen zu verlassen.

„Dupree, jetzt sag doch auch etwas“, forderte Teddy ihn auf.

Doch Dupree lachte nur und erhob sich.

Mit großen Augen verfolgte Sarah, wie er die Tanzfläche betrat und Erin den Brautstrauß abschwatzte, bevor er wieder an ihren Tisch trat.

In seinem dunklen Smoking sah er so gut aus, dass sie nach Luft schnappen musste. Mit einem Lächeln blieb er vor ihr stehen, beugte sich zu ihr hinunter und küsste sie auf den Mund, während er ihr den Brautstrauß übergab.

Sarah wusste nicht, wie ihr geschah, während Teddy zufrieden gluckste. „Das nenne ich mal ein Statement, Dupree!“

Für alle, die Duprees Gerichte nachkochen möchten:

Brunswick-Stew ist ein traditioneller Eintopf aus den Südstaaten der USA. Das klassische Rezept des Stews existiert nicht mehr, da es in vielen Gegenden anders zubereitet wird. Als authentisch wird das Stew vor allem dann beschrieben, wenn Eichhörnchen- oder Kaninchenfleisch hinzugegeben wird. Wir dagegen nehmen lediglich Speck und Hühnchenfleisch. Sehr gut schmeckt es mit selbstgemachtem Maisbrot und dem cremigen Bananenpudding zum Abschluss

Zutaten für das Brunswick-Stew: (für 2 Personen)

400 g Hühnerfleisch (Brust)
2 Kartoffeln
1 Zwiebel
1 Knoblauchzehe
1 Dose Tomaten
50 g Speck
1 rote Paprika
1 Dose weiße Bohnen (oder Kidneybohnen)
1 Dose Mais
200 ml Gemüsebrühe
1 Handvoll Okraschoten
Tabasco
Salz/Pfeffer
Öl

Schneiden Sie die Zwiebel, die Paprika, den Speck, die Hühnerbrust und die Okraschoten in Würfel und hacken Sie die Knoblauchzehe klein. Erhitzen Sie in einer großen Pfanne das Öl. Anschließend braten sie alles für ein paar Minuten an. Achten Sie darauf, dass das Hühnerfleisch bereits fast durchgebraten ist, bevor Sie die Gemüsebrühe hinzufügen. Schälen und schneiden Sie die Kartoffeln in Stücke und geben Sie diese ebenfalls in die Pfanne, bevor Sie die Tomaten hinzufügen. Lassen Sie den Eintopf ein paar Minuten köcheln, bevor Sie die Bohnen und den Mais hineingeben. Nun würzen Sie nach Belieben mit Salz, Pfeffer und Tabasco. Falls Sie es sehr scharf bevorzugen, können Sie auch Chili beimengen. Am besten schmeckt das Stew, wenn Sie es einige Stunden bei geringer Temperatur kochen.

Zutaten für das Maisbrot:

1 Ei
250 ml Buttermilch
50 g Butter (sehr weich)
½ TL Salz
2 EL Zucker
1 gestrichener EL Backpulver
120 g Maismehl
150 g Mehl

Verquirlen Sie das Ei mit der Buttermilch. Nehmen Sie eine Schüssel und fügen die restlichen Zutaten hinein, bevor Sie diese mit dem Ei-Milchgemisch vermengen. Heizen Sie den Backofen auf 200 Grad (Ober- und Unterhitze) vor und fetten Sie eine Kastenform ein, bevor Sie den Teig hineingeben. Sobald der Ofen vorgeheizt ist, backen Sie das Brot ungefähr 25 Minuten.

Zutaten für den Bananenpudding:

1 Packung Vanillepudding
500 ml Milch
3 Bananen
300 g Kekse
200 ml Sahne
50 g Zucker

Kochen Sie das Puddingpulver und die Milch mit dem Zucker auf. Achten Sie darauf, dass sich keine Haut bildet, und rühren Sie daher öfter um. Schneiden Sie die Bananen in Scheiben und nehmen Sie eine Schüssel, um den Pudding schichten zu können. Beginnen Sie mit etwas Pudding, legen Sie dann die Kekse darauf und anschließend die Bananen. Beginnen Sie von vorne und schließen mit einer Schicht Pudding ab. Schlagen Sie die Sahne steif und geben Sie diese auf den Pudding. Nun sollte der

Pudding für einige Stunden – am besten über Nacht – im Kühlschrank bleiben.

Leseprobe „Unverhofft verliebt“

(New York Titans-Band 6)

(Erscheinungsdatum Frühjahr 2014)

„Ich habe einen Plan.“

Liv sah fragend über ihre Schulter. „Was?“

„Ich habe einen Plan“, ihre beste Freundin Claire blickte trübsinnig auf den Küchentisch, an dem sie saß, und drückte der kleinen Brianna auf ihrem Schoß einen Kuss aufs Köpfchen. „Ich werde mir Sperma kaufen.“

Da Liv gerade die Tomatensauce für Briannas Abendessen probieren wollte, verschluckte sie sich prompt und hustete. Ihre kleine Tochter fand das wahnsinnig komisch und kreischte auf. „Mamiiiiiiiiiiiii.“

„Du willst *was* tun?!“

Claire lehnte sich seufzend zurück und beachtete das fassungslose Entsetzen ihrer Freundin nicht weiter, sondern kämmte mit ihren Fingern durch die braunen Locken der zweijährigen Brianna, die sich fröhlich an sie schmiegte. „Die halbe Nacht saß ich vor meinem Laptop und habe mir Samenspender angeschaut. Drei Kandidaten sind in der engeren Auswahl ...“

„Du willst mich wohl auf den Arm nehmen, Claire?“

Claire schüttelte ernst den Kopf. „Zwar gibt es keine aktuellen Fotos von den möglichen Spendern, aber man kann sich deren Kinderfotos anschauen. Sogar Stimmproben und Schriftproben werden veröffentlicht. Ist das nicht klasse?“

Liv runzelte die Stirn und stellte den Topf mit der Sauce beiseite. „Kinderfotos? Stimmproben? Claire, was ist los mit dir?“

Zögernd fuhr sich die rothaarige Claire durch ihr Haar und blickte melancholisch nach oben. „Ich will ein Baby, Liv. So einfach ist das.“

„Dann such dir einen netten Mann und ...“

Claire unterbrach sie mit einem wütenden Schnauben. „Einen netten Mann? Verdammte Schei ...“, ihr Blick glitt zu Brianna, die lachend mit einem Plastiklöffel auf den Tisch schlug und der Unterhaltung ihrer Mutter und ihrer Patentante nicht folgte. „Ich werde vierunddreißig Jahre alt, habe gerade eine verkorkste Beziehung hinter mir und das letzte Date, das ich hatte, eröffnete mir während des Abendessens, dass er zur Entspannung gerne Gruppensexvideos schaue.“

Ein Blick auf Liv zeigte ihr, dass ihre beste Freundin nur mühsam ein Lachen unterdrücken konnte. Claire liebte ihre Freundin und wünschte ihr alles Glück auf Erden, aber der tolle Ehemann, der sie vergötterte, das süße Kleinkind mit dem engelsgleichen Gesicht und ein zauberhaftes Baby, das selig in seiner Wiege nebenan schlief, versetzten Claire ab und zu einen eifersüchtigen Stich. Sie sagte sich, dass sie unfair war, wenn man bedachte, was Liv in ihrem Leben bereits mitgemacht hatte, aber dennoch blieb dieses neidische Gefühl, wenn Brianna ihrer Mom einen Kuss gab oder sich Levi vertrauensvoll in Livs Arme kuschelte.

„Was stimmt nicht mit mir?“

„Mit dir stimmt alles. Du hast einfach noch nicht den richtigen Mann gefunden.“

„Sei mir nicht böse“, Claire verzog grimmig den Mund, „aber diese klischeehaften Aufmunterungsversuche können mir gestohlen bleiben.“

Ein Vogel flog vor dem Küchenfenster herum und zog Briannas Aufmerksamkeit auf sich. Die Kleine starrte mit entzückten Augen auf den hellbraunen Spatz und wollte vom Schoß ihrer Patentante gleiten. Claire hielt sie sanft davon ab und erklärte an Liv gewandt. „Ich brauche keinen Mann, um glücklich zu sein.“

„Aber ein Baby würde dich glücklich machen?“

„Ja.“

Unschlüssig rührte Liv im Saucentopf herum und kaute nachdenklich auf ihrer Unterlippe herum. „Versteh mich nicht falsch, Claire. Ich will dich nicht davon abhalten, aber hast du dir das Ganze gut überlegt?“

„Wie meinst du das?“

„Nun“, Liv rückte einen Stuhl beiseite und setzte sich darauf. „Ein Baby bedeutet viel Verantwortung ...“

„Liv, ich bin kein unreifer Teenager!“

„Ich weiß, aber als Alleinerziehende ...“

Mit einem Schnauben sah Claire an die Decke. „Meine Mom war auch alleinerziehend und hat sowohl meine Schwester als auch mich mit einem Job als Sekretärin durchs College gebracht. Mein Job ist sicher und sehr gut bezahlt.“

Noch immer runzelte Liv die Stirn. „Eigentlich dachte ich eher daran, dass du dich völlig allein um das Baby kümmern müsstest. Finanzielle Unabhängigkeit ist wichtig, aber es ist nicht alles."

„Das weiß ich doch", seufzte Claire schwer. „Glaub mir, es wäre mir hundertmal lieber, wenn ich einen wunderbaren Ehemann an meiner Seite hätte, der mich liebt und sich Kinder von mir wünscht, aber das habe ich nun einmal nicht. Länger will ich nicht warten und eventuell meine Chance verpassen, ein Kind zu bekommen."

Anstatt darauf zu antworten, murmelte Liv verdrossen. „Ich verstehe die Männerwelt einfach nicht!"

„Frag' mich einmal", gluckste Claire, auch wenn ihr gar nicht danach war.

„Nein, ich meine, dass ich nicht verstehen kann, dass du nicht längst glücklich verheiratet bist! Alle Männer, denen du begegnest, sabbern den Boden voll …"

„Liv", ein wenig verlegen verdrehte sie die Augen. „Das stimmt nicht."

„Und ob das stimmt! Schau' dir doch nur mal die Partys in unserem Haus an, wenn das Team dabei ist. Kaum kommst du zur Tür rein, fallen den Jungs die Augen aus dem Kopf. Ich dachte, dass Blake einen Herzinfarkt bekäme, als du dieses schwarze Kleid und die hochhackigen Lackschuhe zu Levis Taufe getragen hast. Zu deiner hammermäßigen Figur und deinem hübschen Gesicht hast du zudem ein sehr kluges Köpfchen und einen geradezu perversen Sinn für Humor. Wenn Männer darauf nicht stehen, worauf denn dann?"

Claire zuckte mit der Schulter und schmiegte ihr Kinn auf Briannas Köpfchen. „Anscheinend auf irgendetwas Anderes."

„Ach, Claire ..."

Liv war ihre beste Freundin, also konnte sie ihr problemlos gestehen, woran sie wirklich dachte. „Ich bin noch nie geliebt worden. Niemand zuvor hat mich wirklich geliebt. Ich komme mir wie ein Sexobjekt vor."

Als ihre Freundin protestieren wollte, schüttelte sie sofort den Kopf. „Nein, Liv, du musst das nicht beschönigen. Ich weiß, dass es stimmt. Keiner der Männer, mit denen ich jemals zusammen war, würde mich als die Liebe seines Lebens bezeichnen. Und das tut weh."

Seufzend beobachtete sie, wie Liv sich ihr gegenüber an den Küchentisch setzte und nach ihrer Hand griff. Sofort schossen ihr die Tränen in die Augen.

„Schätzchen ..."

„Woran soll es denn liegen, wenn nicht an mir?" Sie schluckte die nächsten Tränen hinunter und klagte leise. „Brian und ich haben uns getrennt, weil er kein Interesse an einer ernsthaften Beziehung hatte, während ich gerne heiraten und Babys bekommen wollte. Und jetzt? Ein halbes Jahr nach unserer Trennung lernt er eine andere Frau kennen, heiratet sie und wird bald Vater. Es muss an mir gelegen haben, Liv."

„Willst du mir damit sagen, dass du Brian immer noch liebst?"

Angesichts der geradezu erschrockenen Frage ihrer Freundin hob Claire den Kopf und schüttelte diesen. „Nein, ich habe schon lange keine Gefühle mehr für ihn. Außerdem mag ich Teddy. Die beiden passen gut zueinander. Es geht mir nur ums Prinzip.“

„Ich weiß, dass ich mich wiederhole, Claire, aber es gibt auch nette Männer. Du musst sie nur finden.“

„Warum soll ich sie finden wollen? Vielleicht möchte ich ja gefunden werden“, sie schüttelte resolut den Kopf. „Nein, ich will mich lieber um ein Kind kümmern, anstatt meine Zeit mit sinnlosen Verabredungen zu verschwenden, die zu nichts führen.“

„Julian hat mir von einem netten Kerl erzählt, der in der Marketingabteilung der Titans arbeitet.“

„Der letzte *nette* Mann, den ich kennengelernt habe, hat Nacktfotos von mir gemacht, als ich geschlafen habe.“

Claire deutete den Blick ihrer Freundin richtig. „Da siehst du, was für Freaks ich anziehe. Ist es denn zu viel verlangt, einen wirklich netten Mann treffen zu wollen, der weder perverse Neigungen noch eine Ehefrau oder Persönlichkeitsstörungen hat?“

„Geht es dir um einen Mann oder um ein Kind?“

„Es geht mir darum, dass ich heutzutage das eine nicht brauche, um das andere zu bekommen. Eine Beziehung macht mich nicht zwangsläufig glücklich, was ich schon oft erlebt habe, aber ich weiß, dass mich ein Kind glücklich machen wird.“

„Wenn das deine Entscheidung ist, Claire, dann stehe ich natürlich hinter dir.“

Lächelnd sah sie in die Augen ihrer Freundin. „Das ist lieb von dir.“

„Ich spiele gerne die Babysitterin, Claire, habe aber eine Bitte.“

„Die da wäre?“ Skeptisch schaute sie in die Augen ihrer Freundin.

„Triff dich mit dem netten Typen, den Julian kennt.“

Da Liv keine Ruhe geben würde, verdrehte Claire die Augen und stimmte zu, diesen anscheinend wahnsinnig netten Typen kennenzulernen, von dem Julian zu schwärmen schien. Doch gleichzeitig verschwendete sie keinen Gedanken an das Date, sondern überlegte, welchen der Kandidaten für eine Samenspende sie nehmen wollte.

Von Poppy J. Anderson sind weitere Romane auf Amazon veröffentlicht worden:

„Verliebt in der Nachspielzeit“ (Band 1)

erschienen im Juli 2013

Hanna Dubois kann es nicht glauben! Ihre erste Woche in New York City hält einige Überraschungen für sie bereit: Sie bekommt das heiß ersehnte

Stipendium, wird in einen Autounfall, den Paparazzi verursacht haben, verwickelt und lernt dabei John kennen - das Bild von einem Mann. Sie verliebt sich Hals über Kopf in den berühmten ehemaligen Quarterback, dessen Schritte ständig von Pressevertretern überwacht werden. Eine wahre Hetzjagd auf Hanna beginnt, an der die Beziehung der beiden zu zerbrechen droht ...

Seitenzahl: 393

„Touchdown fürs Glück“ (Band 2)

erschienen im November 2012

Julian Scott ist der talentierte und neue Footballspieler der New York Titans, dessen Leben nicht schöner sein könnte. Er ist auf dem Höhepunkt seiner Footballkarriere, die Frauen laufen ihm scharenweise hinterher und finanziell kann er auch nicht klagen.
Liv Gallagher ist die erfolgreiche und angesehene Architektin einer New Yorker Agentur, deren Leben strikt geordnet ist. Sie lebt für ihren Beruf, macht sich wenig aus den Männern, die ihr nachschauen, und konzentriert sich lieber auf ihre Karriere.

Julian und Liv sind grundverschieden und doch waren sie früher ein glückliches Ehepaar. In New York treffen sie zufällig aufeinander und müssen feststellen, dass immer noch die Funken fliegen, wenn sie sich sehen ... wäre da nicht ein dunkles Geheimnis aus ihrer Vergangenheit.

Seitenzahl: 454

„Make Love und spiel Football" (Band 3)

erschienen im Januar 2013

Der Footballgott muss sich mit den New York Titans wohl einen Witz erlaubt haben, als er die Tochter des verstorbenen Teambesitzers zur neuen Chefin ernannt hat! Das glaubt jedenfalls Brian Palmer, Quarterback und Kapitän der Titans, als sich die skandalbehaftete Teddy MacLachlan mit Hippiekleidung, Bauchnabelpiercing und Flipflops dem Team vorstellt. Frauen können in der Welt des Footballs nicht bestehen, vor allem nicht wenn sie auf Räucherstäbchen und Meditationen abfahren. Football bedeutet Krieg, da haben Frauen nichts zu suchen – Brian hat keine Skrupel, das seiner neuen Chefin ins Gesicht zu sagen, doch die bricht wider Erwarten nicht in Tränen aus, sondern grinst ihn frech an.

Anders als der Rest der Frauenwelt, die sich dem heißen Quarterback an den Hals wirft, legt sich Teddy mit ihm an und schlägt ihn mit den eigenen Waffen.

Seitenzahl: 393

„Verbotene Küsse in der Halbzeit" (Band 4)

erschienen im September 2013

Erin Hamilton hat klare Zielvorstellungen vor Augen und weiß, wohin ihr Weg gehen wird ... wären da nicht ständig Komplikationen, die ihr das Leben erschweren.
Zum einen gibt es da ihre jüngere Schwester, deren überdimensionale Hochzeit jeden vernünftigen Rahmen zu sprengen droht, dann treibt ihre sexuell orientierungslose Mitbewohnerin sie beinahe in den Wahnsinn und Geldsorgen hat Erin auch noch. Zu allem Überfluss muss sie mit dem verantwortungslosen und arroganten Tom Peacock klarkommen, der sie als Kindermädchen für seine vierjährige Tochter engagiert, damit er sich nicht selbst um die Kleine kümmern muss.
Der berühmte Footballspieler ist es gewöhnt, seinen Willen durchzusetzen und das zu bekommen, was er haben will. Doch bei Erin beißt er auf Granit, denn sie

ist alles andere als beeindruckt von ihm und zeigt dies deutlich. Sie zwingt ihn dazu, Zeit mit seiner süßen Tochter zu verbringen. Ob Tom gegen so viel Weiblichkeit um ihn herum eine Chance hat?

Seitenzahl: 394

„Beim zweiten Mal küsst es sich besser“ (Kurzroman)

erschienen im November 2013

Eigentlich hatte Kate vorgehabt, sich in der osttexanischen Kleinstadt, in der sie aufgewachsen ist, von dem Schock zu erholen, ihren Verlobten nackt auf ihrer Couch mit der gemeinsamen Nachbarin erwischt zu haben, und etwas Abstand zwischen sich und das Großstadtchaos von Los Angeles zu bringen. Dass ihre Großmutter die besten Kuchen der Welt backt, ist da nur von Vorteil, schließlich wünscht sich Kate, etwas bemuttert und umsorgt zu werden. Unglücklicherweise findet sie sich prompt im Kleinstadttratsch wieder, da ihr ein Flirt mit dem Highschoolfootballtrainer Hugh unterstellt wird! Ausgerechnet mit Hugh, ihrem ehemals besten Freund, der das Privileg besessen hatte, ihr nicht nur den ersten Kuss zu geben, sondern auch andere erste Male mit ihr zu erleben. Doch mit der ersten Liebe ist es wie mit einem Kuchenrezept. Manchmal klappt es beim ersten Anlauf nicht, doch dafür schmeckt der zweite Versuch köstlich.

Seitenzahl: 216

„Nachträglich ins Glück“ (Kurzroman)

erschienen im Dezember 2013

Sam Richards liebt ihren Beruf und geht darin auf, sich als Kinderärztin um ihre kleinen Patienten zu kümmern. Dass ihr Privatleben darunter leidet, macht ihr nichts aus, da sie es vorzieht, allein zu bleiben. Jeder trifft einmal im Leben seine große Liebe – auch Sam durfte dies erleben und wurde so tief verletzt, dass sie sich nicht vorstellen kann, dies noch einmal durchmachen zu müssen. Sie ist vollauf zufrieden, eine neue Stelle im osttexanischen Hailsboro angenommen zu haben und das Kleinstadtleben zu genießen. Doch plötzlich trifft sie auf Drew und macht eine Entdeckung, die ihr ganzes Leben auf den Kopf stellt.

"Nachträglich ins Glück" ist der Nachfolgeroman von "Beim zweiten Mal küsst es sich besser".

Seitenzahl: 210

Impressum

Poppy J. Anderson
c/o copywrite Literaturagentur
Georg Simader
Woogstr. 43
60431 Frankfurt

Es werden grundsätzlich keine Pakete angenommen!

4765985R00204

Printed in Germany
by Amazon Distribution
GmbH, Leipzig